[元]王实甫 著 [清]金圣叹 批评 陆林 校点

金圣叹批评本

西厢记

凤凰出版社

图书在版编目（CIP）数据

金圣叹批评本《西厢记》/（元）王实甫著；（清）金圣叹批评；陆林校点. -- 南京：凤凰出版社，2010.12（2022.8重印）
ISBN 978-7-5506-0050-8

Ⅰ. ①金… Ⅱ. ①王… ②金… ③陆… Ⅲ. ①杂剧－剧本－中国－元代 Ⅳ. ①I237.1

中国版本图书馆CIP数据核字(2010)第234074号

书　　名	金圣叹批评本《西厢记》
著　　者	(元)王实甫 著　(清)金圣叹 批评　陆林 校点
责任编辑	倪培翔
出版发行	凤凰出版社(原江苏古籍出版社) 发行部电话025-83223462
出版社地址	江苏省南京市中央路165号，邮编：210009
照　　排	江苏凤凰制版有限公司
印　　刷	江苏凤凰新华印务集团有限公司 中国江苏南京经济技术开发区尧新大道399号，邮编：210038
开　　本	787毫米×1092毫米　1/16
印　　张	14
字　　数	205千字
版　　次	2010年12月第1版
印　　次	2022年8月第4次印刷
标准书号	ISBN　978-7-5506-0050-8
定　　价	48.00元

(本书凡印装错误可向承印厂调换，电话：025-68037411)

出版说明

《西厢记》全名《崔莺莺待月西厢记》。作者王实甫，元代著名杂剧作家，大都（今北京市）人。他一生写作了14种剧本，《西厢记》大约写于元贞、大德间（1295—1307），是他的代表作。明初贾仲明《凌波仙》称："新杂剧，旧传奇，《西厢记》天下夺魁。"

《西厢记》故事源于唐代元稹所撰传奇文《莺莺传》，又称《会真记》。其情节大致为：唐贞元年间书生张珙，在普救寺邂逅已故崔相国之女莺莺，一见钟情，发生爱情。时河桥守将孙飞虎兵围普救寺，强索莺莺为妻。崔夫人当众许愿：有退得贼兵者以莺莺许之。张珙驰函好友白马将军杜确发兵解围。然崔夫人事后嫌张珙贫寒而赖婚，张珙相思成疾。莺莺在侍婢红娘撮合下，夜奔西厢探慰。事为崔夫人发觉，拷问红娘，红娘据实以告。夫人不得已而将莺莺许配张珙，但又逼迫张珙上京赶考，莺莺与张珙满怀离愁而别。莺莺空守西厢，思君心切，和红娘一道耐心苦等。张生终于中了状元，衣锦荣归，夫妻团圆，终成眷属。

当《莺莺传》故事流传了400年左右的时候，金代董解元的《西厢记诸宫调》问世了，这就是所谓的"董西厢"。董解元，金代诸宫调作家，名不详，"解元"是金元时代对读书人的敬称。到了元代，随着都市经济的繁荣，戏剧更加发达起来，这时，大戏剧家王实甫在"董西厢"的基础上把崔张故事改为杂剧，这就是我们今天看到的《西厢记》。《西厢记》和《西厢记诸宫调》相比，在思想上更趋深刻。它正面提出了"愿天下有情的都成了眷属"的主张，具有更鲜明的反封建礼教和封建婚姻制度的主题。

金圣叹（1608—1661），名采，字若采，后改名人瑞，号圣叹。江南长洲（今苏州）人，著名文学批评家。明诸生，入清后以哭庙案被杀。少有才名，喜批书，他把《离骚》、《庄子》、《史记》、杜诗、《水浒传》、《西厢记》六部著作，称为六才子书。《西厢记》因此被其命名为“第六才子书”。圣叹学识渊博，所作评点明快犀利，所发议论往往出人意表，一时见者叹为灵鬼转世，所评《西厢记》成书于顺治十三年（1656），从此风行天下。

杂剧《西厢记》情节曲折动人，曲词华美流畅，为历代读者所喜爱。明代朱权《太和正音谱》云：“王实甫之词如花间美人，铺叙委婉，深得骚人之趣，极有佳句，若玉环之出浴华清，绿珠之采莲洛浦。”而金圣叹的评语，对人情世态的体悟深刻而细腻，评点文字的表述机智而幽默。两者可谓珠林玉树，交相辉映。清初著名戏曲作家和理论家李渔，在其《闲情偶寄》中曾高度评价金批《西厢》具有“能令千古才人心死”的艺术感染力：“自有《西厢》以迄于今，四百余载，推《西厢》为填词第一者，不知几千万人，而能历指其所以为第一之故者，独出一金圣叹。是作《西厢》者之心，四百余年未死，而今死矣。不特作《西厢》者心死，凡千古上下操觚立言者之心，无不死矣。人患不为王实甫耳，焉知数百年后，不复有金圣叹其人哉？”“圣叹之评《西厢》可谓晰毛辨发，穷幽极微，无复有遗议于其间矣。”所以，自金批《西厢记》一出，世人“爱读圣叹书，几于家置一编”，其他各种版本从此湮没无闻。而在《拷艳》一折卷首，金圣叹与友人王斫山“赌说快事”数十条的“不亦快哉”，更是脍炙人口，为文人雅士王晫、林纾等津津乐道。

此外，金圣叹的评点对原作的最大贡献，是明确反对“淫书”说。他在《读第六才子书西厢记法》中云：“《西厢记》断断不是淫书，断断是妙文。今后若有人说是妙文，有人说是淫书，圣叹都不与做理会。文者见之谓之文，淫者见之谓之淫耳。”直接抨击了历代封建礼教维护者和道学先生对这部优秀古典爱情剧的诋毁，为《西厢记》在清代的广泛传播，起到了重要的推动作用。

本书由陆林教授以清顺治贯华堂刻本《贯华堂第六才子书西厢记》为底本，以康熙五十九年刻《芥子园绘像第六才子书》本、清金谷园藏板《贯华堂第六才子书》本等参校，标点整理而成。为适合当今读者阅读习惯，本书配以绣像插图，图文并茂，以增加阅读欣赏时的审美愉悦。

2010 年 11 月

目　录

或问于圣叹曰：《西厢记》何为而批之刻之也？圣叹悄然动容，起立而对曰：嗟乎！我亦不知其然，然而于我心则诚不能以自已也。今夫浩荡大劫[①]，自初迄今，我则不知其有几万万年月也。几万万年月，皆如水逝云卷，风驰电掣，无不尽去，而至于今年今月而暂有我。此暂有之我，又未尝不水逝云卷、风驰电掣而疾去也，然而幸而犹尚暂有于此。幸而犹尚暂有于此，则我将以何等消遣而消遣之？我比者亦尝欲有所为，既而思之，且未论我之果得为与不得为，亦未论为之果得成与不得成，就使为之而果得为，乃至为之而果得成，是其所为与所成，则有不水逝云卷、风驰电掣而尽去耶？夫未为之而欲为，既为之而尽去，我甚矣，叹欲有所为之无益也。然则我殆无所欲为也？夫我诚无所欲为，则又何不疾作水逝云卷、风驰电掣，顷刻尽去，而又自以犹尚暂有为大幸甚也？甚矣，我之无法而作消遣也。

细思我今日之如是无奈，彼古之人独不曾先我而如是无奈哉？我今日所坐之地，古之人其先坐之；我今日所立之地，古之人先立之者[②]，不可以数计矣。夫古之人之坐于斯，立于斯，必犹如我之今日也。而今日已徒见有我，不见古人。彼古人之在时，岂不默然知之？然而又自知其无奈，故遂不复言之也。此真不得不致憾于天地也，何其甚不仁也！既已生我，便应永在；脱不能尔，便应勿生。如之何本无有我，我又未尝哀哀然丐之曰“尔必生我”，而无端而忽然生我？无端而忽然生者，又正是我；无端而忽然生一正是之我，又不容之少住。无端而忽然生之，又不容少住者，又最能闻声感心，多有悲凉。嗟乎，嗟乎！我真不知何处为九原，云何起古人。如使真有九原，真起古人，岂不同此一副眼泪，同欲失声大哭乎哉！乃古人则且

① “夫”，贯华堂本作“天”，据芥子园本、金谷园本改。

② “先”，贯华堂本作“之”，据金谷园本改。

有大过于我十倍之才与识矣，彼谓天地非有不仁，天地亦真无奈也。欲其无生，或非天地；既为天地，安得不生？夫天地之不得不生，是则诚然有之，而遂谓天地乃适生我，此岂理之当哉？天地之生此芸芸也，天地殊不能知其为谁也；芸芸之被天地生也，芸芸亦皆不必自知其为谁也。必谓天地今日所生之是我，则夫天地明日所生之固非我也。然而天地明日所生，又各各自以为我，则是天地反当茫然，不知其罪之果谁属也。夫天地真未尝生我，而生而适然是我，是则我亦听其生而已矣。天地生而适然是我，而天地终亦未尝生我，是则我亦听其水逝云卷、风驰电掣而去而已矣。我既前听其生，后听其去，而无所于惜，是则于其中间幸而犹尚暂在，我亦于无法作消遣中，随意自作消遣而已矣。得如诸葛公之躬耕南阳，苟全性命，可也，此一消遣法也。既而又因感激三顾，许人驱驰，食少事烦，至死方已，亦可也，亦一消遣法也。或如陶先生之不愿折腰，飘然归来，可也，亦一消遣法也。既而又为三旬九食，饥寒所驱，叩门无辞，至图冥报，亦可也，又一消遣法也。天子约为婚姻，百官出其门下，堂下建牙吹角，堂后品竹弹丝，可也，又一消遣法也。日中麻麦一餐，树下冰霜一宿，说经四万八千，度人恒河沙数，可也，亦一消遣法也。

何也？我固非我也，未生已前，非我也；既去已后，又非我也。然则今虽犹尚暂在，实非我也。既已非我，我欲云何？抑既已非我，我何不云何？且我而犹望其是我也，我决不可以有少误；我而既已决非我矣，我如之何不听其或误，乃至或大误耶？误而欲以非我者为我，此固误也，然而非我者则自误也。非我之误也，又误而欲以此我，作诸郑重，极尽宝护，至于不免呻吟啼哭，此固大误也，然而非我者则自大误也，非我之大误也。又误而至欲以此我，穷思极虑，长留痕迹，千秋万世，传道不歇，此固大误之大误也，然而总之非我者则自大误大误也，非我之大误大误也。既已悟其如此，于是而以非我者之日月，误而任我之唐丧，可也；以非我者之才情，误而供我之挥霍，可也。以非我者之左手，误为我摩非我者之腹；以非我者之右手，误为我撚非我者之须，可也。非我者撰之，我吟之；非我者吟之，我听之；非我者听之，我足之蹈之，手之舞之；非我者足蹈而手舞之，我思有以不朽之，皆可也。砚，我不知其为何物也，既已固谓之砚矣，我亦谓之砚，可也。墨，我不知其为何物也；笔，我不知其为何物也；纸，我不知其为何物也；手，我不知其为何物也；心思，我不知其为何物也。既已同谓之云云矣，我亦谓之云云，可也。窗明几净，此何处也？人曰此处，我亦谓之此处也。风清日朗[1]，此何日也？人曰今日，我亦谓之今日也。蜂穿窗而忽至，蚁缘槛而徐行，我不能知蜂蚁，蜂蚁亦不知我。我今日而暂在，斯蜂蚁亦暂在；我倏忽而为古人，则是此蜂亦遂为古蜂，此蚁亦遂为古蚁也。我今日天清日朗，窗明几净，笔良砚精，心撰手写，伏承蜂蚁来相照证，此不世之奇缘，难得之胜乐也。若后之人之读我今日之文，则真未必知我今日之作此文时，又有此蜂与此蚁也。夫后之人而不能知我今日之有此蜂与此蚁，然则后之人竟不能知我之今日之有此我也。后之人之读我之文者，我则已知之耳，其亦无奈水逝云卷，风驰电掣，因不得已而取我之文，自作消遣云尔。后之人之读我之文，即使其心无所不得已，不用作消遣，然而我则终知之耳，是其终亦无奈水逝云卷、风驰电掣者耳。

我自深悟夫误亦消遣法也，不误亦消遣法也，不误不妨仍误亦消遣法也，是以如是其刻苦也。刻苦也者，欲其精妙也；欲其精妙也者，我之孟浪也；我之孟浪也者，我既了悟也；我既了悟也者，我本无谓也；我本无谓也者，仍即我之消遣也。我安计后之人之知有我与不知有我也？嗟乎！是则古人十倍于我之才识也，我欲恸哭之，我又不知其为谁也，我是以与之批之刻之也。我与之批之刻之，以代恸哭之也。夫我之恸哭古人，则非恸哭古人，此又一我之消遣法也。

① “日”，金谷园本作“月”。

序二曰留赠后人

前乎我者为古人，后乎我者为后人。古人之与后人，则皆同乎？曰皆同。古之人不见我，后之人亦不见我。既已皆不见，则皆属无亲，是以谓之皆同也。然而我又忽然念之：古之人不见我矣，我乃无日而不思之；后之人亦不见我，我则殊未尝或一思之也。观于我之无日不思古人，则知后之人之思我必也；观于我之殊未尝或一思及后人，则知古之人之不我思，此其明验也。如是，则古人与后人又不皆同。盖古之人，非惟不见，又复不思，是则真可谓之无亲。若夫后之人之虽不见我而大思我，其不见我，非后人之罪也，不可奈何也；若其大思我，此真后人之情也，如之何其谓之无亲也？是不可以无所赠之，而我则将如之何其赠之？

后之人必好读书，读书者必仗光明。光明者，照耀其书所以得读者也。我请得为光明，以照耀其书而以为赠之。则如日月，天既有之，而我又不能以其身为之膏油也，可奈何！后之人既好读书，读书者必好友生。友生者，忽然而来，忽然而去；忽然而不来，忽然而不去。此读书而喜，则此读之令彼听之；此读书而疑，则彼读之令此听之。既而并读之，并听之；既而并坐不读，又大欢笑之者也。我请得为友生并坐并读，并听并笑，而以为赠之。则如我之在时，后人既未及来，至于后人来时，我又不复还在也，可奈何！后之人既好读书，又好友生，则必好彼名山大河、奇树妙花。名山大河、奇树妙花者，其胸中所读之万卷之书之副本也。于读书之时，如入名山，如泛大河，如对奇树，如拈妙花焉[①]。于入名山、泛大河、对奇树、拈妙花之时[②]，如又读其胸中之书焉。后之人既好读书，又好友生，则必好于好香、好茶、好酒、好药。好香、好茶、好酒、好药者，读书之暇，随意消息，用以宣导沉滞、发越清明、鼓荡中和、补助荣华之必资也。我请得化身百亿，既为名山大河、奇树妙花，又为好香、好

①② “拈”，贯华堂本作“拈”，据芥子园本、金谷园本改。

茶、好酒、好药，而以为赠之。则如我自化身于后人之前，而后人乃初不知此之为我之所化也，可奈何！后之人既好读书，必又好其知心青衣。知心青衣者，所以霜晨雨夜，侍立于侧，异身同室，并兴齐住者也。我请得转我后身便为知心青衣，霜晨雨夜，侍立于侧，而以为赠之。则如可以鼠肝，又可以虫臂，伟哉造化，且不知彼将我其奚适也，可奈何！无已，则请有说于此，择世间之一物，其力必能至于后世者；择世间之一物，其力必能至于后世，而世至今犹未能以知之者；择世间之一物，其力必能至于后世，而世至今犹未能以知之，而我适能尽智竭力，丝毫可以得当于其间者。

夫世间之一物，其力必能至于后世者，则必书也；夫世间之书，其力必能至于后世，而世至今犹未能以知之者，则必书中之《西厢记》也；夫世间之书，其力必能至于后世，而世至今犹未能以知之，而我适能尽智竭力，丝毫可以得当于其间者，则必我比日所批之《西厢记》也[①]。夫我比日所批之《西厢记》[②]，我则真为后之人思我，而我无以赠之，故不得已而出于斯也。我真不知作《西厢记》者之初心，其果如是，其果不如是也。设其果如是，谓之今日始见《西厢记》可；设其果不如是，谓之前日久见《西厢记》，今日又别见圣叹《西厢记》可。总之，我自欲与后人少作周旋，我实何曾为彼古人致其矻矻之力也哉！

贯华堂第六才子书西厢记卷之一终

①② "比"，芥子园本作"今"。

一、有人来说《西厢记》是淫书，此人后日定堕拔舌地狱。何也？《西厢记》不同小可，乃是天地妙文。自从有此天地，他中间便定然有此妙文。不是何人做得出来，是他天地直会自己劈空结撰而出。若定要说是一个人做出来，圣叹便说，此一个人即是天地现身。

二、《西厢记》断断不是淫书，断断是妙文。今后若有人说是妙文，有人说是淫书，圣叹都不与做理会。文者见之谓之文，淫者见之谓之淫耳。

三、人说《西厢记》是淫书，他止为中间有此一事耳。细思此一事，何日无之，何地无之？不成天地中间有此一事，便废却天地耶！细思此身自何而来，便废却此身耶？一部书有如许缅缅洋洋无数文字，便须看其如许缅缅洋洋是何文字，从何处来，到何处去，如何直行，如何打曲，如何放开，如何捏聚，何处公行，何处偷过，何处慢摇，何处飞渡。至于此一事，直须高阁起不复道。

四、若说《西厢记》是淫书，此人只须朴，不必教。何也？他也只是从幼学一冬烘先生之言，一入于耳，便牢在心，他其实不曾眼见《西厢记》。朴之还是冤苦。

五、若眼见《西厢记》了，又说是淫书，此人则应朴乎？曰：朴之亦是冤苦，此便是冬烘先生耳。当初造《西厢记》时，原发愿不肯与他读，他今日果然不读。

六、若说《西厢记》是淫书，此人有大功德。何也？当初造《西厢记》时，发愿只与后世锦绣才子共读，曾不许贩夫皂隶也来读。今若不是此人揎拳捋臂，拍凳捶床，骂是淫书时，其势必至无人不读，泄尽天地妙秘，圣叹大不欢喜。

七、《世说新语》云："《庄子·逍遥游》一篇，旧是难处。"开春无事，不自揣度，私与陈子瑞躬，风雨联床，香炉酒杯，纵心纵意，处得一上。自今以后，普天下锦绣才子同声相应，领异拔新，我二人便做支公许史去也。

八、圣叹《西厢记》只贵眼照古人，不敢多让，至于前后著语，悉是口授小史，任其自写，并不更曾点窜一遍，所以文字多有不当意处。盖一来虽是圣叹天性贪懒，二来实是《西厢》本文珠玉在上，便教圣叹点窜杀，终复成何用。普天下后世，幸恕仆不当意处，看仆眼照古人处。

九、圣叹本有才子书六部，《西厢记》乃是其一。然其实六部书，圣叹只是用一副手眼读得。如读《西厢记》，实是用读《庄子》、《史记》手眼读得；便读《庄子》、《史记》，亦只用读《西厢记》手眼读得。如信仆此语时，便可将《西厢记》与子弟作《庄子》、《史记》读。

十、子弟至十四五岁，如日在东，何书不见，必无独不见《西厢记》之事。今若不急将圣叹此本与读，便是真被他偷看了《西厢记》也。他若得读圣叹《西厢记》，他分明读了《庄子》、《史记》。

十一、子弟欲看《西厢记》，须教其先看《国风》。盖《西厢记》所写事，便全是《国风》所写事。然《西厢记》写事，曾无一笔不雅驯，便全学《国风》写事，曾无一笔不雅驯；《西厢记》写事，曾无一笔不透脱，便全学《国风》写事，曾无一笔不透脱：敢疗子弟笔下雅驯不透脱、透脱不雅驯之病。

十二、沉潜子弟，文必雅驯，苦不透脱；高明子弟，文必透脱，苦不雅驯。极似分道扬镳，然实同病别发。何谓同病？只是不换笔。盖不换笔，便道其不透脱；不换笔，便道其不雅驯也。何谓别发？一是停而不换笔，一是走而不换笔。盖停而不换笔，便有似于雅驯，而实非雅驯；走而不换笔，便有似于透脱，而实非透脱也。夫真雅驯者，必定透脱；真透脱者，必定雅驯。问谁则能之？曰《西厢记》能之。夫《西厢记》之所以能之，只是换笔也。

十三、子弟读得此本《西厢记》后，必能自放异样手眼，另去读出别部奇书。遥计一二百年之后，天地间书无有一本不似十日并出，此时则彼一切不必读、不足读、不耐读等书，亦既废尽矣，真一大快事也！然实是此本《西厢记》为始。

十四、仆昔因儿子及甥侄辈要他做得好文字，曾将《左传》、《国策》、《庄》、《骚》、《公》、《穀》、《史》、《汉》、韩、柳、三苏等书杂撰一百馀篇，依张侗初先生《必读古文》旧名，只加"才子"二字，名曰《才子必读书》，盖致望读之者之必为才子也。久欲刻布请正，苦因丧乱，家贫无赀，至今未就。今既呈得《西厢记》，便亦不复更念之矣。

十五、文章最妙，是目注彼处，手写此处。若有时必欲目注此处，则必手写彼处。一部《左传》，便十六都用此法。若不解其意，而目亦注此处，手亦写此处，便一览已尽。《西厢记》最是解此意。

十六、文章最妙，是目注此处，却不便写，却去远远处发来，迤逦写到将至时，便且住，却重去远远处更端再发来，再迤逦又写到将至时，便又且住。如是更端数番，皆去远远处发来，迤逦写到将至时，即便住，更不复写出目所注处，使人自于文外瞥然亲见。《西厢记》纯是此一方法，《左传》、《史记》亦纯是此一方法。最恨是《左传》、《史记》急不得呈教。

十七、文章最妙，是先觑定阿堵一处，已却于阿堵一处之四面，将笔来左盘右旋，右盘左旋，再不放脱，却不擒住。分明如师子滚球相似，本只是一个球，却教师子放出通身解数，一时满棚人看师子，眼都看花了，师子却是并没交涉。人眼自射师子，师子眼自射球。盖滚者是师子，而师子之所以如此滚、如彼滚，实都为球也。《左传》、《史记》便纯是此一方法，《西厢记》亦纯是此一方法。

十八、文章最妙，是此一刻被灵眼觑见，便于此一刻放灵手捉住。盖于略前一刻亦不见，略后一刻便亦不见，恰恰不知何故，却于此一刻瞥然觑见[①]，若不捉住，便更寻不出。今《西厢记》若干字文，皆是作者于不知何一刻中，灵眼忽然觑见，便疾捉住，因而直传到如今。细思万千年以来，知他有何限妙文，已被觑见，却不曾捉得住，遂总付之泥牛入海，永无消息。

十九、今后任凭是绝代才子，切不可云此本《西厢记》我亦做得出也。便教当时作者而在，要他烧了此本重做一本，已是不可复得。纵使当时作者他却是天人，偏又会做得一本出来，然既是别一刻所觑见，便用别样捉住，便是别样文心，别样手法，便别是一本，不复是此本也。

二十、仆今言灵眼觑见，灵手捉住，却思人家子弟何曾不觑见，只是不捉住。盖觑见是天付，捉住须人工也。今《西厢记》实是又会觑见，又会捉住。然子弟读时，不必又学其觑见，一味只学其捉住。圣叹深恨

---

① “瞥”，芥子园本、金谷园本作“忽”。

前此万千年，无限妙文已是觑见，却捉不住，遂成泥牛入海，永无消息。今刻此《西厢记》遍行天下，大家一齐学得捉住。仆实遥计一二百年后，世间必得平添无限妙文，真乃一大快事！

二十一、仆尝粥时欲作一文，偶以他缘不得便作，至于饭后方补作之，仆便可惜粥时之一篇也。此譬如掷骰相似，略早略迟，略轻略重，略东略西，便不是此六色，而愚之夫尚欲争之①，真是可发一笑。

二十二、仆之为此言，何也？仆尝思万万年来，天无日无云，然决无今日云与某日云曾同之事②。何也？云只是山川所出之气，升到空中，却遭微风，荡作缕缕。既是风无成心，便是云无定规，都是互不相知，便乃偶尔如此。《西厢记》正然，并无成心之与定规，无非此日佳日闲窗，妙腕良笔，忽然无端，如风荡云。若使异时更作，亦不妨另自有其绝妙。然而无奈此番已是绝妙也，不必云异时不能更妙于此，然亦不必云异时尚将更妙于此也。

二十三、仆幼年最恨"鸳鸯绣出从君看，不把金针度与君"之二句，谓此必是贫汉自称王夷甫，口不道"阿堵物"，计耳。若果知得金针，何妨与我略度？今日见《西厢记》，鸳鸯既绣出，金针亦尽度，益信作彼语者，真是脱空谩语汉。

二十四、仆幼年曾闻人说一笑话，云：昔一人苦贫特甚，而生平虔奉吕祖。感其至心，忽降其家，见其赤贫，不胜悯之，念当有以济之。因伸一指，指其庭中磐石，粲然化为黄金，曰："汝欲之乎？"其人再拜曰："不欲也。"吕祖大喜，谓："子诚如此，便可授子大道。"其人曰："不然，我心欲汝此指头耳。"仆当时私谓此固戏论耳，若真是吕祖，必当便以指头与之。今此《西厢记》便是吕祖指头，得之者处处遍指，皆作黄金。

二十五、仆思文字不在题前，必在题后，若题之正位，决定无有文字。不信，但看《西厢记》之一十六章，每章只用一句两句写题正位，其馀便都是前后摇之曳之，可见。

二十六、知文在题之前，便须恣意摇之曳之，不得便到题；知文在题之后，便索性将题拽过了，却重与之摇之曳之。若不解此法，而误向

① "愚之夫"，芥子园本、金谷园本无"之"字。
② "某"，贯华堂本作"其"，据芥子园本、金谷园本改。

正位，多写作一行或两行，便如画死人坐像，无非印板衣褶，纵复费尽渲染，我见之，早向新宅中哭钟太傅矣。

二十七、横直波点聚谓之字，字相连谓之句，句相杂谓之章。儿子五六岁了，必须教其识字。识得字了，必须教其连字为句。连得五六七字为句了，必须教其布句为章。布句为章者，先教其布五六七句为一章，次教其布十来多句为一章；布得十来多句为一章时，又反教其只布四句为一章，三句为一章，二句乃至一句为一章。直到解得布一句为一章时，然后与他《西厢记》读。

二十八、子弟读《西厢记》后，忽解得三个字亦能为一章，二个字亦能为一章，一个字亦能为一章，无字亦能为一章。子弟忽解得无字亦能为一章时，渠回思初布之十来多句为一章，真成撒吞耳。

二十九、子弟解得无字亦能为一章，因而回思初布之十来多句为一章，尽成撒吞，则其体气便自然异样高妙，其方法便自然异样变换，其气色便自然异样姿媚，其避忌便自然异样滑脱。《西厢记》之点化子弟不小。

三十、若是字，便只是字；若是句，便不是字；若是章，便不是句。何但不是字，一部《西厢记》真乃并无一字；岂但并无一字，真乃并无一句。一部《西厢记》，只是一章。

三十一、若是章，便应有若干句；若是句，便应有若干字。今《西厢记》不是一章，只是一句，故并无若干句；乃至不是一句，只是一字，故并无若干字。《西厢记》其实只是一字。

三十二、《西厢记》是何一字？《西厢记》是一“无”字。赵州和尚，人问狗子还有佛性也无，曰无。是此一“无”字。

三十三、人问赵州和尚：一切含灵具有佛性，何得狗子却无？赵州曰无。《西厢记》是此一“无”字。

三十四、人若问赵州和尚：露柱还有佛性也无？赵州曰无。《西厢记》是此一“无”字。

三十五、若又问：释迦牟尼还有佛性也无？赵州曰无。《西厢记》是此一“无”字。

三十六、人若又问：无字还有佛性也无？赵州曰无。《西厢记》是此一“无”字。

三十七、人若又问：无字还有“无”字也无？赵州曰无。《西厢记》是此一“无”字。

三十八、人若又问：某甲不会。赵州曰：你是不会，老僧是无。《西厢记》是此一“无”字。

三十九、何故《西厢记》是此一“无”字？此一“无”字是一部《西厢记》故。

四十、最苦是人家子弟，未取笔，胸中先已有了文字。若未取笔，胸中先已有了文字，必是不会做文字人。《西厢记》无有此事。

四十一、最苦是人家子弟，提了笔，胸中尚自无有文字。若提了笔，胸中尚自无有文字，必是不会做文字人。《西厢记》无有此事。

四十二、赵州和尚，人不问狗子还有佛性也无，他不知道有个“无”字。

四十三、赵州和尚，人问过狗子还有佛性也无，他亦不记道有个“无”字。

四十四、《西厢记》正写《惊艳》一篇时，他不知道《借厢》一篇应如何；正写《借厢》一篇时，他不知道《酬韵》一篇应如何。总是写前一篇时，他不知道后一篇应如何。用煞二十分心思、二十分气力，他只顾写前一篇。

四十五、《西厢记》写到《借厢》一篇时，他不记道《惊艳》一篇是如何；写到《酬韵》一篇时，他不记道《借厢》一篇是如何。总是写到后一篇时，他不记道前一篇是如何。用煞二十分心思、二十分气力，他又只顾写后一篇。

四十六、圣叹举赵州“无”字说《西厢记》，此真是《西厢记》之真才实学，不是禅语，不是有无之“无”字。须知赵州和尚“无”字，先不是禅语，先不是有无之“无”字，真是赵州和尚之真才实学。

四十七、《西厢记》止写得三个人：一个是双文，一个是张生，一个是红娘。其馀如夫人，如法本，如白马将军，如欢郎，如法聪，如孙飞虎，如琴童，如店小二，他俱不曾着一笔半笔写，俱是写三个人时，所忽然应用之家伙耳。

四十八、譬如文字，则双文是题目，张生是文字，红娘是文字之起承转合。有此许多起承转合，便令题目透出文字，文字透入题目也。其馀如夫人等，算只是文字中间所用“之”、“乎”、“者”、“也”等字。

四十九、譬如药，则张生是病，双文是药，红娘是药之炮制。有此许多炮制，便令药往就病，病来就药也。其馀如夫人等，算只是炮制时所用之姜、醋、酒、蜜等物。

五十、若更仔细算时，《西厢记》亦止为写得一个人。一个人者，双文是也。若使心头无有双文，为何笔下却有《西厢记》？《西厢记》不止为写双文，止为写谁？然则《西厢记》写了双文，还要写谁？

五十一、《西厢记》止为要写此一个人，便不得不又写一个人。一个人者，红娘是也。若使不写红娘，却如何写双文？然则《西厢记》写红娘，当知正是出力写双文。

五十二、《西厢记》所以写此一个人者，为有一个人要写此一个人也。有一个人者，张生是也。若使张生不要写双文，又何故写双文？然则《西厢记》又有时写张生者，当知正是写其所以要写双文之故也。

五十三、诚悟《西厢记》写红娘止为写双文，写张生亦止为写双文，便应悟《西厢记》决无暇写他夫人、法本、杜将军等人。

五十四、诚悟《西厢记》止是为写双文，便应悟《西厢记》决是不许写到郑恒。

五十五、《西厢记》写张生，便真是相府子弟，便真是孔门子弟。异样高才，又异样苦学；异样豪迈，又异样淳厚。相其通体自内至外，并无半点轻狂、一毫奸诈。年虽二十已馀[1]，却从不知裙带之下有何缘故。虽自说“颠不剌的见过万千”，他亦只是曾不动心。写张生直写到此田地时，须悟全不是写张生，须悟全是写双文。锦绣才子必知其故。

五十六、《西厢记》写红娘，凡三用加意之笔：其一于《借厢》篇中峻拒张生，其二于《琴心》篇中过尊双文，其三于《拷艳》篇中切责夫人。一时便似周公制礼[2]，乃尽在红娘一片心地中，凛凛然，侃侃然，曾不可得而少假借者。写红娘直写到此田地时，须悟全不是写红娘，须悟全是写双文。锦绣才子必知其故。

五十七、《西厢记》亦是偶尔写他佳人才子。我曾细相其眼法、手

---

① “已”，芥子园本、金谷园本作“有”。
② “礼”，芥子园本作“度”。

法、笔法、墨法，固不单会写佳人才子也。任凭换却题教他写，他俱会写。

五十八、若教他写诸葛公白帝受托、五丈出师，他便写出普天下万万世，无数孤忠老臣满肚皮眼泪来。我何以知之？我读《西厢记》知之。

五十九、若教他写王昭君慷慨请行[①]、琵琶出塞，他便写出普天下万万世，无数高才被屈人满肚皮眼泪来。我读《西厢记》知之。

六十、若教他写伯牙入海、成连径去，他便写出普天下万万世，无数苦心力学人满肚皮眼泪来。我读《西厢记》知之。

六十一、《西厢记》必须扫地读之。扫地读之者，不得存一点尘于胸中也。

六十二、《西厢记》必须焚香读之。焚香读之者，致其恭敬，以期鬼神之通之也。

六十三、《西厢记》必须对雪读之。对雪读之者，资其洁清也。

六十四、《西厢记》必须对花读之。对花读之者，助其娟丽也[②]。

六十五、《西厢记》必须尽一日一夜之力，一气读之。一气读之者，总揽其起尽也。

六十六、《西厢记》必须展半月一月之功，精切读之。精切读之者，细寻其肤寸也。

六十七、《西厢记》必须与美人并坐读之。与美人并坐读之者，验其缠绵多情也。

六十八、《西厢记》必须与道人对坐读之。与道人对坐读之者，叹其解脱无方也。

六十九、《西厢记》前半是张生文字，后半是双文文字，中间是红娘文字。

七十、《西厢记》是《西厢记》文字，不是《会真记》文字。

七十一、圣叹批《西厢记》是圣叹文字，不是《西厢记》文字。

七十二、天下万世锦绣才子，读圣叹所批《西厢记》，是天下万世才子文字，不是圣叹文字。

---

① “昭”，贯华堂本作“明”，据芥子园本、金谷园本改。

② “娟”，芥子园本作“媚”。

七十三、《西厢记》不是姓王字实父此一人所造，但自平心敛气读之，便是我适来自造。亲见其一字一句，都是我心里恰正欲如此写，《西厢记》便如此写。

七十四、想来姓王字实父此一人，亦安能造《西厢记》？他亦只是平心敛气，向天下人心里偷取出来。

七十五、总之世间妙文，原是天下万世人人心里公共之宝，决不是此一人自己文集。

七十六、若世间又有不妙之文，此则非天下万世人人心里之所曾有也，便可听其为一人自己文集也。

七十七、《西厢记》便可名之曰《西厢记》。旧时见人名之曰《北西厢记》，此大过也。

七十八、读《西厢记》，便可告人曰：读《西厢记》。旧时见人讳之曰"看闲书"，此大过也。

七十九、《西厢记》乃是如此神理，旧时见人教诸忤奴于红氍毹上扮演之，此大过也。

八十、读《西厢记》毕，不取大白酬地赏作者，此大过也。

八十一、读《西厢记》毕，不取大白自赏，此大过也。

贯华堂第六才子书西厢记卷之二终

卷之三　会真记

唐　元　稹

唐贞元中，有张生者，性温茂，美丰容，内秉坚孤，非礼不可入。或朋从游宴，扰杂其间，他人或汹汹拳拳，若将不及，张生容顺而已，终不能乱。以是年二十二，未尝近女色。知者诘之，谢而言曰："登徒子非好色者，是有淫行耳。余真好色者，而适不我值。何以言之？大凡物之尤者，未尝不留连于心，是知其非忘情者也。"诘者哂之。

无几何，张生游于蒲。蒲之东十馀里，有僧舍曰普救寺，张生寓焉。适有崔氏孀妇将归长安，路出于蒲，亦止兹寺。崔氏妇，郑女也。张出于郑，绪其亲，乃异派之从母。是岁，浑瑊薨于蒲。有中人丁文雅不善于军，军人因丧而扰，大掠蒲人。崔氏之家，财产甚厚，多奴仆；旅寓惶骇，不知所托。先是张与蒲将之党有善[①]，请吏护之，遂不及于难。十馀日，廉使杜确将天子命，以统戎节，令于军，军由是戢。郑厚张之德甚，因饬馔以命张，中堂宴之。复谓张曰："姨之孤嫠未亡，提携幼稚，不幸属师徒大溃，实不保其身。弱子幼女，犹君之生也，岂可比常恩哉！今俾以仁兄礼奉见，冀所以报恩也。"命其子曰欢郎，可十馀岁，容甚温美。次命女莺莺："出拜尔兄，尔兄活尔。"久之，辞疾。郑怒曰："张兄活尔之命，不然，尔且虏矣，能复远嫌乎？"久之，乃至。常服睟容，不加新饰，鬟垂黛接，双脸断红而已。颜色艳异，光辉动人。张惊，为之礼。因坐郑旁，以郑之抑而见也。凝睇怨绝，若不胜其体者。问其年纪，郑曰："今天子甲子岁之七月，于贞元庚辰，生十七年矣。"张生稍以辞导之，不对。终席而罢。

张自是惑之，愿致其情，无由得也。崔之婢曰红娘，生私为之礼者数四，乘间遂道其衷。婢果惊沮，溃然而奔。张生悔之。翼日婢复至，张生乃羞而谢之，不复云所求矣。婢因谓张曰："郎之言，所不敢言，亦不敢泄。然而崔之族姻，君所详也，何不因其德而求娶焉？"张曰："予始

① "有"，芥子园本、金谷园本作"友"。

自孩提，性不苟合。或时纨绮闲居，曾莫留盼，不谓当年，终有所蔽。昨日一席间，几不自持。数日来，行忘止，食忘饱，恐不能逾旦暮。若因媒氏而娶，纳采问名，则三数月间，索我于枯鱼之肆矣。尔其谓我何？”婢曰：“崔之贞顺自保，虽所尊，不可以非语犯之；下人之谋，固难入矣。然而善属文，往往沉吟章句，怨慕者久之。君试为喻情诗以乱之。不然，则无由也。”张大喜，立缀春词二首以授之。是夕，红娘复至，持采笺以授张，曰：“崔所命也。”题其篇曰《明月三五夜》。其词曰：“待月西厢下，迎风户半开；拂墙花影动，疑是玉人来。”张亦微喻其旨。

是夕，岁二月旬有四日矣。崔之东墙，有杏花一树，攀援可逾。既望之夕，张因梯其树而逾焉。达于西厢，则户半开矣。红娘寝于床，生因惊之。红娘骇曰：“郎何以至？”张因绐之曰：“崔氏之笺召我矣。尔为我告之。”无几，红娘复来，连曰：“至矣！至矣！”张生且喜且骇，谓必获济。及崔至，则端服俨容，大数张曰：“兄之恩，活我之家，厚矣。是以慈母以弱子幼女见托。奈何因不令之婢，致淫泆之词，始以护人之乱为义，而终掠乱以求之，是以乱易乱，其去几何！诚欲寝其词，则保人之奸，不义；明之于母，则背人之惠，不祥；将寄于婢妾，又惧不得发其真诚。是用托短章，愿自陈启；犹惧兄之见难，是用鄙靡之词，以求其必至。非礼之动，能不愧心；特愿以礼自持，毋及于乱！”言毕，翻然而逝。张自失者久之，复逾而出，于是绝望。

数夕，张生临轩独寝，忽有人觉之。惊欻而起，则红娘敛衾携枕而至，抚张曰：“至矣，至矣！睡何为哉！”设衾枕而去。张生拭目危坐，久之，犹疑梦寐，然修谨以俟。俄而红娘捧崔氏而至，至则娇羞融冶，力不能运肢体，曩时端庄，不复同矣。是夕，旬有八日也。斜月晶荧，幽辉半床。张生飘飘然，且疑神仙之徒，不谓从人间至矣。有顷，寺钟鸣，天将晓，红娘促去。崔氏娇啼宛转，红娘又捧之而去，终夕无一言。张生辨色而兴，自疑曰：“岂其梦邪？”及明，靓妆在臂，香在衣，泪光荧荧然，犹莹于裀席而已。

是后又十馀日，杳不复知。张生赋《会真诗》三十韵，未毕，而红娘适至，因授之以贻崔氏。自是复容之。朝隐而出，莫隐而入，同安于曩所谓西厢者几一月矣。张生常诘郑氏之情，则曰：“知不可奈何矣，因欲就成之。”

无何，张生将之长安，先以情谕之。崔氏宛无难辞，然而愁怨之容动人矣。将行之再夕，不复可见，而张生遂西。

不数月，复游于蒲，舍于崔氏者又累月。崔氏甚工刀札，善属文。求索再三，终不可见。张生往往自以文挑之，亦不甚观览。大略崔之出人者，艺必穷极，而貌若不知；言则敏辩，而寡于酬对。待张之意甚厚，然未尝以词继之。时愁艳幽邃，恒若不识；喜愠之容，亦罕形见。异时独夜操琴，愁弄凄恻，张窃听之；求之，则终不复鼓矣。以是愈惑之。张生俄以文调及期，又当西去。当去之夕，不复自言其情，愁叹于崔氏之侧。崔已阴知将诀矣，恭貌怡声，徐谓张曰："始乱之，终弃之，固其宜矣，愚不敢恨[①]。必也君乱之，君终之，君之惠也；则没身之誓，其有终矣，又何必深憾于此行？然而君既不怿，无以奉宁。君尝谓我善鼓琴，向时羞颜，所不能及，今且往矣，既君此诚。"因命抚琴，鼓《霓裳羽衣序》，不数声，哀音怨乱，不复知其是曲也。左右皆歔欷，崔亦遽止之，投琴，泣下流涟，趋归郑所，遂不复至。明旦而张行。

明年，文战不胜，遂止于京。因贻书于崔，以广其意。崔氏缄报之词，粗载于此，曰："捧览来问，抚爱过深。儿女之情，悲喜交集。兼惠花胜一合，口脂五寸，致耀首膏唇之饰。虽荷殊恩，谁复为容？睹物增怀，但积悲叹耳！伏承使于京中就业，进修之道，固在便安；但恨僻陋之人，永以遐弃。命也如此，知复何言！自去秋以来，尝忽忽如有所失。于喧哗之下，或勉为笑语；闲宵自处，无不泪零。乃至梦寐之间，亦多叙感咽离忧之思，绸缪缱绻，暂若寻常。幽会未终，惊魂已断；虽半衾如暖，而思之甚遥。一昨拜辞，倏逾旧岁。长安行乐之地，触绪牵情；何幸不忘幽微，眷念无斁！鄙薄之志，无以奉酬。至于终始之盟，则固不忒。鄙昔中表相因，或同宴处；婢仆见诱，遂至私诚；儿女之情，不能自固。君子有援琴之挑，鄙人无投梭之拒。及荐枕席，义盛意深，愚幼之心，永谓终托。岂其既见君子，而不能定情，致有自献之羞，不复明侍巾栉。没身永恨，含叹何言！倘仁人用心，俯遂幽劣；虽死之日，犹生之年。如或达士略情，舍小从大，以先配为丑行，谓要盟之可欺，则当骨化形销，丹诚不泯，因风委露，犹托清尘。存没之情，言尽于此。临纸呜咽，情不能

① "恨"，贯华堂本作"怅"，据金谷园本改。

申。千万珍重！珍重千万！玉环一枚，是儿婴年所弄，寄充君子下体之佩。玉取其坚洁不渝，环取其终始不绝。兼彩丝一絇，文竹茶碾子一枚。此数物不足见珍，意者欲君子如玉之贞，俾志如环不解；泪痕在竹，愁绪萦丝，因物达诚，永以为好耳。心迩身遐，拜会无期，幽愤所钟，千里神合。千万珍重！春风多厉，强饭为佳。慎言自保，无以鄙为深念。”

张生发其书于所知，由是时人多闻之。所善杨巨源好属词，因为赋《崔娘诗》一绝云：“清润潘郎玉不如，中庭蕙草雪销初。风流才子多春思，肠断萧娘一纸书。”河南元稹，亦续生《会真诗》三十韵，曰：“微月透帘栊，萤光度碧空。遥天初缥缈，低树渐葱胧。龙吹过庭竹，鸾歌拂井桐。罗绡垂薄雾，环珮响轻风。绛节随金母，云心捧玉童。更深人悄悄，晨会雨濛濛。珠莹光文履，花明隐绣龙。瑶钗行彩凤，罗帔掩丹虹。言自瑶华圃，将朝碧玉宫。因游雒城北，偶向宋家东。戏调初微拒，柔情已暗通。低鬟蝉影动，回步玉尘蒙。转面流花雪，登床抱绮丛。鸳鸯交颈舞，翡翠合欢笼。眉黛羞频聚，唇朱暖更融。气清兰蕊馥，肤润玉肌丰。无力慵移腕，多娇爱敛躬。汗光珠点点，发乱绿松松。方喜千年会，俄闻五夜穷。留连时有限，缱绻意难终。慢脸含愁态，芳词誓素衷。赠环明遇合，留结表心同。啼粉流清镜，残灯绕暗虫。华光犹苒苒，旭日渐曈曈。乘鹜还归雒，吹箫亦上嵩。衣香犹染麝，枕腻尚残红。幕幕临塘草，飘飘思渚蓬。素琴鸣远鹤，清汉望归鸿。海阔诚难度，天高不易冲。行云无定所，萧史在楼中。”张之友闻之者，莫不耸异之；然而张亦志绝矣。

稹特与张厚，因征其辞，张曰：“大凡天之所命尤物也，不妖其身，必妖于人。使崔氏子遇合富贵，乘娇宠，不为云为雨，则为蛟为螭，吾不知其变化矣。昔殷之辛，周之幽，据万乘之国，其势甚厚；然而一女子败之，溃其众，屠其身，至今为天下僇笑。予之德不足以胜妖孽，是用忍情。”于时坐者皆为深叹。

后岁馀，崔已委身于人，张亦有所娶。适经其所居，乃因其夫言于崔，求以外兄见。夫语之，而崔终不为出。张怨念之诚，动于颜色。崔知之，潜赋一章，词曰：“自从消瘦减容光，万转千回懒下床。不为旁人羞不起，为郎憔悴却羞郎。”竟不之见。后数日，张生将行，又赋一章以谢绝之曰：“弃置今何道，当时且自亲。还将旧来意，怜取眼前人。”自是绝不复知矣。时人多许张为善补过者矣。予尝于朋会之中，往往及此意者，欲使知之者不为，为之者不惑。

贞元岁九月，执事李公垂宿于予靖安里第，语及于是。公垂卓然称异，遂为歌以传之。歌载李集中。

宋王铚云："尝读苏内翰《赠张子野》诗云：'诗人老去莺莺在。'注言所谓张生，乃张籍也。仆按：微之所作传奇莺莺事，在贞元十六年春。又言'明年，生文战不利'，乃在十七年。而唐《登科记》：'张籍以贞元十五年高郢下登科。'既先二年，决非张籍明矣。每观斯文，抚卷叹息，未知张生果为何人，意其非微之一等人不可当也。会清源庄季裕为仆言，友人杨阜公尝读微之所作《姨母郑氏墓志》云：'其既丧夫，遭乱军，微之为保护其家备至。'则所谓传奇者，盖微之自叙，特假他姓以避就耳。仆退而考微之《长庆集》，不见所谓郑氏志文，岂仆家所收未完，或别有他本。然细味微之所叙，及考于他书，则与季裕之所说皆合。盖昔人事有悖于义者，多托之鬼神梦寐，或假之他人[①]，或云见别书，后世犹可考也。微之心不自抑，既出之翰墨，姑易其姓氏耳。不然，为人叙事，安能委曲详尽如此？按乐天作微之墓志：以太和五年薨，年五十三。则当以大历十四年己未生，至贞元十六年庚辰，正二十二岁。又韩退之作微之妻韦丛墓志文：作婿韦氏时，微之始以选为校书郎。又微之作陆氏姊志云：予外祖父授睦州刺史郑济。白乐天作微之母郑夫人志，亦言'郑济女'。则莺莺者，乃崔鹏之女，于微之为中表。非特此而已，仆家有微之作元氏《古艳诗》百馀篇，中有《春词》二首，其间皆隐'莺'字。及自有《莺莺诗》、《离思诗》、《杂忆诗》，与传奇所载，犹一家说也。又有《古决绝词》、《梦游春词》，前叙所遇，后言舍之以义，及叙娶韦氏之年，与此无少异者。其诗多隐双文，意谓二莺字为双文也。并书于后，使览者可考焉。又意《古艳诗》，多微之专因莺莺而作无疑。又微之《百韵诗寄乐天》云：'山岫当阶翠[②]，墙花拂面枝。莺声爱娇小，燕翼玩逶迤。'又云：'幼年与蒲中诗人杨巨源友善，日课诗。'凡是数端，有一于此，可验决为微之无疑，况于如是之众耶？然必更以张生，岂元与张，受姓命氏，本同所自出耶？仆性喜讨论，考合同异。每闻一事隐而未见，及见而不同，如瓦砾之在怀，必欲

① "假"，贯华堂本作"似"，据芥子园本、金谷园本改。
② "山"，贯华堂本作"出"，据芥子园本、金谷园本改。

讨阅归于一说而后已。尝谓读千载之书，而探千载之迹[①]，必须尽见当时事理，如身履其间，丝分缕解，终始备尽，乃可以置议论。若略执一言一事，未见其馀，则事之相戾者多矣。又谓前世之事，无不可考者，特学者观书少而未见耳。微之所遇合，虽涉于流宕自放[②]，不中礼义，然名辈流风馀韵，照应后世，亦人间可喜事，而士之臻此者特鲜矣。虽巧为避就，然意微而显，见于微之其他文辞者，彰著又如此。故反复抑扬，张而明之，以信其说。他时见所谓姨母郑氏志文，当详载于后云。"

唐范摅云："初娶京兆韦氏，字蕙蘩[③]，官未达而苦贫。继室河东裴氏，字柔之。二夫人俱有才思，时彦以为佳偶。初，韦蕙蘩卒，不胜其悲，为诗悼之曰：'谢家最小偏怜汝，嫁与黔娄百事乖。顾我无衣搜画箧，泥他沽酒拔金钗。野蔬充膳甘长藿，落叶添薪仰古槐。今日赠钱过百万，为君营葬复营斋。'又曰：'曾经沧海难为水，除却巫山不是云。'后自会稽拜尚书右丞，到京未逾月，出镇武昌。是时，中门外构缇幕，候天使送节，忽闻宅内恸哭。侍者曰：'夫人也。'乃传闻：'节钺将至，何长恸焉？'裴氏曰：'岁杪到家乡，先春又赴任。寄情未半相见，所以如此。'立赠柔之诗曰：'穷冬至乡国，正岁别京华。自恨风尘异，常看远地花。碧幢还照耀，红粉莫咨嗟。嫁得浮云婿，相随却是家。'裴氏柔之答曰：'侯门初拥节，御苑柳丝新。不是悲殊命，惟愁别是亲。黄莺迁古木，朱履陟清尘。想到千山外，沧江正暮春。'元公与裴氏琴瑟和谐，亦房帷之美也。余故手编录之，与好事者共焉。"

王楙云："《石林诗话》谓'开帘风动竹，疑是故人来'与'徘徊花上月，空度可怜宵'此两句，虽小说，实佳句。仆谓上联在李君虞集中[④]，此即古词'风吹窗帘动，疑是所欢来'之意。梁费昶亦曰'帘动意君来'。柳恽曰：'飒飒秋枝响，非君趁夜来？'《丽情集》曰：'待月西厢下，迎风户半开。隔墙花影动，疑是玉人来。'齐谢朓《怀故人》诗：'离居方岁月，故人不在兹。清风动帘夜，明月照窗时。'皆一意也。"

王楙又云："张先郎中子野能为诗，年已八十，家犹畜声妓。子瞻赠诗云：'诗人老去莺莺在，公子归来燕燕忙。'正均用当家故事也。按唐有

---

① "千"，贯华堂本作"十"，据芥子园本、金谷园本改。
② "宕"，贯华堂本作"岩"，据芥子园本、金谷园本改。
③ "蘩"，各本均作"丛"，据范摅《云溪友议》改。下同。
④ "李"，贯华堂本作"季"，据芥子园本、金谷园本改。

张君瑞，遇崔氏女于蒲。崔小名莺莺，元稹与李绅语其事，作《莺莺歌》。汉童谣曰‘燕燕尾涎涎，张公子时相见。’又曰：‘张祐妾，名燕燕。’其事迹与人对偶，精切如此。莺莺对燕燕，已见于杜牧之诗曰：‘绿树莺莺语，平沙燕燕飞。’前辈用者，皆有所祖。南唐冯延巳词：‘燕燕巢时罗幕卷，莺莺啼处燕栖空。’亦以莺莺、燕燕作对。”

按《野谈》：“近内黄野中掘得郑恒墓志，乃给事郎秦贯撰。其叙恒妻，则博陵崔氏。世遂以崔为莺莺。余按《会真记》虽谓莺莺委身于人，而不著名氏。郑恒之名，特始见于《西厢》传奇，盖乌有之辞也。世以墓志之名，偶与乌有之辞合；而郑恒之配，又适与莺莺之氏同，遂以墓志之崔为莺莺，误矣。”

陶宗仪云：“余向在武林日，于一友人处见陈居中所画唐崔丽人图。其上有题云：‘并燕莺为字，联徽氏姓崔。非烟宜采画，秀玉胜江梅。薄命千年恨，芳心一寸灰。西厢旧红树，曾与月徘徊[①]。余丁卯春三月，衔命陕右，道出于蒲东普救之僧舍，所谓“西厢”者，有唐丽人崔氏女遗照在焉，因命画师陈居中绘模真像。意非登徒子之用心，迨将勉情钟终始之戒。仍缀四十言，使好事者知伯劳之歌以记云。泰和丁卯林钟吉日，十洲种玉宜之题。’延祐庚申春二月，余传命至东平，顾市鬻《双莺图》，观久之，弗见主人而归。夜宿府治西轩，梦一丽人，绡裳玉质，逡巡而前曰：‘君玩《双莺图》虽佳，非君几席间物。妾流落久矣，有双莺名冠古今，愿托君为重。’觉而怪之，未卜何祥。迟明欲行，忽主人携莺图来[②]，且四轴，余意丽人双莺，符此数耳。继出一小轴，乃梦所见，有诗四十字，跋语九十八。识曰：‘泰和丁卯，出蒲东普救僧舍，绘唐崔氏莺莺真，十洲种玉大志宜之题[③]。画、诗、书，皆绝神品也[④]。余惊诧良久。时有司群官吏环视，因缩不目，托以跋语佳胜，赎之。吁！物理相感，果何如邪？岂法书名画自有灵邪？抑名不朽者随神邪？遇合有定数邪？余尝谓《关雎》、《硕人》，姿德兼备，君子之配也；琴心、雪句，才艳联芳，文士之偶也。自诗书道废，丈夫弗学，况女流邪。故近世非无秀色，往往脂粉腥秽，鸦凤莫辨，求其仿佛《待月》章之万一，绝代无闻焉[⑤]。此亦慨世降之一端也。

① “月”，贯华堂本作“日”，据芥子园本、金谷园本改。
② “携”，贯华堂本作“偶”，据芥子园本、金谷园本改。
③ “志”，贯华堂本作“注”，据金谷园本改。
④ “神”，金评各本均作“人”，据陶宗仪《辍耕录》改。
⑤ “焉”，贯华堂本作“矣”，据金谷园本改。

因归于我，义弗辞已。宜之者，盖前金赵愚轩之字，曾为巩西簿。遗山谓泰和有诗名，五言平淡，他人未易造，信然。泰和丁卯，迨今百四十年云。其月二日，璧水见士思容题。'右共一百五十九字[①]，虽不知璧水见士为何如人，然二君之风韵可想见矣！因俾嘉禾绘工盛懋临写一轴，适舅氏赵公待制雍见而爱之[②]，就为录文于上。"

附　古艳诗二首

元　稹

春来频到宋家东，垂袖开怀待好风。莺藏柳暗无人语，惟有墙花满树红。

深院无人草树光，娇莺不语趁阴藏。等闲弄水浮花片，流出门前赚阮郎。

莺　莺　诗

元　稹

殷红浅碧旧衣裳，取次梳头暗淡妆。夜合带烟笼晓日，牡丹经雨泣残阳。依稀似笑还非笑，仿佛闻香不是香。频动横波娇不语，等闲教见小儿郎。

离思诗五首

元　稹

自爱残妆晓镜中，环钗谩篸绿丝丛。须臾日射胭脂颊，一朵红酥旋欲融。

山泉散缦绕阶流，万树桃花映小楼。闲读道书慵未起，水晶帘下看梳头。

红罗着压逐时新，杏子花纱嫩曲尘。第一莫嫌才地弱，些些纰缦最

---

① "共"，贯华堂本作"其"，据金谷园本改。

② "待"，金评各本均作"侍"，据陶宗仪《辍耕录》改。

宜人。

曾经沧海难为水，除却巫山不是云。取次花丛懒回顾，半缘修道半缘君。

寻常百种花齐发，偏摘梨花与白人。今日江头两三树，可怜叶底度残春。

春　晓

元　稹

半欲天明半未明，醉闻花气睡闻莺。猧儿撼起钟声动，二十年来晓寺情。

古决绝词

元　稹

乍可为天上牵牛织女星，不愿为庭前红槿枝。七月七日一相见，故心终不移。那能朝开莫飞去，一任东西南北吹。分不两相守，恨不两相思。对面且如此，背面当何如？春风撩乱伯劳语，况是此时抛去时。握手苦相问，竟不言后期。君情既决绝，妾意亦参差。借如死生别，安得长苦悲！一解

噫春冰之将泮，何予怀之独结？有美一人，于焉旷绝。一日不见，比一日于三年；况三年之旷别。水得风兮小而已波，笋在箨兮高不见节。矧桃李之当春，竞众人之攀折。我自顾悠悠而若云，又安能保君皑皑之如雪？感破镜之分明，睹泪痕之馀血。幸他人之既不我先，又安能使他人之终不我夺？已焉哉！织女别黄姑，一年一度暂相见，彼此隔河何事无？二解

夜夜相抱眠，幽怀尚沉结。那堪一年事，长遣一宵说。但感人相思，何暇暂相悦？虹桥薄夜成①，龙驾侵晨别。生憎野鹤性迟回，死恨天鸡识时节。曙色渐曈昽，华星欲明灭。一去又一年，一年何

① “薄”，贯华堂本作“簿”，据芥子园本、金谷园本改。

时彻？有此迢递期，不如生死别。天公隔是妒相怜，何不便教相决绝。三解①

杂忆诗五首

元　稹

今年寒食月无光，夜色才侵已上床。忆得双文通内里，玉栊深处暗闻香②。

花笼微月竹笼烟，百尺丝绳拂地悬。忆得双文人静后，潜教桃叶送秋千。

寒轻夜浅绕回廊，不辨花丛暗辨香。忆得双文笼月下，小楼前后捉迷藏。

山榴似火叶相兼，半拂低墙半拂檐。忆得双文独披掩，满头花草倚新帘。

春冰消尽碧波湖，漾影残霞似有无。忆得双文衫子薄，钿头云映褪红酥。

赠双文

元　稹

艳极翻含态，怜多转自娇。有时还自笑，闲坐更无聊。晓月行看堕，春酥见欲销。何因肯垂手，不敢望回腰。

感事诗

元　稹

富贵年皆长，风尘旧转稀。白头方见绝，遥为一沾衣。

---

① “三解”，贯华堂本无，据金谷园本补。

② “栊”，贯华堂本作“杈”，据芥子园本、金谷园本改。

忆事诗

元　稹

夜深闲到戟门边，却绕行廊又独眠。明月满庭池水绿，桐花垂在翠帘前。

梦游春词

元　稹

昔君梦游春，梦游何所遇？梦入深洞中，果遂平生趣。清泠浅漫溪，画舫兰篙渡。过尽万株桃，盘旋竹林路。长廊抱小楼，门牖相回互。楼下杂花丛，丛边绕鸳鹭。池水漾彩霞，晓日初照煦。未敢上阶行，频移曲池步。乌龙不作声，碧玉曾相慕。渐到帘幕间，徘徊意犹惧。闲窥东西阁，奇玩参差布。格子碧油糊，驼钩紫金镀。逡巡日渐高，影响人将寤。鹦鹉饥乱鸣，娇猧睡犹怒。帘开侍儿起，见我遥相谕。铺设绣红茵，弛张钿妆具。潜褰翡翠帷，瞥见珊瑚树。不辨花貌人，空惊香若雾。身回夜合偏，态敛晨霞聚。睡脸桃破风，汗妆莲委露。丛梳百叶髻，金蹙重台履。纰软殿头裙，玲珑合欢袴。鲜妍脂粉薄，暗淡衣裳故。最是红牡丹，雨来春欲暮。梦魂良易惊，灵境难久寓。夜夜望天河，无由重沿泝。结念心所期，反如禅顿悟。觉来八九年，不向花回顾。杂洽两京春，喧阗众禽护。我到看花时，但作怀仙句。浮生转经历，道性尤坚固。近作梦仙诗，亦知劳肺腑。一梦何足云，良时自婚娶。当年二纪初，嘉节三星度。朝蕣玉珮迎，高松女萝附。韦门正全盛，出入多欢裕。甲第涨清池，鸣驺引朱辂。广榭舞葳蕤，长筵宾杂厝。青春讵几日，华实潜幽蠹。秋月照潘郎，空山怀谢傅。红楼嗟坏壁，金谷迷荒戍。石压破栏杆，门摧旧梐枑。虽云觉梦殊，同是终难驻。悰绪竟何如？棼纱不成约。卓女白头吟，阿娇金屋赋。重壁盛姬台，青冢明妃墓。尽委穷尘骨，皆随流波注。幸有古如今，何劳缣比素。况余当盛时，早岁谐时务。诏册冠贤良，谏垣陈好恶。三十再登朝，一登还一仆。宠荣非不早，邅回亦云屡。直气在膏肓，氛氲日沉痼。不尽意不快，快意言多忤。忤诚人所贼，性亦天之付。乍可沉为香，不能浮作瓠。诚为坚所守，未为朋所措。事事身已经，营营计何误。美玉琢文坛，良金填武库。徒谓自坚贞，安知受砻铸。长丝羁野马，密网罗阴兔。物外各迢迢，谁能远相顾。时来既若飞，祸速当如骛。曩意自未精，此行何所诉？努力去江陵，笑言谁与晤。江花纵可怜，奈非心所慕。石竹逞奸黠，蔓菁夸亩数。一种薄地生，浅深何足妒。荷叶水上生[①]，团团水中住。泻水注叶中，君看不相污。

和微之梦游春诗百韵

白居易

微之既到江陵，又以《梦游春》诗七十韵寄予。且题其序曰："斯言也，不可使不知吾者知，知吾者亦不可使不知。乐天，知吾者，吾不敢不使吾子知。"予辱斯言，三复其旨，大抵悔既往而悟将来也。然予以为苟不悔不悟则已，若悔于此，则宜悟于彼也。反于彼而悔于妄，则宜归于真也。况与足下外服儒风，内宗梵行者有日矣，而今而后，非觉路之反也，非空门之归也，将安返乎？将安归乎？今所和者，其章指卒归于此。夫感不甚则悔不熟，感不至则悟不深。故广足下七十韵为一百韵，重为足下陈梦游之中，所以甚感者；叙婚仕之际，所以至感者：欲使曲尽其妄，周知其非，然后返乎真，归乎实。亦犹《法华经》叙火宅、偈化城，《维摩经》入淫舍、过酒肆之义也。微之，微之，予斯文也，尤不可使不知吾者知，幸藏之云尔。

昔君梦游春，梦游仙山曲。恍若有所遇，以惬平生欲。因寻菖蒲水，渐入桃花谷。到一红楼家，爱之看不足。池流渡清泚，草嫩蹋绿蓐。门柳暗全低，檐樱红半熟。转行深深院，过尽重重屋。乌龙卧不惊，青鸟飞相逐。渐闻玉珮响，始辨朱履躅。遥见窗下人，娉婷十五六。霞光抱明月，莲艳开初旭。缥渺云雨仙，氛氲兰麝馥。风流薄梳洗，时世宽妆束。袖软异文绫，裾轻单丝縠。裙腰银绿压，梳掌金筐蹙。带缬紫蒲萄，袴花红石竹。凝情都未语，付意微相瞩。眉敛远山青，鬟低片云绿。帐牵翡翠带，被解鸳鸯襆。秀色似堪餐，秾华如可掬。半卷锦头席，斜铺绣腰褥。朱唇素指匀，粉汗红绵扑。心惊梦易觉，梦断魂难续。笼委

---

① "上"，贯华堂本作"土"，据金谷园本改。

独栖禽，剑分连理木。存诚期有感，誓志真无黩。京雒八九春，未曾花里宿。壮年徒自弃，佳会应无复。鸾歌不重闻，凤兆从兹卜。韦门女清贵，裴氏甥贤淑。罗扇夹花灯，金鞍攒绣毂。既倾南国貌，遂坦东床腹。刘阮心渐忘，潘杨意方睦。新修履信第，初食尚书禄。九酝备圣贤，八珍穷水陆。秦家重萧史，彦辅怜卫叔。朝馔馈独盘，夜醪倾百斛。亲宾盛辉赫，妓乐纷晔煜。宿醉才解酲，朝欢俄枕曲。饮过君子争，令甚将军酷。酩酊歌鹧鸪，颠狂舞鸲鹆。月流春夜短，日下秋天速。谢傅隙过驹，萧娘风送烛。全凋蕣花折，半死梧桐秃。暗镜对孤鸾，哀猿留寡鹄。凄凄隔幽显，冉冉移寒燠。万事此时休，百身何处赎？提携小儿女，将领旧姻族。再入朱门行，一傍青楼哭。枥空无厩马，水涸失池鹜。摇落废井梧，荒凉故篱菊。莓苔上几阁，尘土生琴筑[①]。舞榭缀蟏蛸，歌梁聚蝙蝠。嫁分红粉妾，卖散苍头仆。门客思彷徨，家人哭呷噢。心期正萧索，宦序仍拘局。怀策入崤函，驱车辞郑鄏。逢时念既济，聚学思大畜。端详筮仕蓍，磨拭穿杨镞。始从雠校职，首中贤良目。一拔侍瑶池，再升纡绣服。誓酬君王宠，愿使朝廷肃。密勿奏封章，清明操宪牍。鹰韝中病下，豸角当邪触。纠谬静东周，申冤动南蜀。危言诋阉寺，直气忤钧轴。不忍曲作钩，乍能折为玉。扪心无愧畏，腾口有谤讟。只要明是非，何曾虞祸福？车摧太行路，剑落酆城狱。襄汉问修途，荆蛮指殊俗。谪为江府掾，遣事荆州牧。趋走谒麾幢，喧烦视鞭扑。簿书长自领，缧囚每亲鞫。竟日坐官曹，经旬旷休沐。宅荒渚宫草，马瘦畲田粟。薄俸等涓毫，微官同桎梏。月中照形影，天际辞骨肉。鹤病翅羽垂，兽穷爪牙缩。行看鬓间白，谁劝杯中绿？时伤大野麟，命问长沙鹏。夏梅山雨渍，秋瘴海云毒。巴水白茫茫，楚山青簇簇。吟君七十韵，是我心所蓄。既去诚莫追，将来幸前勖。欲除忧恼病，当取禅经读。须悟事皆空，无令念将属。请思游春梦，此梦何闪倏！艳色即空花，浮生乃焦榖[②]。良姻在佳偶，顷刻为单独。入仕欲荣身，须臾成黜辱。合者离之始，乐兮忧所伏。愁恨僧只长，欢荣刹那促。觉悟因傍喻，迷执由当局。膏明诱暗蛾，阳焰奔痴鹿。贪为苦聚落，爱是悲林麓。水荡无明波，轮

① “土”，贯华堂本作“上”，据芥子园本、金谷园本改。

② “榖”，贯华堂本作“㱿”，据芥子园本、金谷园本改。

回生死辐。尘应甘露洒，垢待醍醐浴。瘴要智灯烧，魔须慧刀戮。外熏性易染，内战心难衄。法句与心王，期君日三复。

题会真诗三十韵

杜 牧

鹦鹉出深笼，麒麟步远空。拂墙花飒飒，透户月胧胧。暗度飞龙竹，潜挨舞凤桐。松篁摇夜影，锦绣动春风。远信传青鸟，私期避玉童。柳烟轻漠漠，花气淡濛濛。小小钗簪凤，盘盘髻绾龙。无言欹宝枕，赧面对银釭。姑射离仙阙，姮娥降月宫。精神绝赵北，颜色冠蒲东。密约千金值，灵犀一点通。修眉蛾绿扫，媚脸粉香蒙。燕隐凝香垒，蜂藏芍药丛。留灯垂绣幕，和月簌帘栊。弱体花枝颤，娇颜汗颗融。笋抽纤玉软，莲衬朵颐丰。笑吐丁香舌，轻摇杨柳躬。未酬前恨足，肯放此情松。幽会愁难载，通宵意未穷。锦衾温未暖，玉漏滴将终。密语重言约，深盟各诉衷。树交连理并，带结合欢同。烟篆消金兽，灯花落玉虫。残星光闪闪，曙色影曈曈。别泪倾江海，行云蔽华嵩。花钿留宝匳，罗帕记新红。有梦思春草，无因系短蓬。伤心怨别鹤，停目送归鸿。厚德难酬报，高天可径冲。寸诚言不已，封在锦笺中。

春词酬元微之

沈亚之

黄莺啼时春日高，红芳发尽井边桃。美人手暖裁衣易，片片轻花落剪刀。

莺 莺 歌

李 绅

伯劳飞迟燕飞疾，垂杨绽金花笑日。绿窗娇女字莺莺，金雀鸦鬟年十七。黄姑上天阿母在，寂寞霜姿素莲质。门掩重关萧寺中，芳草花时不曾出。河桥上将亡官军，虎旗长戟交垒门。凤凰诏书犹未到，满城戈甲如云屯。家家玉貌弃泥土，少女娇妻愁被虏。出门走马皆健儿，红粉潜藏欲何处？呜呜阿母啼向天，窗中抱女投金钿。铅华不顾欲藏艳，玉颜转莹如神仙。此时潘郎未相识，偶住莲馆对南北。潜叹悽惶阿母心，为求白马将军力。明明飞诏五云下，将选金门兵悉罢。阿母深居鸡犬安，八珍玉食邀郎餐。千言万语对生意，小女初笄为姊妹。丹诚寸心难自比，写在红笺方寸纸。寄与春风伴落花，仿佛随风绿杨里。窗中暗读人不知，剪破红绡裁作诗。还怕香风易飘荡，自令青鸟口衔之。诗中报郎含隐语，郎知暗到花深处。三五月明当户时，与郎相见花间路。

贯华堂第六才子书西厢记卷之三终

雙文小像
玆燕鶯爲字聯徽氏姓崔非烟宜采畫
秀玉勝江梅薄命千年恨芳心一寸灰
西廂舊紅樹曾與月徘徊

《西厢》者何？书名也。书曷为乎名曰《西厢》也？书以纪事，有其事，故有其书也；无其事，必无其书也。今其书有事，事在西厢，故名之曰《西厢》也。西厢者，普救寺之西偏屋也。普救寺，则武周金轮皇帝所造之大功德林也。普救寺有西厢，而是西厢之西又有别院。别院不隶普救而附于普救，盖是崔相国出其堂俸之所建也。先是，法本者，相国之所剃度，是即相国之门徒也。相国因念，诚得一日避贤罢相，而芒鞋竹杖舍佛安适矣。然身愿为仓卒客，不愿门徒为仓卒主人，而于是特占此一袈裟，以为老人菟裘。而不虞落成之日，不善颂祷，不闻歌，乃闻哭，不得以玉带赌镇山门，而竟以丹旐将诸茕独，此老夫人所以停丧得于寺中之故也。故西厢者，普救寺之西偏屋也。西厢之西，又有别院，则老夫人之停丧所也。乃丧停而艳停，艳停而才子停矣。夫才子之停于西厢也，艳停于西厢之西故也。艳之停于西厢之西也，丧停故也。乃丧之停于西厢之西也，则实为相国有自营菟裘故也。夫相国营菟裘于西厢之西，而普救寺之西厢遂以有事，乃至因事有书，而令万万世人传道无穷。然则出堂俸建别院，又可不慎乎哉！

圣叹之为是言也，有二故焉。其一，教天下以慎诸因缘也。佛言：一切世间皆从因生。有因者则得生，无因者终竟不生。不见有因而不生，无因而反忽生。亦不见瓜因而豆生，豆因而反瓜生。是故如来教诸健儿，慎勿造因。呜呼！胡可不畏哉！语云：其父报仇，子乃行劫。盖言报仇必杀人也，而其子者不见负仇①，但见杀人，则亦戏学杀人。杀人而国且以法绳之，子畏抵法也，遂逃命萑蒲中；萑蒲中又无所得食也，则不得已仍即以杀人为业矣。若是乎仇亦慎勿报也。盖圣叹现见其事已数数矣。现见其父中年无欢，聊借丝竹，陶写情抱也。不眴眼而其子手执歌板，沿门唱曲。若是乎谢太傅亦慎勿学也。现见其父忧来伤人，愿引圣人，托于沉冥也。不眴眼而其子骂座被

① “负”，金谷园本作“报”。

驱,坠车折胁。若是乎阮嗣宗亦慎勿学也。现见其父家居多累,竹院寻僧,略商古德也。不眴眼而其子引诸髡奴,污乱中冓。若是乎张无垢亦慎勿学也。现见其父希心避世,物外田园,方春劝耕也。不眴眼而其子担粪服牛,面目黧黑。若是乎陶渊明亦慎勿学也[1]。如彼崔相国,当时出堂俸,建别院,一时座上宾客,夫孰不啧啧贤者?是真谓之内秘菩萨,外现宰官,而已不觉不知亲为身后之西厢月下远远作因,不然而岂其委诸曰双文为之乎?委诸曰才子为之乎?委之双文,双文无因;委之才子,才子无因。然则西厢月下之事,非相国为因,又谁为之?呜呼!人生世间,举手动足,又有一毫可以漫然遂为乎哉!

其一,教天下以立言之体也。夫老夫人,守礼谨严,一品国太君也。双文,千金国艳也。即阿红,亦一时上流姿首也。普救寺者,河中大刹,则其堂内堂外,僧徒何止千计,又况八部海涌,十方云集,此其目视、手指、心动、口说,岂复人意之所能料乎哉?今以老犹未老,幼已不幼,虽在斩然衰绖之中,而其纵纵扈扈,终非外人习见之恒仪也。而俨然不施帟幕而偪处此,为老夫人者,岂三家村烧香念佛妪乎。不然,胡为无礼至此!圣叹详睹作者,实于西厢之西,别有别院。此院必附于寺中者,为挽弓逗缘;而此院不混于寺中者,为双文远嫌也。君子立言,虽在传奇,必有体焉,可不敬与!

题目总名

张君瑞巧做东床婿,法本师住持南禅地。
老夫人开宴北堂春,崔莺莺待月西厢记。

率尔一题,亦必成文。观其请"东""南""北"三,陪"西"字焉。

① "渊",贯华堂本作"泉",据金谷园本改。

第一之四章题目正名①

老夫人开春院
崔莺莺烧夜香
小红娘传好事
张君瑞闹道场

一部书，十六章，而其第一章大笔特书曰："老夫人开春院。"罪老夫人也。虽在别院，终为客居，乃亲口自命红娘引小姐于前庭"闲散心"。一念禽犊之恩，遂至逗漏无边春色。良贾深藏，当如是乎？厥后诈许两廊，退贼愿婚，乃又悔之，而又不遣去之，而留之书房，而因以失事，犹未减焉。

① "之"，贯华堂本无，据芥子园本补。

一之一 惊艳

一之一　惊　艳[1]

今夫提笔所写者古人，而提笔写古人之人为谁乎？有应之者曰：我也。圣叹曰：然，我也。则吾欲问此提笔所写之古人，其人乃在十百千年之前，而今提笔写之之我，为信能知十百千年之前，真曾有其事乎，不乎？乃至真曾有其人乎，不乎？曰：不能知。不知，而今方且提笔曲曲写之，彼古人于冥冥之中，为将受之乎，不乎？曰：古人实未曾有其事也，乃至古亦实未曾有其人也。即使古或曾有其人，古人或曾有其事，而彼古人既未尝知十百千年之后，乃当有我将与写之而因以告我，我又无从排神御气，上追至于十百千年之前，问诸古人。然则今日提笔而曲曲所写，盖皆我自欲写，而于古人无与。与古人无与，则古人又安所复论受之与不受哉？曰：古人不受，然则谁受之？曰：我写之，则我受之矣。夫我写之，即我受之，而于提笔将写未写之顷，命意吐词，其又胡可漫然也耶？《论语》传曰："一言智，一言不智。言不可以不慎。"盖言我必爱我，则我必宜自爱其言；我而不自爱其言者，是直不爱我也。我见近今填词之家，其于生旦出场第一引中，类皆肆然早作狂荡无礼之言，生必为狂且，旦必为倡女，夫然后愉快于心，以为情之所钟在于我辈也如此。夫天下后世之读我书者，彼岂不悟此一书中，所撰为古人名色，如君瑞、莺莺、红娘、白马，皆是我一人心头口头吞之不能，吐之不可，搔爬无极，醉梦恐漏，而至是终竟不得已，而忽然巧借古之人之事以自传，道其胸中若干日月以来，七曲八曲之委折乎？其中如径斯曲，如夜斯黑，如绪斯多，如蘖斯苦，如痛斯忍，如病斯讳。设使古人昔者真有其事，是我今日之所决不与知，则今日我有其事，亦是昔者古人之所决不与知者也。夫天下后世之读我书者，彼则深悟君瑞非他君瑞，殆即著书之人焉是也；莺莺非他莺莺，殆即著书之人之心头之人焉是也；红娘、白马悉复非他，殆即为著书之人力作周旋之人焉是也。如是而提笔之时不能自爱，而竟肆然自作狂荡无礼之言，以自愉快其心，是则岂非身自愿为狂且，而以其心头之人为倡女乎？读《西厢》第一折，观其写君瑞也如彼，夫亦可以

---

① 贯华堂本正文中均无折目，此据卷首目录补，以下不再出校。

大悟古人寄托笔墨之法也矣。

亦尝观于"烘云托月"之法乎？欲画月也，月不可画，因而画云。画云者，意不在于云也；意不在于云者，意固在于月也。然而意必在于云焉，于云略失则重，或略失则轻，是云病也，云病即月病也。于云轻重均停矣，或微不慎，渍少痕如微尘焉，是云病也，云病即月病也。于云轻重均停，又无纤痕渍如微尘，望之如有，揽之如无，即之如去，吹之如荡，斯云妙矣。云妙而明日观者沓至，咸曰："良哉月与！"初无一人叹及于云。此虽极负作者昨日惨淡旁皇画云之心，然试实究作者之本情，岂非独为月，全不为云？云之与月，正是一幅神理，合之固不可得而合，而分之乃决不可得而分乎！

《西厢》第一折之写张生也是已。《西厢》之作也，专为双文也。然双文国艳也，国艳则非多买胭脂之所得而涂泽也。抑双文天人也，天人则非下土蝼蚁工匠之所得而增减雕塑也。将写双文，而写之不得，因置双文勿写而先写张生者，所谓画家"烘云托月"之秘法。然则写张生必如第一折之文云云者，所谓轻重均停，不得纤痕渍如微尘也。设使不然，而于写张生时，厘毫夹带狂且身分，则后文唐突双文乃极不小。读者于此，胡可以不加意哉？

（夫人引莺莺、红娘、欢郎上云）老身姓郑，夫主姓崔，官拜当朝相国，不幸病薨。只生这个女儿，小字莺莺，年方一十九岁，针黹女工，诗词书算，无有不能。相公在日，曾许下老身侄儿、郑尚书长子郑恒为妻。因丧服未满，不曾成合。这小妮子，是自幼伏侍女儿的，唤做红娘。这小厮儿，唤做欢郎，是俺相公讨来压子息的。相公弃世，老身与女儿扶柩往博陵安葬。因途路有阻，不能前进，来到河中府，将灵柩寄在普救寺内。这寺乃是天册金轮武则天娘娘敕赐盖造的功德院。长老法本，是俺相公剃度的和尚。因此上有这寺西边一座另造宅子，足可安下。一壁写书附京师，唤郑恒来，相扶回博陵去。俺想相公在日，食前方丈从者数百，今日至亲只这三四口儿，好生伤感人也呵！

〔仙吕〕**【赏花时】**（夫人唱）夫主京师禄命终，子母孤孀途路穷。旅榇在梵王宫。盼不到博陵旧冢，血泪洒杜鹃红。

今日暮春天气，好生困人。红娘，你看前边庭院无人，和小姐闲散心，立一回去。(红娘云)晓得。

于第一章大书曰:"老夫人开春院。"虽曰罪老夫人之辞,然其实作者乃是巧护双文。盖双文不到前庭,即何故为游客误见?然双文到前庭而非奉慈母暂解,即何以解于"女子不出闺门"之明训乎?故此处闲闲一白,乃是生出一部书来之根。即伏解元所以得见惊艳之由,又明双文真是相府千金秉礼小姐,盖作者之用意苦到如此。近世忤奴,乃云双文直至佛殿,我睹之而恨恨焉!

【后】(莺莺唱)可正是人值残春蒲郡东,门掩重关萧寺中。花落水流红,闲愁万种,无语怨东风。已上【赏花时】二曲,不是《西厢》一色笔墨,想是后人所添也。

(夫人引莺莺、红娘、欢郎下)

(张生引琴童上云)小生姓张,名珙,字君瑞,本贯西洛人也。先人拜礼部尚书。周公之礼,尽在张矣。妙!小生功名未遂,游于四方。即今贞元十七年二月上旬,欲往上朝取应,路经河中府。有一故人,姓杜名确,字君实,与小生同郡同学,曾为八拜之交。后弃文就武,遂得武举状元,官拜征西大元帅,统领十万大军,现今镇守蒲关。小生就探望哥哥一遭,却往京师未迟。暗想小生萤窗雪案,学成满腹文章,尚在湖海飘零,未知何日得遂大志也呵!看其中心如焚,止为满腹文章,有志未就,其他更无一言有所及。正是:万金宝剑藏秋水,满马春愁压绣鞍。别样丽句,一气说下,不对读,质言之,只是不得见用,故闷人也。却将宝剑、绣鞍、秋水、春愁互得好①。

〔仙吕〕【点绛唇】(张生唱)游艺中原,言游艺,则其志道可知也。开口便说志道游艺,则张生之为人可知也。脚根无线、如蓬转。其至中原也,不独至中原也。不独至中原,而今暂至中原,则其于别院中人,真如风马牛也。望眼连天,日近长安远。中心如焚,止为长安,岂有他哉!看他一部书,无限偷香傍玉,其起手乃作如是笔法。

右第一节。言张生之至河中,正为上京取应,初无暂留一日二日之心。

【混江龙】向诗书经传,蠹鱼似不出费钻研。棘围呵守暖,铁砚呵

---

① "互",贯华堂本作"五",据芥子园本、金谷园本改。

磨穿。投至得云路鹏程九万里，先受了雪窗萤火十馀年。才高难入俗人机，时乖不遂男儿愿。怕你不雕虫篆刻，断简残篇。哀哉此言，普天下万万世才子同声一哭！○看张生写来是如此人物，真好笔法。

右第二节。写张生满胸前刺刺促促，只是一色高才未遇说话，其馀更无一字有所及。

行路之间，早到黄河这边，你看好形势也呵！

张生之志，张生得自言之；张生之品，张生不得自言之也。张生不得自言，则将谁代之言，而法又决不得不言，于是顺便反借黄河，快然一吐其胸中隐隐岳岳之无数奇事。呜呼！真奇文大文也①。

【油葫芦】九曲风涛何处险，正是此地偏。带齐梁，分秦晋，隘幽燕。雪浪拍长空，天际秋云卷。便是曹公乱世奸雄语。竹索缆浮桥，水上苍龙偃。便是治世能臣语也。东西贯九州，南北串百川。言其学之富。归舟紧不紧如何见？似弩箭离弦。言其才之敏也。**【天下乐】**疑是银河落九天，高源云外悬。言其所本者高。入东洋不离此径穿。言其所到者大。滋洛阳千种花，言其润色帝图。润梁园万顷田，言其霖雨万物。我便要浮槎到日月边。又结至上京取应也。

右第三节。借黄河以快比张生之品量。试看其意思如此，是岂偷香傍玉之人乎哉！用笔之法，便如擘五石劲弩，其势急不可就，而入下斗然转出事来，是为奇笔。

说话间，早到城中。这里好一座店儿。琴童，接了马者！店小二哥那里？（店小二云）自家是状元坊店小二哥。官人要下呵，俺这里有干净店房。（张生云）便在头房里下。小二哥，你来，这里有甚么闲散心处？（小二云）俺这里有座普救寺，是天册金轮武则天娘娘敕建的功德院，盖造非常。南北往来过者，无不瞻仰。只此处可以游玩。（张生云）琴童，安顿行李，撒和了马，我到那里走一遭。（琴童云）理会得。（俱下）

（法聪上云）小僧法聪，是这普救寺法本长老的徒弟。今日师父赴斋去了，着俺在寺中，但有探望的，便记着，待师父回来报知。山门下立地，看有甚么人来。（张生上云）曲径通幽处，禅房花木深。却早来到也。（相见科）（聪云）先生从何处来？（张生云）小生西洛至此，闻上刹清幽，

① “大”，金谷园本作“至”。

一来瞻礼佛像，二来拜谒长老。（聪云）俺师父不在，小僧是弟子法聪的便是。请先生方丈拜茶。（张生云）既然长老不在呵，不必赐茶。敢烦和尚相引，瞻仰一遭。（聪云）理会得。（张生云）是盖造得好也！

【村里迓鼓】随喜了上方佛殿，只一"了"字，便是游过佛殿也。而后之忤奴，必谓张、莺同在佛殿，一何悖哉！○每曲一句，是游一处。又来到下方僧院。又游一处。○如忤奴之意，不成张、莺厮赶僧院耶！厨房近西，又游一处。法堂北，又游一处。钟楼前面。又游一处。游洞房，又游一处。登宝塔，又游一处。将回廊绕遍。又游一处。○已上，于寺中已到处游遍，更无馀剩矣，便直逼到崔相国西偏别院。笔法真如东海霞起，总射天台也。我数毕罗汉，参过菩萨，拜罢圣贤。此三句，不接上文之下，乃重申上文处处所见。盖上文以佛殿、僧院、厨房、法堂、钟楼、洞房、宝塔、回廊出崔氏别院，而此又以罗汉、菩萨、圣贤一切相衬出惊艳也。其文如宋刻玉玩，双层浮起。那里又好一座大院子，却是何处？待小生一发随喜去。（聪拖住云）那里须去不得，先生请住者，里面是崔相国家眷寓宅。（张生见莺莺、红娘科）蓦然见五百年风流业冤！此即双文奉老夫人慈命[①]，暂至前庭闲散心，小立片时也[②]。忤奴必云：荡然游寺，被人撞见。

右第四节。写张生游寺已毕，几几欲去，而意外出奇，凭空逗巧。○如此一段文字，便与《左传》何异？凡用佛殿、僧院、厨房、法堂、钟楼、洞房、宝塔、回廊无数字，都是虚字；又用罗汉、菩萨、圣贤无数字，又都是虚字。相其眼觑何处，手写何处，盖《左传》每用此法[③]。我于《左传》中说，子弟皆谓理之当然。今试看传奇亦必用此法，可见临文无法，便成狗嗥，而法莫备于《左传》。甚矣，《左传》不可不细读也。我批《西厢》，以为读《左传》例也。

【元和令】颠不剌的见了万千，这般可喜娘罕曾见。言所见万千，亦皆绝艳，然非今日之谓也。看他用第一笔乃如此，便先将普天下蛾眉推倒。我眼花撩乱口难言，魂灵儿飞去半天。看他用第二笔又如此，偏不便写，偏只空写，此真用笔入神处。忤奴又谓张生少年涎脸。

① "老"，贯华堂本作"○"符号，据芥子园本、金谷园本改。
② "小"，芥子园本、金谷园本作"少"。
③ "此"，贯华堂本作"世"，据芥子园本、金谷园本改。

右第五节。写张生惊见双文，目定魂摄，不能遽语。若遽语，即成何文理。

尽人调戏，亸着香肩，只将花笑拈。“尽人调戏”者，天仙化人，目无下土，人自调戏，曾不知也。彼小家十五六女儿，初至门前，便解不可尽人调戏，于是如藏似闪，作尽丑态。又岂知郭汾阳王爱女，晨兴梳头，其执栉进巾[①]，捧盘泻水[②]，悉用偏裨牙将哉？《西厢记》只此四字，便是吃烟火人道杀不到。千载徒传“临去秋波”，不知已是第二句。【上马娇】是兜率宫？是离恨天？我谁想这里遇神仙！纯写“尽人调戏”神韵。看他用第三笔又如此，只是空写。

右第六节。写双文不曾久立，张生瞥然惊见。此一顷刻，真如妙喜于阿閦佛国一现，不可再现。今乃欲于顷刻一现中，写尽眼中无边妙丽，可知着笔最是难事，因不得已而穷思极算，算出“尽人调戏”四字来。盖下文写双文见客即走入者，此是千金闺女自然之常理，而此处先下“尽人调戏”四字，写双文虽见客走入，而不必如惊弦脱兔者，此是天仙化人，其一片清净心田中，初不曾有下土人民半星龌龊也。看他写相府小姐，便断然不是小家儿女。笔墨之事，至于此极，真神化无方。

宜嗔宜喜春风面。

右第七节。只此七字是双文正面，下便侧转身来也[③]。○须知自“颠不剌”起至“晚风前”止，描画双文凡用若干语，而其实双文止是阿閦佛国瞥然一现，盖只此七字是也。此七字已上，皆是空写；已下，则皆写双文入去[④]。我不知双文此日亦见张生与否[⑤]。若张生之见之，则止于此七字而已也。后之忤奴，必谓双文于尔顷已作目挑心招种种丑态，岂知《西厢记》妙文原来如此。

偏、【上马娇】有此一字句，此恰用着，言双文侧转身来也。宜贴翠花钿。是侧转来所见也。【胜葫芦】宫样眉儿新月偃，侵入鬓云边。是侧转来所见也。

右第八节。写双文侧转身来，圣叹遂于纸上亲见其翩若惊鸿。

---

① “巾”，贯华堂本作“申”，据芥子园本、金谷园本改。
② “泻”，贯华堂本作“写”，据芥子园本、金谷园本改。
③ “下”，贯华堂本作“十”，据芥子园本、金谷园本改。
④ “入”，贯华堂本作“人”，据芥子园本、金谷园本改。
⑤ “日”，贯华堂本作“目”，据芥子园本、金谷园本改。

即日我将以此妙文，持赠普天下才子，亦愿一齐于纸上同见双文翩若惊鸿也。普天下才子读至此处，爱杀双文，安能不爱杀圣叹耶！然世间或有不爱杀圣叹者，圣叹乃无憾。何则？渠固不知文心之苦者也。〇此方是活双文，非死双文也。伧乃不解，遂谓面是面，钿是钿，眉是眉，鬓是鬓，则是泥塑双文也。

未语人前先腼腆，一。樱桃红破，二。玉粳白露，三。半晌四。恰方言。五。【后】似呖呖莺声花外啭。一句破作五六句，几于笔尖不肯着纸。

（莺莺云）红娘，我看母亲去。

右第九节。双文才见客来，便侧转身云："我看母亲去。"此是一晌眼间事，看他偏有本事，将"我看母亲"一声写出如许章法。

行一步上"偏"字，便是侧转身来行此一步也。可人怜，解舞腰肢娇又软。千般袅娜，万般旖旎，似垂柳在晚风前。此只是侧转身来之第一步也，再一步便入去了也。而张生此时未知也，遂极叹之也。

右第十节。自"偏"字至此，止是一晌眼间事。盖侧转身来，便移步入去也。

（莺莺引红娘下）

双文去矣，水已穷，山已尽矣。文心至此，如划然弦断，更无可续矣。看他下文，凭空又驾出妙构来。

【后庭花】你看衬残红芳径软，步香尘，底印儿浅。下将凭空从脚痕上揣摹双文留情，故此特肖芳径浅印①，以令人看也。伧父强作解事，多添衬字，言是叹其小，叹其轻。彼岂知文法生起哉！休题眼角留情处，只这脚踪儿将心事传。张生从何说起？作者从何入想？且又不便于脚痕上见鬼，又先于眼角上掉谎，行文可谓千伶百俐，七穿八跳矣！慢俄延，投至到栊门前面，只有那一步远。谁曾俄延？先生谎也。如此文字，真乃十分是精灵，十二分是鬼怪矣！〇上云你看看底印也。看底印何也？看其将心事传也。底印何见其将心事传？看其步步慢，故步步近，即步步不忍舍我入去也。分明打个照面，自夸所揣如见也。写出活张生来，真不是死张生也。风魔了张解元。

右第十一节。上文张生瞥然惊见，双文翩然深逝，其间眼见并无半丝一线，然则过此以往，真乃如鸿飞冥冥，弋者其奚慕哉。忽然于

① "芳径"，贯华堂本作"方经"，据芥子园本、金谷园本改。

极无情处生扭出情来，并不曾以点墨唐突双文，而张生已自如蚕吐丝，自缚自闷。盖下文无数借厢附斋，皆以此一节为根也。○忤奴必欲于此一折中，谓双文售奸，以致张生心乱。我得而知其母、其妻、其女之事焉！○此一折中，双文岂惟心中无张生，乃至眼中未曾有张生也。不惟实事如此，夫男先乎女，固亦世之恒礼也。人但知此节为行文妙笔，又岂知其为立言大体哉？

神仙归洞天，空馀杨柳烟，只闻鸟雀喧。**【柳叶儿】**门掩了梨花深院，粉墙儿高似青天。恨天不与人方便，难消遣，怎留连，有几个意马心猿？

右第十二节。正写双文已入去也。易解。

【寄生草】兰麝香仍在，双文既入，门便闭矣。门既闭，双文便更不见矣。看他偏要逞好手，从门外张生，再写出门里双文来。真是镜花水月，全用光影边事。此一句，是向门外写也。佩环声渐远。此一句，便向门内写也。东风摇曳垂杨线，是从门外仰望墙头也。游丝牵惹桃花片，是魂随游丝飞过墙去也。珠帘掩映芙蓉面。是魂在墙内逢神见鬼也。这边是河中开府相公家，墙外也。那边是南海水月观音院。墙内也。**【赚煞尾】**望将穿，墙外也。涎空咽，墙内也。

右第十三节。双文已入，门已闭，却写张生于墙外洞垣直透见墙内双文，又是一样凭空妙构。真正活张生，非死张生也。

我明日透骨髓相思病缠。我当他临去秋波那一转，我便铁石人也意惹情牵。妙。眼如转，实未转也。在张生必争云"转"，在我必为双文争曰"不曾转"也。忤奴乃欲效双文转。

右第十四节。至此遂放声言之也。

近庭轩花柳依然，日午当天塔影圆。春光在眼前，"依然"，妙。半日迷魂，忽然睁眼。奈玉人不见。将一座梵王宫，化作武陵源。

右第十五节。写张生从别院门前复身入寺，见寺中庭轩、花柳、日影、春光依然如故，与上第四节文字作呼应，所谓第四节入三昧，此节出三昧也。入得去，出得来，谓之好文字；杀得入去，杀得出来，谓之好健儿；入得定去，出得定来，谓之好菩萨。若前不知入去，后不知出来者，禅家谓之肚皮中鼓粥饭气也。双文不到佛殿，岂不信哉？

一之二　借　厢

一之二 借厢

吾尝遍观古今人之文矣，有用笔而其笔不到者，有用笔而其笔到者，有用笔而其笔之前、笔之后、不用笔处无不到者。夫用笔而其笔不到[1]，则用一笔而一笔不到，虽用十百千乃至万笔，而十百千万笔皆不到也，兹若人毋宁不用笔可也。用笔而其笔到，则用一笔，斯一笔到；再用一笔，斯一笔又到。因而用十百千乃至万笔，斯万笔并到，如先生是真用笔人也。若夫用笔而其笔之前、笔之后、不用笔处无处不到，此人以鸿钧为心，造化为手，阴阳为笔，万象为墨。心之所不得至，笔已至焉；笔之所不得至，心已至焉。笔所已至，心遂不必至焉；心所已至，笔遂不必至焉。读其文，其文如可得而读也，然而能读者，读之而读矣；不能读者，读之而未曾读也。何也？其文则在其文之前、之后、之四面，而其文反非也。故用笔而其笔不到者，如今世间横灾梨枣之一切文集是也；用笔而其笔到者，如世传韩、柳、欧、王、三苏之文是也。若用笔而其笔之前后、不用笔处无不到者，舍《左传》吾更无与归也！《左传》之文，庄生有其骀宕，《孟子》七篇有其奇峭，《国策》有其匝致，圣叹别有《批〈孟子〉》、《批〈国策〉》欲呈教。太史公有其宠炆。夫庄生、《孟子》、《国策》、太史公又何足多道，吾独不意《西厢记》，传奇也，而亦用其法。然则作《西厢记》者，其人真以鸿钧为心，造化为手，阴阳为笔，万象为墨者也。

何也？如夜来张生之瞥见惊艳也，如天边月，如佛上华，近之固不可得而近，而去之乃决不可得而去也。决不可得而去，则务必近之，而近之之道，其将从何而造端乎？通夜无眠，通夜思量，夫张生绝世之聪明才子也，彼且忽然而得算矣。谓天下之事，有斗笋，有合缝。斗笋，其始也；合缝，其终也。今日之事，不图合缝，且图斗笋。夫惊艳之在深深别院中也，此缝未易合也；而相国别院之在无遮大刹中也，此笋或可斗也。天明已乎？胡天正未明也。鸡唱矣乎？胡鸡正未唱也。鼓终矣乎？胡鼓正未终也。我不图合缝，我且图斗笋。夫他日缝之终合与不合，事则在他日，我不敢料也。若夫今日笋之必斗

① “夫”，贯华堂本作“天”，据芥子园本、金谷园本改。

而不可不斗，乃至必宜急斗而不可迟斗，事则在今日矣。我安得鸡唱鼓终，天明入寺，而一问法聪乎？鸡不唱，鼓不终，天不明，则不得入寺而问聪，此其心乱如麻可知也。设也倏忽之间而鸡唱矣，鼓终矣，天明矣，乃入寺问聪，而聪不我应，此又当奈之何哉？夫聪之必我应而不不我应，固也；然聪之虽必我应，而万一竟不我应，亦或然之事也。再思量之，则聪之或我应，或不我应，皆有之道也。再思量之，则聪之不我应也，其数多；其我应，乃数之少者也。再思量之，则聪必不我应者也，于是事急矣，心死矣，神散乱矣，发言无次矣，入寺见聪便发极云：不做周方，我必埋怨杀你。盖聪闻之而斗然惊焉，何则？张生固未尝先云借房，则聪殊不知其"不做周方"之为何语也。张生未尝先云借房，而便发极云"不做周方"者，此其一夜心问口、口问心，既经百千万遍，则更不计他人之知与不知也。只此起头一笔二句十三字，便将张生一夜无眠，尽根极底，生掬活现①。所谓用笔在未用笔前，其妙则至于此，是惟《左传》往往有之。借曰不然，而或顺文写之曰："你借我半间客舍僧房。"然后乃继之曰："不做周方。"只略倒转，便成恶札。嗟乎！文章之事，通于造化。当世不少青莲花人，吾知必于千里万里外遥呼圣叹，酹酒于地曰：汝言是也！汝言是也！则圣叹亦于千里万里外，遥呼青莲花人，酹酒于地曰：先生，汝是作得《西厢记》出人也。已上，皆是"不做周方"一笔前②，故意藏下之文。圣叹特地代之写出来，以明"不做周方"之一笔③，其手法神妙至于如此。试思"不做周方"二句，十三字耳，其前乃有如许一篇大文，岂不奇绝！

红娘切责后，张生良久良久，此时最难措语。今看其【哨遍】一篇，极尽文章排荡之法，是已为奇事矣。偏有本事，又排荡出【耍孩儿】五篇。忽然从世间男长女大，风勾月引一段关窍，硬作差派，先坐煞小姐，以深明适者我并非失言，然后云："红娘而肯做周旋耶，则我亦不过两得其便；若红娘毕竟不做周旋耶，则小姐自失便宜。"已又云："既已不做周旋，则我亦决计便不思量。"已又云："汝自不做周旋，我自终不得不思量。"凡五煞，俱是大起大落之笔，皆所以切怨红

① "掬"，芥子园本、金谷园本作"描"。
② "皆"，贯华堂本作"若"，据芥子园本、金谷园本改。
③ "明"，贯华堂本作"周"，据芥子园本、金谷园本改。

娘也。切怨红娘者，一题自有一题之文。若此篇则是切怨红娘之文也，不知者悉以为慕莺之文。不成一部《西厢》篇篇皆慕莺之文，又有何异同耶！

(夫人上云)红娘，你传着我的言语，去寺里问他长老：几时好与老相公做好事？问的当了，来回我话者。(红娘云)理会得。(下)

(法本上云)老僧法本，在这普救寺内住持做长老[1]。夜来老僧赴个村斋，不知曾有何人来探望。(唤法聪问科)(法聪云)夜来有一秀才，自西洛而来，特谒我师，不遇而返。(法本云)山门外觑者，倘再来时，报我知道。(法聪云)理会得。

(张生上云)自夜来见了那小姐，着小生一夜无眠。今日再到寺中访他长老，小生别有话说。(与法聪拱手科)

〔中吕〕【粉蝶儿】(张生唱)不做周方，埋怨杀你个法聪和尚！

右第一节。无序无由，斗然叫此一句，是为何所指耶？身自通夜无眠，千思万算，已成熟话。若法聪者，又不曾做蛆，向驴胃中度夏，渠安所得知先生心中何事，要人"做周方"耶？岂非极不成文，极无理可笑语？然却是异样神变之笔，便将张生一夜中车轮肠肚总掇出来。使低手为之，当云"来借僧房，敬求你个法聪和尚，你与我用心儿做个周方"云云，亦谁云不是【粉蝶儿】？然只是今朝张生，不复有昨夜张生。圣叹每云"不会用笔者，一笔只作一笔用；会用笔者，一笔作百十来笔用"，正谓此也。

(聪云)先生来了，小僧不解先生话哩。

你借与我半间儿客舍僧房[2]，与我那可憎才居止处，门儿相向。"可憎"者，爱极之反辞也。王摩诘诗云"洛阳女儿对门居"。尝叹其"对门"二字，淫艳非常，不意本色道人胸中乃有如此设想。今此"门儿相向"四字，便是一副锦心绣手，不必定是青蓝，而自然视之欲笑也。虽不得窃玉偷香，且将这盼行云眼睛打当。笔皆起伏。

右第二节。后文至【上小楼】之后阕，始向长老借房者，借房之次第也；此文才上场便向法聪借房者，借房之心事也。借房不可不次第，则必待至【上小楼】之后阕也；借房之心事，刻不可忍，则必于此上

---

① "持"，贯华堂本作"特"，据芥子园本、金谷园本改。
② "儿"，贯华堂本作"见"，据芥子园本、金谷园本改。

场之一刻也。

（聪云）小僧不解先生话。

【醉春风】我往常见傅粉的委实羞，画眉的敢是谎[1]。不但是笔之起伏，此正是与张生争杀身分。夫与张生争杀身分者，正是与双文争杀身分也。若张生平生，但见一眉一眼、一裙一袜，便连路丧节者，今日所见，乃不足又道也。今番不是在先，人心儿里早痒、句。痒。句。○【醉春风】有此一重字作一句，最要用得恰妙。撩拨得心慌，断送得眼乱，轮转得肠忙。

右第三节。文自明。

（聪云）小僧不解先生话也。师父久待，小僧通报去。（张生见法本科）

【迎仙客】我只见头似雪，鬓如霜，面如少年得内养。貌堂堂，声朗朗，只少个圆光，便是捏塑的僧伽像。

右第四节。乃不可少。

（法本云）请先生方丈内坐。夜来老僧不在，有失迎迓，望先生恕罪！（张生云）小生久闻清誉，欲来座下听讲，不期昨日相左。今得一见，三生有幸矣。（本云）敢问先生世家何郡，上姓大名，因甚至此？（张生云）小生西洛人氏，姓张，名珙，字君瑞。因上京应举，经过此处。

【石榴花】大师一一问行藏，小生仔细诉衷肠。自来西洛是吾乡，宦游在四方，寄居在咸阳。先人礼部尚书多名望，五旬上因病身亡。平生正直无偏向，至今留四海一空囊。

右第五节。乃不可少。○虽不可少，然无事人向有事人作寒暄，彼有事人又不得不应。此景真可一噱也。○如送秧人被看鸭奴问话，紧急报船误行入木筏路中，皆何足道。莫苦于贫士一屋儿女，傍午无烟，不得不向鲍叔告乞升斗。乃入门相揖，不可便语，而彼鲍叔则且睇目看天，缓缓言"节序佳哉"，又缓缓言"某物应时矣，已得尝新否"，殊不觉来客心头泪落如豆。我愿普天下菩萨鲍叔，于彼二三贫贱兄弟无故忽然早来之时，善须察言观色，慰劳无故，而后即安。此亦天地自然之常理，不足为奇节也。圣叹此语，守钱奴见之而怨怒焉。此亦大不解事矣！圣叹此语，岂向守钱奴作说客耶？或曰：圣叹亦大不解事，彼守钱奴胡为得见圣叹此书耶！

---

① "谎"，贯华堂本作"讲"，据芥子园本、金谷园本改。

【斗鹌鹑】闻你浑俗和光，句法是叹，字法是嘲。果是风清月朗。小生呵，无意求官，有心听讲。

右第六节。此《借厢》之破题也，看其行文次第。

小生途路无可申意，聊具白金一两，与常住公用，伏望笑留。

秀才人情从来是纸半张，他不晓七青八黄。银色也。任凭人说短论长，他不怕掂斤播两。【上小楼】我是特来参访，你竟无须推让。这钱也难买柴薪，不够斋粮[①]，略备茶汤。写秀才入画。○作《西厢记》，忽然画秀才，不怕普天下秀才具公呈告官府耶？

右第七节。此《借厢》之入题也。

你若有主张，对艳妆，将言词说上，还要把你来生死难忘。

右第八节。反透过借厢一笔，令文字有跳脱之势。上来作诸般勤，本为借厢也。然理之所必无，或是事之所忽有，如"言词说上"、"生死难忘"，则是厢亦反不必借也。心头亦明明知其必无此事，而口头不觉忽忽定要说出来。痴人身分中真有此景况，又不特作文势跳脱而已。

（本云）先生客中何故如此，先生必有甚见教。从来是秃厮乖。（张生云）小生不揣有恳：因恶旅邸繁冗，难以温习经史。欲暂借一室，晨昏听讲。房金按月，任凭多少。（本云）敝寺颇有空房，任凭拣择。不呵，就与老僧同榻何如？李陵所谓"不入耳"之言，随笔写作一笑。

【后】不要香积厨，不要枯木堂。不要南轩，不要东墙。只近西厢，靠主廊，过耳房，方才停当。快休题长老方丈。诵之如蕉叶雨声，何其爽哉！又如鼓声撒豆点动，何其快乐哉！

右第九节。《借厢》正文也。

（红娘上云）俺夫人着俺问长老：几时好与老相公做好事。问的当了回话。（见本科）长老万福！夫人使侍妾来问：几时可与老相公做好事？（张生云）好个女子也呵！

【脱布衫】大人家举止端详，全不见半点轻狂。临济见牧牛嫂有抽钉拔楔之意，便知住山人真是大善知识。杜子美咏北方佳人，天寒修竹，则虽其侍婢，必云"摘花不插发"也。语云："不知其人，但观所使。"今写侍妾尚无半点轻狂，即双文之严重可知也。大师行深深拜了，一。启朱唇语言的当。二。【小梁

① "粮"，贯华堂本作"种"，据芥子园本、金谷园本改。

州】可喜庞儿浅淡妆，三。穿一套缟素衣裳。四。○“缟素衣裳”四字精细，是扶丧服也。

右第十节。○昔有二人，于玄元皇帝殿中，赌画东西两壁，相戒互不许窃窥。至几日，各画最前旛幢毕，则易而一视之。又至几日，又画中间旌钺毕，又易而一视之。又至几日，又画近身缨笏毕，又易而一视之。又至几日，又画陪辇诸天毕，又易而共视。西人忽向东壁哑然一笑，东人殊不计也。殆明并画天尊已毕，又易而共视，而后西人始投笔大哭，拜不敢起。盖东壁所画最前人物，便作西壁中间人物，中间人物却作近身人物，近身人物竟作陪辇人物。西人计之，彼今不得不将天尊人物作陪辇人物矣，已后又将何等人物作天尊人物耶？谓其必至技穷，故不觉失笑。却不谓东人胸中，乃别自有其日角月表、龙章凤姿，超于尘壒之外煌煌然一天尊。于是便自后至前，一路人物尽高一层。今被作《西厢记》人偷得此法，亦将他人欲写双文之笔，先写却阿红，后来双文自不愁不出异样笔墨，别成妙丽。呜呼！此真非伧父所得梦见之事也。

鹘伶渌老不寻常，偷睛望，眼挫里抹张郎。【后】我共你多情小姐同鸳帐，我不教你叠被铺床。将小姐央，夫人央。他不令许放，我自写与你从良。写红娘“鹘伶渌老不寻常”，乃张生之鹘伶渌老，亦不寻常也。红娘渌老不寻常，故赶眼挫偷抹张郎；乃张生渌老又不寻常，便早偷睛见其抹我也。一笔下，写四只渌老，好看煞人。

右第十一节。又用别样空灵之笔，重写阿红一遍也。抹，抹倒也，抹杀也，不以为意也。将欲写阿红不是叠被铺床人物，以明侍妾早是一位小姐矣，其小姐又当何如哉？却先写阿红眼中，全然抹倒张生，并不以张生为意，作一翻跌之笔，然后自云：你自抹杀我，我定不敢抹杀你。此真非已下人物也。文之灵幻，全是一片神工鬼斧，从天心月窟雕镂出来。伧父不知，乃谓写阿红眼好。夫上文之下，下文之上，有何关应，须于此处写阿红好眼耶？盖言你抹我，你不应抹我也。

(本云)先生少坐，待老僧同小娘子到佛殿上一看便来。(张生云)小生便同行何如？(本云)使得。(张生云)着小娘子先行，我靠后些。

【快活三】崔家女艳妆，莫不演撒上老洁郎？既不是睃趁放毫光，为甚打扮着特来晃。【朝天子】曲廊，洞房，你好事从天降。异样鬼斧神工之笔。

右第十二节。张生灵心慧眼，早窥阿红从那人边来，便欲深问之，而无奈身为生客，未好与人闺阁。因而眉头一皱，计上心来，忽作丑语，抵突长老，使长老发极，然后轻轻转出下文云。然则何为不使儿郎，而使梅香？便问得不觉不知，此所谓“明攻栈道，暗度陈仓”之法也。伧父又不知，以为张生忽作风话。斫山云：怪哉圣叹，其眼至此！我疑此书便是圣叹自制。

（本发怒云）先生好模好样，说那里话！（张生云）你须怪不得我说。

好模好样忒莽戆，烦恼耶唐三藏？妙句。便勘破普天下禅和子。偌大个宅堂，岂没个儿郎？要梅香来说勾当！一片闲心火热热地，止要问此一语，却驾起如此奇文。你在我行、口强，你硬着头皮上。言欲于其脑袋上，凿一百栗暴。盖定欲其告我真话也。

右第十三节。二节真乃希世奇文，圣叹不惟今生做不出，虽他生犹做不出。

（本云）这是崔相国小姐孝心，与他父亲亡过老相国追荐做好事，一点志诚，不遣别人，特遣自己贴身的侍妾红娘，来问日期。（本对红娘云）这斋供道场都完备了，十五日是佛受供日，请老夫人、小姐拈香。（张生哭云）哀哀父母，生我劬劳，欲报深恩，昊天罔极。小姐是一女子，尚思报本。望和尚慈悲，小生亦备钱五千，怎生带得一分儿斋，追荐我父母，以尽人子之心。便夫人知道，料也不妨。（本云）不妨。法聪，与先生带一分斋者。（张生私问聪云）那小姐是必来么？（聪云）小姐是他父亲的事，如何不来？（张生喜云）这五千钱使得着也。

斗然借厢，斗然抵突长老，斗然哭，后又斗然推更衣先出去。写张生通身灵变，通身滑脱，读之如于普救寺中亲看此小后生。

【四边静】人间天上，看莺莺强如做道场。软玉温香，休言偎傍；若能彀汤他一汤，早与人消灾障。南无消灾障菩萨摩诃萨。○绝世奇文。

右第十四节。又恐世间善男信女及道学先生读至此处，谓张生真要荐亲，故用正文说明之。

（本云）都到方丈吃茶。（张生云）小生更衣咱。（张生先出云）那小娘子一定出来也，我只在这里等候他者。（红娘辞本云）我不吃茶了，恐夫人怪迟，我回话去也。（红出）（张生迎揖云）小娘子拜揖！（红云）先生万福！(张生云)小娘子莫非莺莺小姐的侍妾红娘乎？(红云)我便是，何劳动问？(张生云)小生有句话，敢说么？(红云)言出如箭，不可乱发；一入人耳，有力难拔。有话，但说不妨！(张生云)小生姓张，名珙，字君瑞，本贯西洛人氏，年方二十三岁，正月十七日子时建生，并不曾娶妻。千载奇文！(红云)谁问你来！我又不是算命先生，要你那生年月日何用？千载奇文！(张生云)再问红娘，小姐常出来么？(红怒云)出来便怎么？妙。先生是读书君子，道不得个非礼勿言，非礼勿动。俺老夫人治家严肃，凛若冰霜。即三尺童子，非奉呼唤，不敢辄入中堂。先生绝无瓜葛，何得如此！早是妾前，可以容恕；若夫人知道，岂便干休？今后当问的便问，不当问的，休得胡问！(红娘下)

(张生良久良久云)这相思索是害杀我也！

【哨遍】听说罢，心怀悒快。把一天愁，都撮在眉尖上。说夫人节操凛冰霜，不召呼，不可辄入中堂。自思量，假如你心中畏惧老母威严，你不合临去也回头望。

右第十五节。写张生被红娘切责，一时脚插不进，头钻不入，无搔无爬，不上不落。于是不怨自己，不怨红娘，忽然反怨莺莺。真是魂神颠倒之笔。

待飏下，承上文红娘切责，救无路矣。定应如此措心，定应如此措笔也。

右第十六节。忽然作此一纵，笔如惊鹰撇去；然只是三字，下便疾收转来。世间有如此神俊之笔！若真飏下，岂非世间第一有力丈夫？抑若真飏下，岂非世间终身不长进活死人哉！座间忽一客云："若真飏下，《西厢记》便止于此矣。"圣叹不觉大笑。

教人怎飏？赤紧的深沾了肺腑，牢染在肝肠。若今生你不是并头莲，难道前世我烧了断头香。用两"头"字起色，便为玉茗堂开山。我定要手掌儿上奇擎，心坎儿上温存，眼皮儿上供养。

右第十七节。写其一片志诚，虽死不变也如此。

【耍孩儿】只闻巫山远隔如天样，听说罢，又在巫山那厢。宋词云："平芜尽处是青山，行人更在青山外。"此用其句法。我这业身虽是立回廊，魂灵儿实在他行。莫不他安排心事正要传幽客，也只怕是漏泄春光与乃堂。春心荡，他见黄莺作对，粉蝶成双。春心之荡，乃硬派之耶？奇文奇情。

右第十八节。将深怨红娘，而先硬差官派小姐春心之必荡，以见己顷间之纤无差误，而甚矣红娘之谬也。

【五煞】红娘你自年纪小，性气刚。张郎倘去相偎傍，他遭逢一见何郎粉，我邂逅偷将韩寿香。风流况，成就我温存娇婿，管甚么拘束亲娘！

右第十九节。望红娘肯通一线，则有如是之美满也。

【四煞】红娘，你忒虑过，空算长。郎才女貌年相仿，定要到眉儿浅淡思张敞，春色飘零忆阮郎。非夸奖，他正德言工貌[1]，小生正恭俭温良。此二节反复言之，以尽其事也。

右第二十节。讽红娘不通一线，则有如是之懊悔也。

【三煞】红娘，他眉儿是浅浅描，他脸儿是淡淡妆，他粉香腻玉搓咽项。下边是翠裙鸳绣金莲小，上边是红袖鸾销玉笋长。不想呵，其实强。你也掉下半天风韵，我也彫去万种思量。绝世奇谈。自欲不思量，乃先欲人不风韵，岂非谎哉！昔有人过嗜蟹者，人或戒之，遂发愿云："我有大愿，愿我来世，蟹亦不生，我亦不食。"相传以为奇谈，岂知是《西厢记》妙文被他抄去。

右第二十一节。又作奇笔一纵，欲不思量也。

却忘了辞长老。（张生转身见本云）小生故问长老，房舍何如？（本云）塔院西厢有一间房，甚是潇洒，正可先生安下。随先生早晚来。（张生云）小生便回店中，搬行李来。（本云）先生是必来者。（法本下）

（张生云）搬则搬来，怎么捱这凄凉也呵！

【二煞】红娘，我院宅深，枕簟凉，一灯孤影摇书幌。纵然酬得今生志，着甚支吾此夜长？睡不着，如翻掌，少呵有一万声长吁短叹，五千遍捣枕捶床。

右第二十二节。至此节，方写相思"害杀我也"之正文。

【尾声】娇羞花解语，温柔玉有香。乍相逢，记不真娇模样。尽无眠，手抵着牙儿慢慢地想。

右第二十三节。轻飘一线，递过下节。人谓其不复结上，岂悟其早已衬后耶？益信前者之为瞥见。

① "工"，贯华堂本作"正"，据芥子园本、金谷园本改。

一之三　酬　韵

一之三 酬 韵

曼殊室利菩萨好论极微，昔者圣叹闻之而甚乐焉。夫娑婆世界，大至无量由延，而其故乃起于极微。以至娑婆世界中间之一切所有，其故无不一一起于极微。此其事甚大，非今所得论。今者止借菩萨极微之一言，以观行文之人之心。今夫清秋傍晚，天澄地彻，轻云鳞鳞，其细若縠，此真天下之至妙也。野鸭成群空飞，渔者罗而致之，观其腹毛，作浅墨色，鳞鳞然，犹如天云，其细若縠，此又天下之至妙也。草木之花，于跗萼中，展而成瓣，苟以闲心谛视其瓣，则自根至末，光色不定，此一天下之至妙也。灯火之焰，自下达上，其近穗也，乃作淡碧色；稍上，作淡白色；又上，作淡赤色；又上，作干红色；后乃作黑烟，喷若细沫，此一天下之至妙也。今世人之心，竖高横阔，不计道里；浩浩荡荡，不辨牛马。设复有人语以此事，则且开胸大笑，以为人生一世，贵是衣食丰盈，其何暇费尔许心计哉[①]？不知此固非不必费之闲心计也。秋云之鳞鳞，其细若縠者，縠以有无相间成文。今此鳞鳞之间，则仅是有无相间而已也耶？人自下望之，去云不知几十百里，则见其鳞鳞者，其间不必曾至于寸。若果就云量之，诚未知其为寻为丈者也。今试思以为寻为丈之相去，而仅曰有无相间焉而已，则我自下望之，其为妙也决不能以至是。今自下望之而其妙至是，此其一鳞之与一鳞，其间则有无限层折，如相委焉，如相属焉。所谓极微，于是乎存，不可以不察也。天云之鳞鳞，其去也寻丈，故于中间有多层折，此犹不足论也。若夫野鸭腹毛之鳞鳞，其相去乃至为逼迮，不啻如粟米焉也。今试观其轻妙若縠，为是止于有无相间而已也耶？如诚止于有无相间焉而已，则我试取纤笔，染彼淡墨，缕缕画之，胡为三尺童子犹大笑以为甚不似也，则诚不得离朱其人谛审熟睹焉耳。诚谛审而熟睹之，此其中间之层折，如相委焉，如相属焉，必也一鳞之与一鳞真亦如有寻丈之相去。所谓极微者，此不可以不察也。草木之花，于跗萼中展而成瓣，人曰凡若干瓣，斯一花矣。人固不知昨日者，殊未有

① “计”，贯华堂本作“许”，据芥子园本、金谷园本改。

此花也；更昨日焉，乃至殊未有此萼与跗也。于无跗无萼无花之中[①]，而欻然有跗，而欻然有萼，而欻然有花，此有极微于其中间，如人徐行，渐渐至远。然则一瓣虽微，其自瓣根行而至于瓣末，其起此尽彼，筋转脉摇，朝浅暮深，粉稚香老。人自视之，一瓣之大，如指顶耳；自花计焉，乌知其道里，不且有越陌度阡之远也。人自视之，初开至今，如眴眼耳；自花计焉，乌知其寿命，不且有累生积劫之久也。此一极微，不可以不察也。灯火之焰也，淡淡焉，此不知于世间五色为何色也。吾尝相其自穗而上，讫于烟尽，由淡碧入淡白，此如之何其相际也；又由淡白入淡赤，此如之何其相际也；又由淡赤入干红，由干红入黑烟，此如之何其相际也。必有极微于其中间，分焉而得分，又徐徐分焉，而使人不得分，此一又不可以不察也。人诚推此心也以往，则操笔而书乡党馈壶浆之一辞，必有文也；书人妇姑勃溪之一声，必有文也；书途之人一揖遂别，必有文也。何也？其间皆有极微。他人以粗心处之，则无如何，因遂废然以阁笔耳。我既适向曼殊室利菩萨大智门下学得此法矣，是虽于路旁拾取蔗滓，尚将涓涓焉压得其浆，满于一石，彼天下更有何逼迮题，能缚我腕使不动也哉？读《西厢记》，至《借厢》后、《闹斋》前《酬韵》之一章，不觉深感于菩萨焉。尚愿普天下锦绣才子，皆细细读之。上文《借厢》一章，凡张生所欲说者，皆已说尽。下文《闹斋》一章，凡张生所未说者，至此后方才得说。今忽将于如是中间写隔墙酬韵，亦必欲洋洋自为一章。斯其笔拳墨渴，真乃虽有巧媳，不可以无米煑粥者也。忽然想到张、莺联诗，是夜则为何二人悉在月中露下，因凭空造出每夜烧香一段事，而于看烧香上，生情布景，别出异样花样。粗心人不解此苦，读之只谓又是一通好曲。殊不知一字一句一节，都从一黍米中剥出来也。

（莺莺上云）母亲使红娘问长老修斋日期，去了多时，不见来回话。（红娘上云）回夫人话了，去回小姐话去。（莺莺云）使你问长老：几时做好事？（红云）恰回夫人话也，正待回小姐话：二月十五，佛什么供日，请夫人、小姐拈香。（红笑云）小姐，我对你说一件好笑的事。咱前日庭院前瞥见的秀才，今日也在方丈里坐地。他先出门外，等着红娘，深深唱喏道："小娘子莫非莺莺小姐侍妾红娘乎？"又道："小生姓张，名珙，字君

① "跗"，贯华堂本作"附"，据芥子园本、金谷园本改。

瑞,本贯西洛人氏,年方二十三岁,正月十七日子时建生,并不曾娶妻。”(莺莺云)谁着你去问他?妙笔!几乎屈杀红娘。(红云)却是谁问他来?本是一气述下,中间略作间隔,以为波折。他还呼着小姐名字,说:“常出来么?”被红娘一顿抢白,回来了。(莺莺云)你不抢白他也罢。(红云)小姐,我不知他想甚么哩,世间有这等傻角,我不抢白他?(莺莺云)你曾告夫人知道也不?(红云)我不曾告夫人知道。(莺莺云)你已后不告夫人知道罢。一路如怜不怜,如置不置,有意无意,写来恰妙。天色晚也,安排香案,咱花园里烧香去来。正是:无端春色关心事,闲倚熏笼待月华。(莺莺、红娘下)

(张生上云)搬至寺中,正得西厢居住。我问和尚,知道小姐每夜花园内烧香。恰好花园便是隔墙。比及小姐出来,我先在太湖石畔墙角儿头等待,饱看他一回,却不是好。且喜夜深人静,月朗风清,是好天气也呵!闲寻方丈高僧坐,闷对西厢皓月吟。

〔**越调**〕【**斗鹌鹑**】(张生唱)玉宇无尘,银河泻影,月色横空,花阴满庭;四句妙月。罗袂生寒,芳心自警。二句妙人。○上四句亦非妙月,下二句亦非妙人。六句总是张生等人性急,度刻如年,一片妙心。

右第一节。○禅门《宝镜三昧》,有“银碗盛雪、明月藏鹭”之二言,吾便欲移以赞此以下三节文。○张生闻双文每夜烧香正在隔墙,又有太湖石可以垫脚,此那能忍而不看?那能忍而不急看耶?此真日未西便望日落,日乍落便望月升。那能月明如是,犹尚不到墙角耶?若双文则殊不然:或晚妆,或添衣,或侍坐夫人,或残针未了,皆可以迟迟吾行,而至于黄昏,而至于初更,正不必着甚死急,亦复匆匆早至也。然张生则心急如火,刻不可待,穷思极算,忽然算到:夜深,其袂必寒;袂寒,其心必动;心动,则必悟烧香大迟,不可不急去矣。此谓之“芳心自警”也。看他写一片等人性急,度刻如年,真乃手搦妙笔,心存妙境,身代妙人,天赐妙想。既有此文,以后尚不望人看得,安望未有此文以前,乃曾有人想得耶!

侧着耳朵儿听,蹑着脚步儿行:悄悄冥冥,潜潜等等。【**紫花儿序**】等着我那齐齐整整,袅袅婷婷,姐姐莺莺。人爱杀是“袅袅婷婷”,我爱杀是“齐齐整整”。夫“齐齐整整”者,千金小姐也。

右第二节。上是等之第一层,此是等之第二层也。质言之,止是

"等莺莺"三字，却因莺莺是叠字，便连用十数叠字倒衬于上，累累然如线贯珠垂。看他妙文，止是随手拈得也。

一更之后，万籁无声，不文人读之，谓是写景；文人读之，悟是写情。盖一更之后，犹言一更后了；万籁无声，犹言不听见开角门声也，可想。我便直至莺庭。到回廊下，没揣的见你那可憎，定要我紧紧搂定；问你个会少离多，有影无形。恨其迟来，故唬之，非真有其事，亦非真欲为其事，只是恨恨之辞。

右第三节。等之第三层也。言一更之后矣，犹万籁无声，既已如此，便大家无礼，我亦更不等也，我竟过来也。心忙意促，见神捣鬼，文章写到如此田地，真乃锥心取血，补接化工。

（莺莺上云）红娘，开了角门，将香案出去者。

【金蕉叶】猛听得角门儿"呀"的一声，"猛听得"者，不复听中忽然听得也。自初夜至此，专心静听，杳不听得，因而心断意绝，反不复听矣。则忽然"呀"的听得，谓之"猛听得"也。风过处衣香细生。角门开后，不便写出莺莺，且更向暗中又空写一句。吾适言天云之鳞鳞，其间则有委委属属，正谓此等笔法也。○第一句，莺莺在声音中出现；第二句，莺莺在衣香中出现；下第三、四句，莺莺方向月明中出现。踮着脚尖儿仔细定睛，比那初见时庞儿越整。【调笑令】我今夜甫能、句。○只此"甫能"二字，便是张生亲口供云：前瞥见未的。其文极明，而伧父必云前张、莺四目互睹，何耶？见娉婷，便是月殿姮娥不恁般撑。在月下，因便借月夫人比之。文只是随手拈得。

右第四节。写张生第二次见莺莺。与前春院瞥见，与后附斋再见，俱宜仔细相其浅深恰妙之法。我尝谓吾子弟，凡一题到手，必有一题之难动手处；但相得其难动手在何处，便是易动手之秘诀也。时贤于一切题，只是容易动手，便更动手不得。

料想春娇厌拘束，等闲飞出广寒宫。佳句。容分一脸，体露半襟；亸长袖以无言，垂湘裙而不动。似湘陵妃子，斜偎舜庙朱扉；如洛水神人，欲入陈王丽赋。是好女子也呵！

遮遮掩掩穿芳径，料应他小脚儿难行。行近前来百媚生，兀的不引了人魂灵！

右第五节。小脚难行，非写早便怜惜之也，是写渐渐行近来也。上第四节只是出角门，此第五节方是来至墙边。

(莺莺云)将香来!(张生云)我听小姐祝告甚么。(莺莺云)此一炷香,愿亡过父亲,早生天界!此一炷香,愿中堂老母,百年长寿!此一炷香……(莺莺良久不语科)(红云)小姐,为何此一炷香每夜无语?红娘替小姐祷告咱:愿配得姐夫,冠世才学、状元及第,风流人物、温柔性格,与小姐百年成对波!(莺莺添香拜科)心间无限伤心事,尽在深深一拜中。(长吁科)(张生云)小姐,你心中如何有此倚栏长叹也!好笔。

【小桃红】夜深香霭散空庭,帘幕东风静。凡作文,必须一篇之中并无一句一字是杂凑入来。即如此"帘幕东风静"之五字,是言是夜无风,便留得香烟,与下"人气"作氤氲。所谓有时写风是风,有时写风是无风,真正不是杂凑一句入来也。拜罢也斜将曲栏凭,长吁了两三声。上是写香烟,此是写人气。剔团圞明月如圆镜。双承上文,斗接此句。用笔何其透脱!又不见轻云薄雾,都只是香烟人气,两般儿氤氲得不分明。曾见海外奇器,名曰鬼工。此等文亦真是鬼工。

右第六节。不过双文长叹,若不写,则下文不可斗然吟诗耳。乃并不于双文叹上写,亦不于双文心中写,却向明月上看他陪一香烟,便写得双文一叹如许浓至。绝世奇文,绝世妙文!

小生仔细想来,小姐此叹必有所感。我虽不及司马相如,小姐,你莫非倒是一位文君?小生试高吟一绝,看他说甚的:吟诗必如此写来,方不唐突人。

月色溶溶夜,花阴寂寂春。如何临皓魄,不见月中人。真是好诗。

(莺莺云)有人在墙角吟诗?(红云)这声音便是那二十三岁不曾娶妻的那傻角。一文凡三见,一见一回妙。

(莺莺云)好清新之诗。红娘,我依韵和一首。(红云)小姐试和一首,红娘听波。(莺莺吟云)

兰闺深寂寞,无计度芳春。料得高吟者,应怜长叹人。也真是好诗。

(张生惊喜云)是好应酬得快也呵!

【秃厮儿】早是那脸儿上扑堆着可憎,更堪那心儿里埋没着聪明。他把我新诗和得忒应声,一字字,诉衷情,堪听。**【圣药王】**语句又轻,音律又清,你小名儿真不枉唤做莺莺。

右第七节。"早是"二语写惊喜意,如欲于纸上跳动。〇欲赞双文快酬,虽千言不可尽也,轻轻反借双文小名,只于笔尖一点,早已活灵生现，抵过无数拖笔坠墨，所谓随手拈得。

你若共小生厮觑定，隔墙儿酬和到天明。妙人痴语，骤不可讲。便是惺惺惜惺惺。

右第八节。双文此酬，真乃意外。若使略迟一刻，张生实将不顾唐突矣。今反因骤然接得，正来不及，于是只图再共酬和，便已心满志足，更不算到别事。此真设心处地[1]，将一时神理都写出来。

我撞过去，看小姐怎么。

【麻郎儿】我拽起罗衫欲行，他可陪着笑脸相迎。不做美的红娘莫浅情，你便道谨依来命。【后】忽听、一声、猛惊。关角门声也。

（红云）小姐，咱家去来，怕夫人嗔责。（莺莺、红娘关角门下）

右第九节。上写因骤然，故不及；此写略迟，却算出来也。乃张生略迟，莺莺早疾。一边尚在徘徊，一边撇然已飏。写一迟一疾之间，恰好惊鸿雪爪，有影无痕，真妙绝无比！

扑刺刺宿鸟飞腾，颤巍巍花梢弄影，乱纷纷落红满径。【络丝娘】碧澄澄苍苔露冷，明皎皎花筛月影。

右第十节。凡下宿鸟、花梢、落红、苍苔、花影无数字，却是妙手空空。盖一、二、三句只是一句，四、五句亦只是一句。一、二、三句只是一句者，因鸟飞故花动，因花动故红落。第三句便是第二句，第二句便是第一句也。盖因双文去，故鸟飞而花动而红落也，而偏不明写双文去也。四、五句亦只是一句者，一片苍苔，但见花影。第四句只是第五句也，盖因不见双文，故见花影也，而偏不明写不见双文也。一、二、三句是双文去，四、五句是双文去矣。看他必用如此笔，真使吃烟火人何处着想。

白日相思枉耽病，今夜我去把相思投正。【东原乐】帘垂下，户已扃。我试悄悄相问，你便低低应。月朗风清恰二更，厮傒倖：又见神捣鬼，妙妙。如今是你无缘，小生薄命。

右第十一节。来时怨其来迟，因欲直至莺庭；去时恨其去疾，又向垂帘悄问。身躯不知几何，弱魂真欲先离矣。未来之前，已去之后，两作见神捣鬼之笔，以为章法。

---

① “心”，芥子园本、金谷园本作“身”。

【绵搭絮】恰寻归路，伫立空庭。竹梢风摆，斗柄云横。呀！今夜凄凉有四星，他不偢人待怎生！何须眉眼传情，你不言我已省。

“恰寻”二句者，张生归到西厢也。“竹梢”二句者，归又不便入户，犹仰头思之也。“今夜”五句者，仰头之所思得也。“四星”者，造称人每至一斤，则用五星，独至梢尽一斤，乃用四星。“四星”之为言，下梢也。甚言双文快酬，非本所望。

右第十二节。笔态七曲八曲，煞是写绝。记得圣叹幼年初读《西厢》时，见“他不偢人待怎生”之七字，悄然废书而卧者三四日。此真活人于此可死，死人于此可活，悟人于此又迷，迷人于此又悟者也！不知此日圣叹是死是活，是迷是悟，总之悄然一卧至三四日，不茶不饭，不言不语，如石沉海，如火灭尽者，皆此七字勾魂摄魄之气力也。先师徐叔良先生见而惊问，圣叹当时恃爱不讳，便直告之。先师不惟不嗔[①]，乃反叹曰：孺子异日真是世间读书种子！此又不知先师是何道理也。〇看“何须眉眼传情”之六字，想作《西厢记》人，其胸中矜贵如此。盖双文之不合，则止是酬诗一节耳。自起至此，其于张生，真乃天下男子全不与其事也，直至“闹斋”已后，始入眼关心耳。天下才子，必能同辨。自今以往，慎毋教诸忤奴于红氍毹上做尽丑态，唐突古今佳人才子哉。

只是今夜，甚么睡魔到得我眼里呵！

【拙鲁速】碧荧荧是短檠灯，冷清清是旧围屏。灯儿是不明，梦儿是不成。淅泠泠是风透疏棂，忒楞楞是纸条儿鸣。枕头是孤零，被窝是寂静，便是铁石人不动情。**【后】**也坐不成，睡不能。

亦是奇语。

右第十三节。至此始放笔正写苦况也。读之觉其一片迷离，一片悲凉。盖为数“是”字，下得如檐前雨滴声，便摇动人魂魄也。

有一日柳遮花映，雾幛云屏，夜阑人静，海誓山盟，风流嘉庆，锦片前程，美满恩情，咱两个画堂春自生。

右第十四节。上已正写苦况，则一篇文字已毕。然自嫌笔势直塌下来，因更掉起此一节，谓之龙王掉尾法。文家最重是此法。

【尾】我一天好事今宵定，两首诗分明互证。再不要青琐闼梦儿

---

① “先”，贯华堂本作“失”，据芥子园本、金谷园本改。

中寻，只索去碧桃花树儿下等。犹言取之如寄矣，并相思亦可以不必矣。

右第十五节。踌躇满志，有此快文。想见其提笔时通身本事，阁笔时通身快乐。

一之四 闹 斋

一之四 闹 斋

吾友斫山先生尝谓吾言："匡庐真天下之奇也。江行连日，初不在意，忽然于晴空中劈插翠嶂，平分其中，倒挂匹练。舟人惊告，此即所谓庐山也者，而殊未得至庐山也。更行两日，而渐乃不见，则反已至庐山矣。"吾闻而甚乐之，便欲往看之，而迁延未得也。盖贫无行资，一也；苦到彼中无东道主人，二也；又贱性懒散，略闲坐便复是一年，三也。然中心则殊无一日曾置不念，以至夜必形诸梦寐，常不一日二日，必梦见江行如驶，仰睹青芙蓉上插空中，一一如斫山言。寤而自觉遍身皆畅然焉。后适有人自西江来，把袖急叩之，则曰："无有是也。"吾怒曰："伧固不解也！"后又有人自西江来，又把袖急叩之，又曰："无有是也。"吾又怒曰："此又一伧也！"既而人苟自西江来，皆叩之，则言然、不然各半焉。吾疑，复问斫山。斫山哑然失笑，言："吾亦未尝亲见。昔者多有人自西江来，或言如是云，或亦言不如是云。然吾于言如是者，即信之；言不如是者，置不足道焉。何则？夫使庐山而诚如是，则是吾之信其人之言为真不虚也；设苟庐山而不如是，则是天地之过也。诚以天地之大力，天地之大慧，天地之大学问，天地之大游戏，即亦何难设此一奇以乐我后人，而顾吝不出此乎哉！"吾闻而又乐之，中心忻忻，直至于今，不惟夜必梦之，盖日亦往往遇之。何谓日亦往往遇之？吾于读《左传》往往遇之，吾于读《孟子》往往遇之，吾于读《史记》、《汉书》往往遇之，吾今于读《西厢》亦往往遇之。何谓于读《西厢》亦往往遇之？如此篇之初，【新水令】之第一句云"梵王宫殿月轮高"，不过七字也。然吾以为真乃江行初不在意也，真乃晴空劈插奇翠也，真乃殊未至于庐山也，真乃至庐山即反不见也；真大力也，真大慧也，真大游戏也，真大学问也。盖吾友斫山之所教也，吾此生亦已不必真至西江也。吾此生虽终亦不到西江，而吾之熟睹庐山亦既厌也，庐山真天下之奇也。其所以奇绝之故，详后批中。

盖至是而张生已三见莺莺矣。然而春院乃瞥见也，瞥见则未成乎其为见也。墙角乃遥见也，遥见则亦未成乎其为见也。夫两见而皆未成乎其为见，然则至是而张生为始见莺莺矣。是故作者于此，其用笔皆必致慎焉。其瞥见之文，则曰“尽人调戏”、“将花笑拈”、“兜率院”、“离恨天”、“这里遇神仙”，都作天女三昧忽然一现之辞。其遥见之文，则曰“遮遮掩掩”、“小脚难行”，“行近前来”，“我甫能见娉婷”，真是“百媚生”，都作前殿夫人是耶何迟之辞。若至是则始亲见矣，快见矣，饱见矣，竟一日夜见矣。故其文曰“檀口点樱桃，粉鼻倚琼瑶，淡白梨花面，轻盈杨柳腰，满面堆着俏，一团衠是娇”，方作清水观鱼数鳞数鬣之辞。人或不解者，谓此是实写。夫彼真不悟从来妙文，决无实写一法。夫实写，乃是堆垛土墼子，虽乡里人犹过而不顾者也。

忽然巧借大师、班首、行者、沙弥皆颠倒于莺莺，以极衬千金惊艳，固是行文必然之事。然今日正值佛末法中，一切比丘，恶乃不啻，自非龟鳖蛇虫，亦宜稍稍禁戢，清净闺阁，莫入彼中。盖迩来恶比丘之淫毒，真不止于烛灭香消而已。彼龟鳖蛇虫乃方合掌云：“阿弥陀佛，罪过！”渠是真正千二百五十人善知识，吾妻、吾媳、吾女方将倾箱倒箧，作竭尽布施，而为供养。事非小可，汝勿造拔舌地狱业也。嗟乎！今天下龟鳖蛇虫之愚，而好与人用如是哉？亦大可哀也已！

（张生上云）今日二月十五日，和尚请拈香，须索走一遭。如此闲事，温习经史人何必去哉。一笑。云晴雨湿天花乱，海涌风翻贝叶轻。

〔**双调**〕**【新水令】**（张生唱）梵王宫殿月轮高，如此落笔，真是奇绝！庶几昊天上帝能想至此，世间第二第三辈，便已无处追捕也。记圣叹幼时初读《西厢》，惊睹此七字，曾焚香拜伏于地，不敢起立焉。〇普天下锦绣才子二十八宿在其胸中，试掩卷思此七字是何神理！不妨迟至一日一夜，以为快乐焉。碧琉璃瑞烟笼罩。又加此七字一句①，使上句失笑。

右第一节。写张生用五千钱看莺莺，心急如火，不能待至明日，真乃“天遣风云作君骨，世人不复知其故”。盖月之行天，凡三十夜，逐夜渐渐，自西而东。故初之十夜，即初昏已斜；廿之十夜，必更阑乃上。独于十四、五、六，望之三夜，乃正与日之行天，起没相等。今修斋本是十五日，则必待十四夜之月落尽，众僧方可开殿启建。即甚虔诚，亦必待月已斜；乃至更极虔诚，半夜斯起，亦必待月正中，然而已嫌其太早也。今张生亲口唱云“月轮高”，则是从东而起，初过殿鸱，

① “加”，贯华堂本作“如”，据芥子园本、金谷园本改。

殆还是十四日之初更未尽也。已又唱云“碧琉璃瑞烟笼罩”，可见殿槅正闭，悄无所睹，彷徨露下，遥夜如年，但见瓦上烟光迷漫。本意欲看莺莺，托之乎云看道场，今且独自一人先看月也，看琉璃瓦也，真绝倒吾普天下才子！斫山云：圣叹肠肚如何生！

（法本引僧众上云）今日是二月十五，释迦牟尼佛入大涅槃日，纯陀长者与文殊菩萨修斋供佛。若是善男信女，今日做好事，必获大福利。张先生早已在也，大众动法器者。待天明了，请夫人、小姐拈香。

行香云盖结，讽咒海波潮。幡影飘飖，诸檀越尽来到。和尚眼中发财，解元眼中添刺。

右第二节。正写道场也。“诸檀越尽来到”，则无一人不到矣，而殊不知有三人未到也。然我亦数之谓是三人耳，实则止有一人未到也。昌黎有云：“伯乐一过冀北，而其野无马。”解之者曰：“非无马也，无良马也。”今云“诸檀越尽到”，无一人到也；非无一人到也，非此一人到也。妙笔。

【驻马听】法鼓金铙，二月春雷响殿角；钟声佛号，半天风雨洒松梢。便如老杜，悲凉之作。

右第三节。此非写道场也，乃写道场之震动如此。莺莺孝女，追荐父亲而岂不闻之乎！

侯门不许老僧敲，写张生如热熬盘上蚁子。纱窗也没有红娘报。如热熬盘上蚁子。我是馋眼脑，见他时，要看个十分饱。

右第四节。心急如火，更不能待，欲遣一僧请之，又似于礼不可，因而怨到红娘。如此妙笔，真恐纸上有一张生直走下来。

（本见张生科）（本云）先生先拈香，若夫人问呵，只说是老僧的亲。只图自家免罪耳。是和尚亲，便怎么耶？（张生拈香拜科）

【沉醉东风】惟愿存在的人间寿高，亡过的天上逍遥。我真正为先灵礼三宝。再焚香暗中祷告：只愿红娘休劣，夫人休觉，犬儿休恶！佛啰，成就了幽期密约！红娘、夫人，已无伦次，再入犬儿，一发无礼。所谓触手成趣也。○斫山云：于三宝前，一切众生普皆平等，犹如一子，正宜犬儿、夫人一齐入疏。

右第五节。附斋正文。

（夫人引莺莺、红娘上云）长老请拈香，咱走一遭。

【雁儿落】我只道玉天仙离碧霄，原来是可意种来清醮。我是个多愁多病身，怎当你倾国倾城貌。不是张生放刁，须知实有如此神理。【得胜令】你看檀口点樱桃，粉鼻倚琼瑶，淡白梨花面，轻盈杨柳腰。妖娆，满面儿堆着俏；苗条，一团儿衠是娇。

右第六节。正写莺莺。〇世之不知文者，谓此是实写。不知此非实写也，乃是写张生直至第三遍见莺莺，方得仔细，以反衬前之两遍全不分明也。或问：必欲写前之两遍不得分明者，何也？曰：莺莺千金贵人也，非十五左右之对门女儿也，若一遍便看得仔细，两遍便看得仔细，岂复成相国小姐之体统乎哉？〇从来文章家无实写之法。吾见文之最实者，无如左氏《周郑交恶》传中，"涧溪沼沚之毛，蘋蘩薀藻之菜，筐筥锜釜之器，潢汙行潦之水"，板板四句，凡下四四一十六字，可称大厌。而实则止为要反挑王子狐、公子忽，两家俱用所爱子弟为质，乃是不必。故言不过只采那涧溪沼沚中间之毛，唤做蘋蘩薀藻寻常之菜，盛于筐筥锜釜野人之器，注以潢汙行潦不清之水，只要明信无欺，便可荐鬼神而羞王公。四句，不意乃是一句；四四一十六字，不意乃是一字：正是异样空灵排宕之笔。然后谛信自古至今无限妙文，必无一字是实写，此言为更不诬也。附见。

老僧一句话，敬禀夫人：有敝亲，是上京秀才。父母亡后，无可相报，央老僧带一分斋。老僧一时应允了，恐夫人见责。(夫人云)追荐父母，有何见责？请来相见咱。(张生见夫人毕)

【乔牌儿】大师年纪老，高座上也凝眺；举名的班首真呆傍，将法聪头做磬敲。

右第七节。不惟写国艳一时倾倒大众，且益明莺莺自入寺停丧以来，曾未尝略露春妍。何世之忤奴，必云小姐游佛殿哉？

【甜水令】老的少的，村的俏的，没颠没倒，胜似闹元宵。稔色人儿，可意冤家，怕人知道，看人将泪眼偷瞧。写女儿心性，不甚分明。正尔入妙，正不以不偷瞧为佳耳。【折桂令】着小生心痒难挠。

右第八节。"老的少的，村的俏的"者，即诸檀越也。夫莺莺不看人，可也；若莺莺看人，则独看张生可也。今张生则虽自以为皎皎然独出于"老的少的，村的俏的"之外，而自莺莺视之，正复一例，茫茫然并在"老的少的，村的俏的"之中。此时张生千思万算，不知吾莺莺珠玉心田中，果能另作青眼提拔此人，别自看待乎？抑竟一色抹倒乎？所谓“心痒难挠”也。然此节亦既伏飞虎风闻之根矣。

哭声儿似莺啭乔林，泪珠儿似露滴花梢。大师难学，把个慈悲脸儿朦着。奇文、妙文！点烛的头陀可恼，烧香的行者堪焦。烛影红摇，香霭云飘；贪看莺莺，烛灭香消。妙文、奇文！六句，一、二句喝，五、六句证，又横插三、四句于中间作追。用笔之妙，真乃龙跳虎卧矣！

右第九节。上节，莺莺看人也；此节，人看莺莺也。“大师难学”者，言一切大众俱应学大师也。学其朦着脸儿不看莺莺，则始得称严净毗尼活佛菩萨也。今一切大众，至于“烛灭香消”，则甚矣，大师之果难学也！〇圣叹于此，有二语欲告君瑞：其一，孔氏之言也，曰“有诸己而后求之人，无诸己而后非之人”，“己所不欲，勿施于人”，“能近取譬，终身可行”。是则君瑞无以自解于诸秃也。其一，释氏之言也，有秀才参赵州云：“伏承佛法一切舍施，今某甲就和尚手中欲乞这拄杖，得否？”州云：“君子不夺人所好。”秀云：“某甲不是君子。”州云：“老僧也不是佛。”是则诸秃反有以自解于君瑞也。君瑞且奈之乎哉[1]？一笑。

【碧玉箫】我情引眉稍，心绪他知道；他愁种心苗，情思我猜着。忽作我他、他我娓娓尔汝之言，一何扯淡，一何机警！畅懊恼！响珰珰云板敲。行者又嚎，沙弥又哨，你须不夺人之好。【鸳鸯煞】你有心争似无心好，我多情早被无情恼。极劝诸人勿看莺莺，而以己之看而无益证之，欺三岁小儿哉！真为化工之极笔。

右第十节。承上一节莺莺看人，一节人看莺莺，而急接之以我他、他我娓娓尔汝之声，以深明己与莺莺四目二心，方是东日照于西壁。若其他，乃至无有一雄苍蝇，曾得与于斯也。而无奈行者、沙弥犹尚不晓，吱吱喳喳，恼不可言。〇已上三节，文势之警动如此。不知何一伧，妄添【锦上花】之两半阕，可鄙可恨！

（本宣疏烧纸科，云）天明了也，请夫人、小姐回宅。（夫人、莺莺、红娘下）（张生云）再做一日也好，那里发付小生！

劳攘了一宵，月儿早沉，钟儿早响，鸡儿早叫。玉人儿归去得

---

① “乎”，金谷园本作“何”。

疾，好事儿收拾得早，道场散了。酩子里各回家，葫芦提已到晓。“道场散了”四字，无限悲感。又不止于张生而已①。

右第十一节。结亦极壮浪。我曾细算此篇结，最难是壮浪。

贯华堂第六才子书西厢记卷之四终

① “止”，贯华堂本作“生”，据芥子园本、金谷园本改。

第二之四章题目正名

张君瑞破贼计

莽和尚杀人心

小红娘昼请客

崔莺莺夜听琴

二之一 寺警

二之一　寺　警

文章有"移堂就树"之法。如长夏读书，已得爽垲，而堂后有树，更多嘉荫[1]。今欲弃此树于堂后，诚不如移此树来堂前。然大树不可移而至前，则莫如新堂可以移而去后。不然，而树在堂后，非不堂是好堂，树亦好树，然而堂已无当于树，树尤无当于堂。今诚相厥便宜，而移堂就树，则树固不动而堂已多荫，此真天下之至便也。此言莺莺之于张生，前于酬韵夜，本已默感于心；已又于闹斋日，复自明睹其人。此真所谓口虽不吐，而心无暂忘也者。今乃不端不的，出自意外，忽然鼓掌应募，驰书破贼，乃正是此人。此时则虽欲矫情箝口，假不在意，其奚可得？其理、其情、其势，固必当感天谢地，心荡口说，快然一泻其胸中沉忧，以见此一照眼之妙人，初非两廊下之无数无数人所可得而比。然而一则太君在前，不可得语也；二则僧众实繁，不可得语也；三则贼势方张，不可得语也。夫不可得语而竟不语，彼读书者至此，不将疑莺莺此时其视张生应募，不过一如他人应募，淡淡焉了不系于心乎？作者深悟文章旧有移就之法，因特地于未闻警前，先作无限相关心语，写得张生已是莺莺心头之一滴血，喉头之一寸气，并心并胆、并身并命。殆至后文，则只须顺手一点，便将前文无限心语，隐隐然都借过来。此为后贤所宜善学者，其一也。左氏最多经前起传之文，正是此法也。

又有"月度回廊"之法。如仲春夜和，美人无眠，烧香卷帘，玲珑待月。其时初昏，月始东升，泠泠清光，则必自廊檐下度廊柱，又下度曲栏，然后渐渐度过间阶，然后度至琐窗，而后照美人。虽此多时，彼美人者，亦既久矣明明伫立，暗中略复少停其势，月亦必不能不来相照。然而月之必由廊而栏、而阶、而窗、而后美人者，乃正是未照美人以前之无限如迤如逦，如隐如跃，别样妙境。非此即将极嫌此美人何故突然便在月下，为了无身分也。此言莺莺之于张生，前于酬韵夜虽已默感于心，已于闹斋日复又明睹其人，然而身为千金贵人，上奉慈母，下凛师氏，彼张生则自是天下男子，此岂其珠玉心地中所应得念？

---

① "荫"，贯华堂本作"阴"，据金谷园本改。下同。

岂其莲花香口中所应得诵哉？然而作者则无奈何也。设使莺莺真以慈母、师氏之故，而珠玉心地终不敢念，莲花香口终不敢诵，则将终《西厢记》，乃不得以一笔写莺莺爱张生也乎！作者深悟文章旧有渐度之法，而于是闲闲然先写残春，然后闲闲然写有隔花之一人，然后闲闲然写到前夜酬韵之事，至此却忽然收笔云，身为千金贵人，吾爱吾宝，岂须别人堤备，然后又闲闲然写"独与那人兜的便亲"。要知如此一篇大文[①]，其意原来却只要写得此一句于前，以为后文张生忽然应募、莺莺惊心照眼作地；而法必闲闲渐写，不可一口便说者，盖是行文必然之次第。此为后贤所宜善学者，又一也。

文章有"羯鼓解秽"之法。如李三郎三月初三坐花萼楼下，敕命青玻璃酌西凉葡萄酒，与妃子小饮。正半酣，一时五王、三姨适然俱至，上心至喜，命工作乐。是日恰值太常新制琴操成，名曰《空山无愁》之曲，上命对御奏之。每一段毕，上攒眉视妃子，或视三姨，或视五王，天颜殊悒悒不得畅。既而将入第十一段，上遽跃起，口自传敕曰："花奴，取羯鼓速来，我快欲解秽。"便自作《渔阳掺挝》，渊渊之声，一时栏中未开众花，顷刻尽开。此言莺莺闻贼之顷，法不得不亦作一篇。然而势必淹笔渍墨，了无好意。作者既自折尽便宜，读者亦复干讨气急也。无可如何，而忽悟文章旧有解秽之法，因而放死笔、捉活笔，斗然从他递书人身上，凭空撰出一莽惠明，以一发泄其半日笔尖呜呜咽咽之积闷。杜工部诗云："豫章翻风白日动，鲸鱼跋浪沧溟开。"又云："白摧朽骨龙虎死，黑入太阴雷雨垂。"便是此一副奇笔，便使通篇文字立地焕若神明。此为后贤所宜善学者，又一也。

（孙飞虎领卒子上云）自家孙飞虎的便是。方今天下扰攘，主将丁文雅失政，俺分统五千人马，镇守河桥。探知相国崔珏之女莺莺，眉黛青颦，莲脸生春，有倾国倾城之容，西子太真之色，现在河中府普救寺停丧借居。前日二月十五，做好事追荐父亲，多曾有人看见。俺心中想来，首将尚然不正，俺独何为哉！大小三军，听吾号令：人尽衔枚，马皆勒口，连夜进兵河中府！掳掠莺莺为妻，是我平生愿足。（引卒子下）问曰：当时若不写惠明，竟写飞虎，亦得耶？答曰：如写而不极畅，是不如勿写也。然一欲

① "大"，贯华堂本作"人"，据芥子园本、金谷园本改。

写得极畅，而遂忍以莺莺一任飞虎口中恣其诋侮，于我心有戚戚焉，故不为也。

（法本慌上云）祸事到！谁想孙飞虎领半万贼兵，围住寺门，犹如铁桶，鸣锣击鼓，呐喊摇旗，要掳小姐为妻。老僧不敢违误，只索报知与夫人、小姐。

（夫人慌上云）如此却怎了！怎了！长老，俺便同到小姐房前商议去。（俱下）

（莺莺引红娘上云）前日道场，亲见张生，神魂荡漾，茶饭少进。况值暮春天气，好生伤感也呵！正是：好句有情怜皓月，落花无语怨东风。于白中则云前日道场亲见张生，于曲中则止反复追忆酬韵之夜。命意措辞俱有法。

〔仙吕〕**【八声甘州】**（莺莺唱）恹恹瘦损，早是多愁，那更残春！罗衣宽褪，能消几个黄昏？我只是风袅香烟不卷帘，雨打梨花深闭门；莫去倚阑干，极目行云。都是绝妙好辞，所谓千狐之白，萃而为裘者也。

右第一节。此言早是多愁也。

【混江龙】况是落红成阵，风飘万点正愁人。昨夜池塘梦晓，今朝栏槛辞春。蝶粉乍沾飞絮雪，燕泥已尽落花尘。系春情短柳丝长，妙句。隔花人远天涯近。妙句。有几多六朝金粉，三楚精神！逐句千狐之白，而又无补接痕。

右第二节。此言那更残春也。看其第一节只空空说愁，第二节方略逗隔花一人字。笔墨最为委婉有好致也。

（红娘云）小姐情思不快，我将这被儿熏得香香的，小姐睡些则个。

【油葫芦】翠被生寒压绣裀，"生寒"是双字，不得将"生"字作活用，须知。休将兰麝熏；便将兰麝熏尽，我不解自温存。然则不能睡也。妙妙！分明锦囊佳句来勾引，为何玉堂人物难亲近？这些时坐又不安，立又不稳，登临又不快，闲行又困。镇日价情思睡昏昏。**【天下乐】**我依你搭伏定，鲛绡枕头儿上盹。然则仍又睡也。妙妙！

右第三节。红娘请之睡，则不可睡；及至无可奈何，则仍睡。只一"睡"字，中间乃有如许袅娜，如许跌宕。写情种真是情种，写小姐亦真是小姐。○看其第二节，只空空逗一"人"字；第三节，便轻吐是前夜吟诗那人。笔墨最为委婉有好致也。

我但出闺门，你是影儿似不离身。斫山云：若不得圣叹注，则此一行与下"小梅香"句，岂不重复哉。我圣叹读书，真异事也。

右第四节。上文口中方吐吟诗那人实萦怀抱，忽然自嫌我则岂如世间怀春女子，心荡不制，故骤见一人，便作如是倾倒者哉？因急转笔，牵入红娘，云："他人不知，你岂不晓？"其下便欲直接"见个客人，愠的早嗔"等文，以深明己之实不容易动心。却又因遂嫌此意未畅[①]，故又转笔，再将夫人提防反证己语，言我母之知我，犹尚不及你之知我，如下文云云，以深明红娘是真正知我者。而后莺莺之不容易动心，始非莺莺自己一人之私言。盖其笔态之曲折，有如此也。斫山云：若不如圣叹注，则莺莺不欲夫人提防，其意乃欲云何？此岂复成人语哉！○看书人心苦何足道，既已有此书，便应看出来耳。莫心苦于作书之人，真是将三寸肚肠直曲折到鬼神犹曲折不到之处，而后成文。圣叹稽首：普天下及后世才子，慎勿轻视古人之书也。

这些时他恁般堤备人；小梅香服侍得勤，老夫人拘系得紧，不信俺女儿家折了气分。**【那吒令】**你知道我但见个客人，愠的早嗔；便见个亲人，厌的倒褪。

右第五节。反复以明己之实不容易动心，上文已明。

独见了那人，兜的便亲。我前夜诗，依前韵，酬和他清新。**【鹊踏枝】**不但字儿真，不但句儿匀，我两首新诗，便是一合回文。谁做针儿将线引，向东墙通个殷勤。

右第六节。直至此，方快吐"独见那人，兜的便亲"之一言。看他上文，凡用无数层折、无数跌顿，真乃一篇只是一句。○读此文，能将眼色句句留向张生鼓掌应募时用，便是与作者一鼻孔出气人。○"谁做针儿将线引"，亦奇笔也。谚云："只知其一，不知其二。"只知其一者，只知决无人"做针儿将线引"；不知其二者，不知即刻有孙飞虎"做针儿将线引"也。用意之妙，一至于此。

【寄生草】风流客，蕴藉人。相你脸儿清秀身儿韵，一定性儿温克情儿定，不由人不口儿作念心儿印。我便知你一天星斗焕文章，谁可怜你十年窗下无人问。

右第七节。已至篇尽矣。又略露闹斋日曾亲见其人，以为下文鼓掌应募时，正是此人如玉山照眼作地。通篇盖并无一句一字是虚

① "遂"，芥子园本、金谷园本作"还"。

发也。○"一天星斗"二句，又奇笔也。即刻驰书破贼，两廊下僧俗若干人等，无有一人不知了也。用意之妙，一至于此。

（夫人、法本同上敲门科）（红云）小姐，夫人为何请长老直来到房门外？（莺莺见夫人科）（夫人云）我的孩儿，你知道么？如今孙飞虎领半万贼兵，围住寺门。道你眉黛青颦，莲脸生春，有倾国倾城之容，西子太真之色，要掳你去做压寨夫人。我的孩儿，怎生是了也！

【六幺序】我魂离壳，这祸灭身，袖梢儿揾不住啼痕。一时去住无因，进退无门，教我那埚儿人急偎亲？妙！挑到张生。孤孀母子无投奔，赤紧的先亡了我的有福之人。妙妙！句句挑到张生。

右第八节。文自明。

耳边金鼓连天震，征云冉冉，土雨纷纷。【后】风闻，即二月十五做好事，多曾有人看见也。胡云，道我眉黛青颦，莲脸生春，倾国倾城，西子太真。把三百僧人，他半万贼军，半霎儿便待剪草除根。那厮于家于国无忠信，恣情的掳掠人民。他将这天宫般盖造谁偢问，便做出诸葛孔明博望烧屯。

右第九节。正写贼势之披猖，以起下文匆匆定计也。文自明。

（夫人云）老身年纪五旬，死不为夭。奈孩儿年少，未得从夫，早罹此难，如之奈何？（莺莺云）孩儿想来，只是将我献与贼汉，庶可免一家性命。岂有此理？然而作者之为此言，一则极写匆匆无策，一则故作下下策，乃所以左折右折，折而至于下中策也，夫两廊下众人但退贼兵便与鸶鸾，犹策之下也。（夫人哭云）俺家无犯法之男、再婚之女，怎舍得你献与贼汉？却不辱没了俺家谱！（莺莺云）母亲休要爱惜孩儿，还是献与贼汉，其便有五：

【元和令带后庭花】第一来，免摧残国太君；第二来，免堂殿作灰尘；第三来，诸僧无事得安存；第四来，先公的灵柩稳；第五来，欢郎虽是未成人，算崔家后代儿孙。

右第十节。此下下策也！圣叹今日述之，犹不忍述也。顾作者当日丧心害理，俨然竟布如此笔墨者，彼岂非为下文漫然高叫"两廊僧俗，但能退兵，便许成婚"，此犹是策之最下，然而不免作是孟浪之举，则独为转出张生发书请将故耳。夫下文虽得转出张生发书请将，然其策既出最下，则于其前文欲先作跌顿势，固不得不出于下下也。

盖行文之苦，每每遇如此难处也。世有《班马异同》一书。宜熟精读之，是书深悉此苦。

若莺莺惜己身，不行从乱军：伽蓝火内焚，诸僧血污痕，先灵为细尘，可怜爱弟亲，痛哉慈母恩。**【柳叶儿】**俺一家儿不留龆龀，末三句，作一句读。

右第十一节。反复明之。

待从军，果然辱没家门。俺不如白练套头，寻个自尽，将尸榇献贼人，你们得远害全身。

右第十二节。此又一策，亦下策也。然后下文再出一策。

（法本云）咱每同到法堂上，问两廊下僧俗，有高见的，一同商议个长策。（同到科）（夫人云）我的孩儿，却是怎的是？你母亲有一句话：本不舍得你，却是出于无奈，如今两廊下众人，不问僧俗，但能退得贼兵的，你母亲做主，倒陪房奁，便欲把你送与为妻。虽不门当户对，还强如陷于贼人。（夫人哭云）长老，便在法堂上，将此言与我高叫者。我的孩儿，只是苦了你也！（本云）此计较可。

【青歌儿】母亲，你都为了莺莺身分，你对人一言难尽。你更莫惜莺莺这一身，不拣何人，建立功勋，杀退贼军，扫荡烟尘；倒陪家门，愿与英雄结婚姻，为秦晋。

右第十三节。此方是第三主策也。文自明。

（法本叫科）（张生鼓掌上云）我有退兵之计，何不问我？（见夫人科）（本云）禀夫人，这秀才便是前十五日附斋的敝亲。（夫人云）计将安在？（张生云）禀夫人，重赏之下，必有勇夫；赏罚若明，其计必成。（夫人云）恰才与长老说下，但有退得贼兵的，便将小女与他为妻。（张生云）既是恁的，小生有计，先用着长老。（本云）老僧不会厮杀，请先生别换一个。（张生云）休慌，不要你厮杀。你出去与贼头说："夫人钧命，小姐孝服在身。将军要做女婿呵，可按甲束兵，退一箭之地。等三日功德圆满，拜别相国灵柩，改换礼服，然后方好送与将军。不争便送来呵，一来孝服在身，二来于军不利。"你去说来。（本云）三日后如何？（张生云）小生有一故人，姓杜，名确，号为白马将军，见统十万大军，镇守蒲关。小生与他八拜至交，我修书去，必来救我。（本云）禀夫人，若果得白马将军肯来时，何虑有一百孙飞虎！夫人请放心者。（夫人云）如此，多谢先生。红娘,你伏侍小姐回去者。(莺莺云)红娘,真难得他也!

【赚煞尾】诸僧伴,各逃生。众家眷,谁偢问。他不相识横枝儿着紧。非是他书生明议论,也自防玉石俱焚。便代他辨。妙绝!甚姻亲,可怜咱命在逡巡。济不济,权将这秀才来尽。又为自辨。妙绝!○是避嫌,是护短,必有辨之者。他真有出师的表文,下燕的书信,只他这笔尖儿敢横扫五千人。爱之信之,一至于此,亦全从酬韵一夜来。

(莺莺引红娘下)

右第十四节。写莺莺早为张生护短,早为自己避嫌。接连二笔,便妮妮然分明是两口儿。此称入神之笔。

(法本叫云)请将军打话。(虎引卒子上云)快送莺莺出来!(本云)将军息怒。有夫人钧命,使老僧来与将军说。(云云)(虎云)既然如此,限你三日,若不送来,我着你人人皆死,个个不存!你对夫人说去,恁般好性儿的女婿,教他招了者!(虎引卒子下)

(法本云)贼兵退了也,先生作速修书者。(张生云)书已先修在此,只是要一个人送去。(本云)俺这厨房下有一个徒弟,唤做惠明,最要吃酒厮打。若央他去,他便必不肯;若把言语激着他,他却偏要去。只有他,可以去得。三四语耳,写出好和尚。(张生叫云)我有书送与白马将军,只除厨房下惠明不许他去,其馀僧众,谁敢去得?(惠明上云)惠明定要去,定要去!

〔正宫〕【端正好】(惠明唱)不念《法华经》,是,是!念他做甚?我见念经者矣!不礼《梁皇忏》是,是!我见礼懺者矣!颩了僧帽,袒下了偏衫。是,是!我见戴僧帽着偏衫者矣!○农夫力而收于田,诸奴坐而食于寺。有王者作,比而诛之[①],所不待再计也,而愚之夫,尚忧罪业。夫今日之秃奴、其游手好闲,无恶不作,正我昔者释迦世尊于《涅槃经》中,所欲切嘱国王大臣"近则刀剑,远则弓箭,务尽杀之,无一馀留"者也!圣叹此言,乃是善护佛法,夫岂谤僧之谓哉?杀人心斗起英雄胆,我便将乌龙尾钢椽揝。《法华经》、《梁皇忏》、"僧帽"、"偏衫"下,斗接"杀人心"三字,奇妙!

右第一节。写惠明若不是和尚便不奇,然写惠明是和尚而果是和尚亦不奇。今问普天下学人:如此惠明为真是和尚,为真不是和

① "比",贯华堂本作"此",据芥子园本、金谷园本改。

尚？不得趁口率意妄答，不得默然，不得速礼三拜，不得提起坐具便摵，不得弹指一下，不得绕禅床三匝，不得作女人拜，不得呵呵大笑，不得哀哭"苍天、苍天！"速道、速道！才拟议便错。斫山云：圣叹无耻！圣叹云：斫山会也。

【滚绣球】非是我搀，不是我揽，知道他怎生唤做打参。大踏步，止晓得杀入虎窟龙潭。

右第二节。他也不搀，他也不揽，他知道你怎生唤做打参，小经纪止晓得做一个虎窟龙潭。此是近来坐曲盝床，提榔栎杖，大善知识行乐赞也。被作《西厢记》人早早看破，因先造此反语相嘲，乃渠犹不知，还自擂鼓集众。

非是我贪，不是我敢，这些时吃菜馒头委实口淡。一切比丘、比丘尼，式叉摩那、沙弥、沙弥尼，一齐合掌，诵《古诗十九首》云："齐心同所愿，含意俱未申。"○此斫山先生语也。五千人也不索炙煿煎燂。腔子里热血权消渴，肺腑内生心先解馋，有甚腌臜！**【叨叨令】**你们的浮皛羹、宽片粉添杂糁，酸黄虀、臭豆腐真调淡。我万斤黑面从教暗，我把五千人做一顿馒头馅。你休误我也么哥！休误我也么哥！包残馀肉旋教青盐蘸。

右第三节。和尚言者是也。昔日世尊于涅槃场，制诸比丘不得食肉；若食肉者，断大慈悲。夫大慈悲止于不食肉而已乎？麋鹿食荐，牛马食料，蚯蚓食泥，蜩螗食露，乃至蛣蜣食粪，皆不食肉，即皆得为大慈悲乎？吾见比丘，稗贩如来，垄断檀越，伪铺坛场，衒招女色，一切世间不如法事，无不毕造，但不食肉，斯真无碍大慈悲乎？夫世尊制不得食肉者，彼必有取尔也。昔我先师仲尼氏，释迦之同流也。其教人也，务孝弟，主忠信，如是云云，至于再三。独不教人不得食肉，亦以孝弟忠信之与不食肉，其急缓大小则有辨也。若食肉，即不得为孝弟忠信；但不食肉，即是孝弟忠信：则是仲尼有遗言也？今儒者修孝弟忠信于家，而食大享于朝；比丘分卫日中一食于其城中，而广造大恶于其屏处：此其人之相去，虽三尺童子能说之也。今诸秃奴，乃方欲以己之不食肉，救拔我之食肉，此其无理可恨，真应唾之骂之，打之杀之也！故曰和尚言者是也。

(本云)惠明呵，张解元不用你去，你偏生要去。你真个敢去不敢去？

【倘秀才】你休问小僧敢去也那不敢，我要问大师真个用咱也不用咱？如此跳脱之笔，使人失惊。○记圣叹最幼时，读《论语》至“子张问：‘士何如斯可谓之达矣？’”见下文忽接云：“子曰：‘何哉，尔所谓达者？’”不觉失惊吐舌，蒙师怪之，至与之夏楚。今日又见此文，便与大圣人一样笔势跳脱，《西厢》真奇书也！○昔有僧耽著苦吟，课诵都废。一老师愍而诃之，僧亦深自悔恨，便捐弃笔墨，发愿受持《妙法华经》。一日诵经至《重颂》中，忽见半偈云：“香风吹萎华，更雨新好者。”不自觉又引手抵空，作曼声吟之曰：“此一佳句也。”言未毕，便吃然失音，口角喎斜，寻便命终。呜呼！大圣人之宝书，固不可作佳句读哉。须是圣叹恶习，切勿学也！

你道飞虎声名赛虎般，那厮能淫欲，会贪婪，诚何以堪！

右第四节。不答敢与不敢，而已答敢与不敢矣。盖“飞虎声名”一句，是人谓其不敢；“那厮能淫欲”三句，是自明其敢也。文甚明。

（张生云）你出家人，怎不诵经持咒，与众师随堂修行，却要与我送书？

【滚绣球】我经怕谈，禅懒参；戒刀新蘸，无半星儿土渍尘淹。别的女不女，男不男，大白昼把僧房门胡掩，那里管焚烧了七宝伽蓝。你真有个善文能武人千里，要下这济困扶危书一缄，我便有勇无惭。女不女、男不男，佛又谓之“细视徐行，如猫伺鼠”。

右第五节。吾之于吾也，何毁何誉？如有所誉者，吾有所试矣，真好和尚也。相君之面，则女不女；相君之背，却男不男。白昼门掩，正做此事也。便说尽秃奴二六时中功课，而文又雅甚。

（张生云）你独自去，还是要人帮扶着？

【白鹤子】着几个小沙弥把幢旛宝盖擎，病行者将面杖火叉担。你自立定脚把众僧安，我撞钉子将贼兵探。小沙弥、病行者，其兵马则如此；幢幡、宝盖、面杖、火叉，其器杖则如此，真乃异样文情。

右第六节。偏不说不要帮，偏说要帮，奇文！○若真要帮，岂成惠明？故知“小沙弥”“小”字，“病行者”“病”字，下得妙绝。斫山每恨荆卿必欲生劫秦皇帝，此是何意？今看惠明，真是荆卿以上人也。

（张生云）他若不放你过去，却待如何？（惠云）他敢不放我过去，你宽心！

【二】我瞅一瞅，古都都翻海波；喊一喊，厮琅琅振山岩。脚踏得赤力力地轴摇，手攀得忽剌剌天关撼。【三】远的破一步将铁棒飐，近的顺着手把戒刀钐；小的提起来将脚尖撞，平声。大的扳过来把骷髅砍。一阕虚写,一阕实写。

右第七节。句句是"不放过去"。斫山云:你不放过去,我过去也!

(张生云)我今将书与你,你却到几时可去?

【耍孩儿煞】我从来驳驳劣劣,世不曾忐忐忑忑,打熬成不厌,天生是敢。言"不厌"是打熬所成,"敢"则天生本性也。我从来斩钉截铁常居一,不学那惹草粘花没掂三。就死也无憾。便提刀杖剑,谁勒马停骖。

右第八节。为人不当如是耶?读之增长人无数义气。

【二】我从来欺硬怕软,吃苦辞甘,为人不当如是耶?你休只因亲事胡扑俺。若杜将军不把干戈退,你张解元也干将风月担。便是言辞赚,一时纰缪,半世羞惭。八字,虽金人铭不能复过。寄语天下后世,敬心奉持。

右第九节。上文皆是张生忧惠明不能过去,此节忽写惠明忧张生书或恐无用者。此非忧张生也,正谓张生不必忧惠明。言"除非你书无用,我自无有不过去也"。一作惠明嘲戏张生,便减通篇神彩。此乃真正神助之笔,须反复读之。

我去也!只三字,便抵"易水"一歌。唐贯休有诗云①:"黄昏风雨黑如磐,别我不知何处去。"总是一副神理,应白衣冠送之。

【收尾】你助威神擂三通鼓,仗佛力呐一声喊。奇句,奇至于此;妙句,妙至于此。绣幡开遥见英雄俺,奇句,奇至于此;妙句,妙至于此。○斫山云:"美人于镜中照影,虽云看自,实是看他。细思千载以来,只有离魂倩女一人曾看自也。他日读杜子美诗,有句云:'遥怜小儿女,未解忆长安。'却将自己肠肚,移置儿女分中,此真是自忆自。又他日读王摩诘诗,有句云:'遥知远林际,不见此檐端。'亦将自己眼光,移置远林分中,此真是自望自。盖二先生皆用倩女离魂法作诗也。"圣叹今日读《西厢》,不觉失笑,因寄语斫山:"卿前谓我言,王、杜俱用倩女离魂法作诗,原来只是用得一'遥'字也。"你看半万贼兵先吓破胆。一"先"字,便有与白马争功之意。笔墨之奇峭,一至于此哉。

右第十节。只此一收,才四句文字,又何其神奇哉!擂鼓、呐喊句,写惠明犹在寺;"幡开"、"遥见"句,写惠明犹在眼。至"贼兵破胆"

① "贯休",各本均作"张祐",据《全唐诗》改。

句，如鹰隼疾，已不见惠明矣。文章至此，虽鬼神雷电乃不足喻，而岂伧之所得梦见？而伧犹思搦笔作传奇，而谓将与《西厢》分道扬镳，伧真全无心肝者哉！

(张生云)老夫人，分付小姐放心，此书一到，雄兵即来。鲤鱼连夜飞驰去，白马从天降下来。(俱下)

(杜将军引卒子上云)自家姓杜，名确，字君实，本贯西洛人也。幼与张君瑞同学儒业，后弃文就武，当年武状元及第，官拜征西大将军，正授管军元帅，统领十万之众，镇守蒲关。有人自河中府来，探知君瑞兄弟在普救寺中，不来看我，不知甚意。近日丁文雅失政，纵军劫掠人民。即当兴师剪而朝食，奈虚实未的，不敢造次。好。昨又差探子去了，好。今日升帐，看有甚军情来报者。(开辕门坐科)

(惠明上云)俺离了普救寺，早至蒲关。这里杜将军辕门，俺闯入去。(卒捉住报科)(杜云)着他入来！(惠进跪科)(杜云)兀那和尚，你是那里做奸细者？(惠云)俺不是奸细，俺是普救寺僧人。今有孙飞虎作乱，将半万贼兵围住寺门，欲劫故臣崔相国女为妻。有游客张君瑞奉书，使俺递至麾下，望大人速解倒悬之危。(杜云)左右的，放了这和尚者！张君瑞是我兄弟，快将他的书来！(惠叩头递书科)

(杜拆念云[1])同学小弟张珙顿首再拜，奉书君实仁兄大人大元帅麾下：自违国表，寒暄再隔，风雨之夕，念不能忘。辞家赴京，便道河中，即拟觐谒，以叙间阔。路途疲顿，忽遘采薪，昨已粗愈，不为忧也。轻装小顷，乃在萧寺，几席之下，忽值弄兵。故臣崔公，身后多累，持丧闻戒，暂僦安居。何期暴客，见其粲者，拥众五千，将逞无礼。谁无弱息，遽见狼狈，不胜愤懑，便当甘心。自恨生平，手无缚鸡，区区微命，真反不计。伏惟仁兄，仰受节钺，专制一方，咄叱所临，风云变色。夙承古人，方叔召虎，信如仁兄，实乃不愧。今弟危逼，不及转烛，仰望垂手，非可言喻。万祈招摇，前指河中，譬如疾雷，朝发夕到，使我涸鲋，不恨西江，崔公九原，亦当衔结。伏乞台照不宣，张珙再顿首拜。二月十六日书。

既然如此，我就传令。和尚，你先回去，我星夜便来。比及你到寺里时，多敢我已捉了这贼子也。(惠云)寺中十分紧急，大人是必疾来者。(下)

---

① "拆"，贯华堂本作"折"，据芥子园本、金谷园本改。

(杜传令云)大小三军,听我号令:就点中权五千人马,星夜起发,直至河中府普救寺,救我兄弟,去走一遭。(众应云)得令!(俱下)

(孙引卒奔上云)白马爷爷来了,怎么了!怎么了!我们都下马卸甲,投戈跪倒,悉凭爷爷发落也!(杜引卒上云)你们做甚么都下马卸甲,投戈跪倒?你指望我饶你们也。也罢,止将孙飞虎一人砍首号令,其馀不愿的都归农去,愿的开报花名,我与你安插者。(贼众下)

(夫人、法本上云)下书已两日,不见回音。(张生上云)山门外暴雷似声喏,敢是我哥哥到也!(杜与生相见拜科)(张生云)自别台颜,久失听教;今日见面,乃如梦中。(杜云)正闻行旌,近在邻治;不及过访,万乞恕罪。(杜与夫人相见拜科)(夫人云)孤寡穷途,自分必死;今日之命,实蒙再造!(杜云)狂贼跳梁,有失防御;致累受惊,敢辞万死?敢问贤弟,因甚不至我处?(张生云)小弟贱恙偶作,所以失谒。今日便应随仁兄去,却又为夫人昨日许以爱女相配。不敢仰劳仁兄执柯,小弟意思,成过六礼,弥月后便叩谢。(杜云)恭喜贺喜!老夫人,下官自当作伐。(夫人云)老身尚有处分。安排茶饭者!(杜云)适间投诚五千人,下官尚须料理,异日却来拜贺。(张生云)不敢久留仁兄,恐妨军政。(杜起马科)马离普救敲金镫,人望蒲关唱凯歌。(下)

(夫人云)先生大恩,不可忘也!谁云可忘哉?自今先生休在寺里下,便移来家下书院内安歇。明日略备草酌,着红娘来请,先生是必来者。(夫人下)

(张生别法本云)小生收拾行李,去书院里去也。无端豪客传烽火,巧为襄王送雨云。孙飞虎,小生感谢你不尽也!(法本云)先生得闲,仍旧来老僧方丈里攀话者。(张生下)(法本下)

世之愚生,每恨恨于夫人之赖婚。夫使夫人不赖婚,即《西厢记》且当止于此矣。今《西厢记》方将自此而起,故知夫人赖婚,乃是千古妙文,不是当时实事。如《左传》,句句字字是妙文,不是实事。吾怪读《左传》者之但记其实事,不学其妙文也。

二之二 请 宴

二之二 请 宴

吾读世间游记，而知世真无善游人也。夫善游之人也者，其于天下之一切海山方岳、洞天福地，固不辞千里万里而必一至，以尽探其奇也。然而其胸中之一副别才，眉下之一双别眼，则方且不必直至于海山方岳、洞天福地，而后乃今始曰：我且探其奇也。夫昨之日而至一洞天，凡罄若干日之足力、目力、心力，而既毕其事矣，明之日而又将至一福地，又将罄若干日之足力、目力、心力，而于以从事。彼从旁之人，不能心知其故，则不免曰：连日之游快哉！始毕一洞天，乃又造一福地。殊不知先生且正不然，其离前之洞天，而未到后之福地，中间不多，虽所隔止于三二十里，又少而或止于八、七、六、五、四、三、二里，又少而或止于一里、半里。此先生则于是一里、半里之中间，其胸中之所谓一副别才，眉下之一双别眼，即何尝不以待洞天福地之法而待之哉？今夫以造化之大本领、大聪明、大气力，而忽然结撰而成一洞天、一福地，是真骇目惊心之事，不必又道也。然吾每每谛视天地之间之随分一鸟一鱼、一花一草，乃至鸟之一毛、鱼之一鳞、花之一瓣、草之一叶，则初未有不费彼造化者之大本领、大聪明、大气力，而后结撰而得成者也。谚言：“师子搏象用全力，搏兔亦用全力。”彼造化者，则真然矣，生洞天福地用全力，生随分之一鸟一鱼、一花一草，以至一毛一鳞、一瓣一叶，殆无不用尽全力。由是言之，然则世间之所谓骇目惊心之事，固不必定至于洞天福地而后有此，亦为信然也。抑即所谓洞天福地也者，亦尝计其云如之何结撰也哉？庄生有言：“指马之百体非马，而马系于前者，立其百体而谓之马也。”比于大泽，百材皆度；观乎大山，水石同坛。夫人诚知百材万木杂然同坛之为大泽大山，而其于游也，斯庶几矣。其层峦绝巘，则积石而成是穹窿也；其飞流悬瀑，则积泉而成是灌输也。果石石而察之，殆初无异于一拳者也；试泉泉而寻之，殆初无异于细流者也，且不直此也。老氏之言曰：“三十辐共一毂，当其无，有车之用。埏埴以为器，当其无，有器之用。凿户牖以为室，当其无，有室之用。”然则一一洞天福地中间，所有之回看为峰，延看为岭，仰看为壁，俯看为溪，以至正者坪，侧者坡，跨者梁，夹者涧，虽其奇奇妙妙，至于不可方物，而吾有以知其奇之所以奇①，妙之所以妙，则固必在于所谓“当其无”之处也矣。盖当其无，则是无峰无岭、无壁无溪、无坪坡梁涧之地也。然而当其无，斯则真吾胸中一副别才之所翱翔，眉下一双别眼之所排荡也。夫吾胸中有其别才，眉下有其别眼，而皆必于当其无处而后翱翔，而后排荡。然则我真胡为必至于洞天福地，正如顷所云，离于前未到于后之中间三二十里，即少止于一里半里，此亦何地不有所谓“当其无”之处耶。一略彴小桥，一槎枒独树，一水一村，一篱一犬，吾翱翔焉，吾排荡焉，此其于洞天福地之奇奇妙妙，诚未能知为在彼而为在此也。且人亦都不必胸中之真有别才，眉下之真有别眼也。必曰先有别才而后翱翔，先有别眼而后排荡，则是善游之人必至旷世而不得一遇也！如圣叹意者，天下亦何别才、别眼之与有，但肯翱翔焉，斯即别才矣；果能排荡焉，斯即别眼矣。米老之相石也，曰要秀，要皱，要透，要瘦。今此一里半里之一水一村，一桥一树，一篱一犬，则皆极秀、极皱、极透、极瘦者也。我亦定不能如米老之相石故耳，诚亲见其秀处、皱处、透处、瘦处乃在于此。斯虽欲不于是焉翱翔，不于是焉排荡，亦岂可得哉？且彼洞天福地之为峰为岭，为壁为溪，为坪坡梁涧，是亦岂能多有其奇奇妙妙者乎？亦都不过能秀、能皱、能透、能瘦焉耳。由斯以言，然则必至于洞天福地而后游，此其不游之处盖已多多也；且必至于洞天福地而后游，此其于洞天福地亦终于不游已也。何也？彼不能知一篱一犬之奇妙者，必彼所见之洞天福地皆适得其不奇不妙者也。盖圣叹平日与其友斫山论游之法如此，今于读《西厢》红娘请宴之一篇，而不觉发之也。斫山云：“千载以来，独有宣圣是第一善游人，其次则数王羲之。”或有征其说者，斫山云：“宣圣，吾深感其‘食不厌精，脍不厌细’之二言；王羲之，吾见其若干帖所有字画，皆非献之所能窥也。”圣叹曰：“先生此言，疑杀天下人去也。”又斫山每语圣叹云：“王羲之若闲居家中，必就庭花逐枝逐朵细数其须，门生执巾侍立其侧，常至终日都无一语。”圣叹问此故事出于何书。斫山云：“吾知之。”盖斫山之奇特如此，惜乎天下之人不遇斫山，一倾倒其风流也！

前文一大篇，破贼也；后文一大篇，赖婚也。破贼之一大篇，则有莺莺寻计，惠明递书，皆是生成必有之大波大浪也；赖婚之一大篇，则

① “有”，贯华堂本作“不”，据芥子园本、金谷园本改。

有莺莺失惊，张生发怒，亦是生成必有之大哭大笑也。今此，则于破贼之后，赖婚之前矣，此际其安得又有一大篇也乎？作者细思久之，细思彼张生之于莺莺，其切切思思，如得旦暮遇之，固不必论也；即彼莺莺之于张生，其切切思思，如得旦暮遇之，殆亦非一口之所得说，一笔之所得写也。无端而孙飞虎至，无端而老夫人许，欻然二无端自天而降，此时则彼其一双两好之心头口头、眼中梦中、茶时饭时[1]，岂不当有如云浮浮，如火热热，如贼脉脉，如春荡荡者乎？乃今前文之一大篇才破贼，后文之一大篇便赖婚。破贼之一大篇，既必无暇与彼一双两好，写此如云如火、如贼如春一段神理；而赖婚之一大篇，即又何暇与彼一双两好，写此如云如火、如贼如春之一段神理乎？千不得已，万不得已，算出赖婚必设宴，设宴必登请，而因于两大篇中间，忽然闲闲写出一红娘请宴。亦不于张生口中，亦不于莺莺口中，只闲闲于闲人口中，恰将彼一双两好之无限浮浮热热、脉脉荡荡，不觉两边都尽。呜呼！此谓之女娲氏不难补天，难于寻五色石。今既专门会寻五色石，其又何天之不补乎？然圣叹又细思之，细思前一大篇破贼，是真有一大篇；后一大篇赖婚，是亦真有一大篇。今红娘承夫人命请客走一遭，此岂不至轻至淡，至无聊，至不意，而今观其但能缓缓随笔而行，亦便真有此一大篇。然则如顷所云，一水一村，一桥一树，一篱一犬，无不奇奇妙妙，又秀、又皱、又透、又瘦，不必定至于洞天福地而始有奇妙，此岂不信乎？普天下及后世锦绣才子，将欲操觚作史，其深念老氏当其无有文之用之言哉？破贼后，赖婚前，决不得更插一篇，吾亦尝细思久之，而后叹绝于红娘请宴也。

（张生上云）夜来老夫人说，使红娘来请我。天未明便起身，直等至这早晚不见来，我的红娘也呵！只一语，写尽张生神理。

（红娘上云）老夫人着俺请张生，须索早去者。在红娘方云“早”。

〔**中吕**〕【**粉蝶儿**】（红娘唱）半万贼兵，卷浮云，片时扫净。俺一家儿死里重生。

右第一节。叙功正文。

① “饭”，贯华堂本作“饮”，据芥子园本、金谷园本改。

只据舒心的列仙灵，陈水陆，张君瑞便当钦敬。

右第二节。叙功旁文。〇上正文叙功，人所必及也；此旁文叙功，真非人所及也。写小女儿家又聪慧，又年轻：彼见昨日惊魂动魄，今日眉花眼笑，便从自己灵心所到[1]，说出小小一段快乐，反若撇开本人之一场真正大功也者，而是本人之一场真正大功，已不觉反于此一语中全现。才子作文，誓愿放重笔，取轻笔，此类是也。

前日所望无成，倒是一缄书为了媒证。**【醉春风】**今日东阁带烟开，"前日"、"今日"，语意佳甚。〇"带烟开"是也。杜诗"高城烟雾开"，是招女婿诗，此用之也。再不要西厢和月等。薄衾单枕有人温，你早则不冷、句。冷。句。你好宝鼎香浓，绣帘风细，绿窗人静。此十二字是三句，是一句。看他轻轻只下"你好"二字，便使十二字并做一字。问并做何一字？依圣叹俊眼看去，此十二字只并做一"人"字也。盖窗外有帘，帘内无风，鼎中有香，香中有"人"也。

右第三节。《请宴》正文。〇照定后篇《赖婚》，作此满心满愿之语。妙绝！

可早到书院里也。

【脱布衫】幽僻处可有人行，点苍苔白露泠泠，隔窗儿咳嗽一声。偶咳嗽也，隐不及敲门也。写尽张生，非写红娘也。

（张生云）是谁？（红云）是我。（张生开门相见科）

只见启朱扉，疾忙开问。**【小梁州】**叉手躬身礼数迎，我道不及"万福，先生"。写尽张生。

右第四节。写红娘未及敲门，张生已忙作揖。天未明起身人，便于纸缝里活跳出来。

乌纱小帽耀人明，白襕净，角带闹黄鞓。**【后】**衣冠济楚那更庞儿整，休说引动莺莺。据相貌，凭才性，我从来心硬，一见了也留情。作者何其狡狯，忽然欲牵红娘并入浑水，岂非罪过哉！〇斫山云：试问红娘为说今日，为说闹斋日[2]？我最无奈聪明女儿半含半吐[3]，不告我实话也！

右第五节。写张生人物也，然而必略写人，多写打扮者。盖句句

---

① "自"，贯华堂本作"目"，据芥子园本、金谷园本改。

② "闹"，贯华堂本作"问"，据金谷园本改。

③ "含"，金谷园本作"吞"。

字字，都照定后篇《赖婚》，先作此满心满意之笔也。

（红云）奉夫人严命……（张生云）小生便去。红娘将欲云："奉夫人严命来请先生赴席。"今张生不及候其辞毕。

【上小楼】我不曾出声，他连忙答应。真正出神入化之笔。早飞去莺莺跟前，"姐姐"呼之，喏喏连声。此红娘摹写其连忙答应之神理也。"姐姐呼之"者，莺莺无语，则张生欲语也；"喏喏连声"者，莺莺有语，则张生敬喏也。真正出神入化之笔，不知如何想得来。秀才们闻道"请"，似得了将军令，先是五脏神愿随鞭镫。又嘲觑生员切己事情。

右第六节。天未明起身人，活跳出来。

（张生云）敢问红娘姐，此席为何？可有别客？先生假也。

【后】第一来为压惊，第二来因谢承。不请街坊，不会诸亲，不受人情。避众僧，请贵人，和莺莺匹聘。

右第七节。开宴正文。〇俱照定后篇《赖婚》，作满心满意之笔。

见他谨依来命。**【满庭芳】**又来回、句。顾影，句。〇写张生便去也。乃张生已去，而忽又来回；既已来回，而又复立定，秀才真有此情性也。下去都只写此四字。文魔秀士，一句。风欠酸丁。一句。"欠"，如字。元曲有"本性谦谦，到处干风欠"；又"改不尽强文撇醋饥寒脸，断不了诗云子曰酸风欠"，俱押廉纤韵，此可据也。下工夫把头颅挣[①]，已滑倒苍蝇。光油油耀花人眼睛，酸溜溜螫得人牙疼。安排定，犹言"来回"，何也？"来回"而"顾影"，何也？"文魔秀士"最要修容，今头颅已极光挣，则是不必又顾影也。封锁过陈米数升，盖好过七八瓮蔓菁。犹言不必又顾影，则来回何也？"风欠酸丁"，最重米瓮。今果然封锁关盖，件件经心也。真写尽秀才神理。**【快活三】**这人一事精，百事精；不比一无成，百无成。此二句，乃是媒人选择女婿经，言张生真养得莺莺活也。如此奇文妙文，圣叹只有下拜。

右第八节。正写张生疾忙便行，却斗然又用异样妙笔，写出"来回顾影"四字。一时分明便将张生勾魂摄魄，召来纸上，如前殿夫人偏何来迟相似。〇从来秀才天性，与人不同。何则？如一闻请便出门，一也；既出门，反回转，二也；既回转，又立住，三也。"顾影"者，立住也。虽圣叹亦不解秀才何故必如此，然普天下秀才则必如此。不但

① "挣"，金谷园本作"净"。

普天下秀才必如此，即圣叹不能免俗，想是亦必如此，今日却被红娘总付一笑也。○通节只是反复写"来回顾影"四字。若云去即去矣，"来回"何也？回即回矣，"顾"又何也？意者秀士性好修容，还要对镜抿发，为复酸丁不舍米瓮，自来封锁关盖。下因趁笔极赞其"一精百精"，言真是养得莺莺活也。世间奇文妙文固有，亦有奇妙至此者乎？伧疑"下工夫"云云，是赞其打扮。则前既有乌纱小帽耀人之文矣，不应更重出。伧又改陈米云云，是谦其筵席。则后又有金帐玉屏合欢之文矣，不应先刺谬。且"一精百精"之言，又何谓乎？斫山云："意欲写其去，却反写其回；意欲写其急，却反写其迟。彼作者固是神灵鬼怪，乃批者亦岂非神灵鬼怪乎？"

世间草木是无情，犹有相兼并。**【朝天子】**这生，后生，怎免相思病。天生聪俊，打扮又素净，夜夜教他孤零。"并"字上声。

右第九节。先写张生是一情种。

曾闻才子多情，若遇佳人薄倖，常要担阁了人性命。他的信行，他的志诚，你今夜亲折证。

右第十节。次写莺莺又是一情种。

【四边静】只是今宵欢庆，软弱莺莺，那惯经？你索款款轻轻，灯前交颈。端详可憎，好煞人无干净。"端详"一转，妙人妙事，妙笔妙文。犹言你虽依我言，果将款款轻轻矣，然仔细算来，总不能十分款款轻轻也。

右第十一节。次因话有话，遂写至两情种好煞人时，俱照定后篇赖婚，作满心满意之笔也。

（张生云）敢问红娘姐，那边今日如何铺设，小生岂好轻造？先生假也。

【耍孩儿】俺那边落花满地胭脂冷，一霎良辰美景。夫人遣妾莫消停，请先生切勿推称。正中是鸳鸯夜月销金帐，两行是孔雀春风软玉屏。下边是合欢令，一对对凤箫象板，雁瑟鸾笙。

右第十二节。正写宴也，定不可少。

（张生云）敢问红娘姐，小生客中无点点财礼，却是怎生好见夫人？

【四煞】聘不见争，亲立便成，新婚燕尔天教定。你生成是一双跨凤乘鸾客，怕他不卧看牵牛织女星。满心满意，一至于此。真傒倖，不费半丝红线，已就一世前程。

右第十三节。此定不可少，然使圣叹握笔，乃几欲忘之。何也？夫前日廊下之匆匆相许，此所谓急不择声之言也。夫人而诚一诺千金，更无食言也者，则在今日正当遣媒议聘，嘉礼伊始，岂有家常茶饭，挖耳相招，轻以相府金枝，便草草出于野合者哉！此真不待"兄妹"之词出，而早可以料其变卦者。作者细心独到，遂特写此。

【三煞】想是灭寇功，举将能，你两般功效如红定。先是莺娘心下十分顺，总为君瑞胸中百万兵。自古文风盛，那见珠围翠绕，不出黄卷青灯。反复以明无聘也。"想是"二字妙。

右第十四节。又必重言以申其意者，可见是夫人破绽，张生心虚，红娘乖觉，真不必直至于"兄妹"二字之后也。《西厢》妙笔如此，伧其乌知哉？

【二煞】夫人只一家，五字好。先生无伴等，五字好。并无繁冗真幽静。立等你有恩有义心中客，回避他无是无非廊下僧。夫人命，不须推托，即便同行。

右第十五节。正写请也，定不可少。

（张生云）既如此，红娘姐请先行一步，小生随后便来。

【收尾】先生休作谦，夫人专意等。自古恭敬不如从命，休使红娘再来请。

右第十六节。

（张生云）红娘去了，小生拽上书院门者。比及我到得夫人那里，夫人道："张生，你来了也，与俺莺莺做一对儿，饮两杯酒，便去卧房内做亲！"（笑科）孙飞虎，你真是我大恩人也！多亏了他，我改日空闲，索破十千贯足钱，央法本做好事超荐他。惟愿龙天施法雨，暗酬虎将起朝云。（下）都作满心满志之言。

二之三　赖婚

二之三 赖婚

《赖婚》一篇，当时若写作夫人唱，得乎？曰：不得。然则写作张生唱，得乎？曰：不得。然则写作红娘唱，得乎？曰：不得。胡为其皆不得也？夫作者当时，吾则知其必已熟思之也。如使写作夫人唱而得，写作张生唱、红娘唱而得者，彼亦不必定于写作莺莺唱者也。盖事只一事也，情只一情也，理只一理也。问之此人，此人曰果然也；问之彼人，彼人曰果然也：是诚其所同也。然事一事，情一情，理一理，而彼发言之人与夫发言之人之心，与夫发言之人之体，与夫发言之人之地，乃实有其不同焉。有言之而正者，又有言之而反者；有言之而婉者，又有言之而激者；有言之而尽者，又有言之而半者。不观鲁敬姜之不哭公父文伯乎？实同一言也，自母之口，则为贤母；自妇之口，即为妒妇。观其发于何人之口，人即分为何人之言。虽其故与今之故不同，然而发言之人之不可不辨，此亦其一大明验也。有言之而正者，如赖婚之事之情之理，自张生言之，则断断必不可赖。如云："非吾所敢望也，实夫人之许也。曾口血之未干，而遽忘于心与？"此其正也。若自夫人言之，则必断断必不可不赖。如云："非吾之食言也，惟先夫之故也。虽大恩之未报，奈先诺于心与？"此则言之而必至于反者也。有言之而婉者，如此事此情此理，自莺莺言之，则赖已赖矣，夫复何言？如云："欲不啼，则无以处张生也；今欲啼，又无以处吾母也！母得无曰：母一而已，人尽夫也。故不啼与。"此其婉也。若自张生言之，则赖已赖矣，夫复何忌？在夫人既不能以礼而自处也，安望我独能以礼而处人也？夫人得无曰："虽速吾讼，亦不汝从，而怙终与？"此则言之而必至于激者也。有言之而尽者，如此事此情此理，自莺莺言之，则夫人赖矣，吾奈何赖？如云："母之赖之，是赖其口中之言也。若我赖之，是直赖吾心中之人也。吾赖吾心中之人，将使彼亦赖彼心中之人与？"此其尽也。若自红娘言之，则夫人赖矣，谁又不赖？如云："夫人之口中，则不合曾有此言也。若小姐之心中，必不合曾有此人也。使小姐心中遂已真有此人，岂小姐亦早愿为此人心中之人与？"此则言之而止得其半者也。是何也？事固一事也，情固一情也，理固一理也，而无奈发言之人，其心则各不同也，其体则各不同也，其地则各不同也。彼夫人之心与张生之心不同，夫是故有言之而正，有言之而反也。乃张生之体与莺莺之体又不同，夫是故有言之而婉，有言之而激也。至于红娘之地与莺莺之地又不同，夫是故有言之而尽，有言之而半也。夫言之而半，是不如勿言也；言之而激，是亦适得其半也。至于言之而反，此真非复此书之言也。彼作者当时盖熟思之，而知《赖婚》一篇必当写作莺莺唱，而不得写作夫人唱、张生唱、红娘唱者也。

（夫人上云）红娘去请张生，如何不见来？（红娘见夫人云）张生着红娘先行，随后便来也。

（张生上，拜夫人科）（夫人云）前日若非先生，焉有今日。我一家之命[①]，皆先生所活。聊备小酌，非为报礼，勿嫌轻意。（张生云）“一人有庆，兆民赖之”。此贼之败，皆夫人之福。此为往事，不足挂齿。（夫人云）将酒来，先生满饮此杯。（张生云）长者赐，不敢辞。（立饮科）（张生把夫人酒科）（夫人云）先生请坐。（张生云）小生礼当侍立，焉敢与夫人对坐。（夫人云）道不得个“恭敬不如从命”。（张生告坐科）（夫人唤红娘请小姐科）

（莺莺上云）迅扫风烟还净土，双悬日月照华筵。

〔**双调**〕**【五供养】**（莺莺唱）若不是张解元识人多，别一个怎退干戈？

右第一节。一篇文，初落笔便先抬出“张解元”三字，表得此人已是双文芳心系定，香口噙定，如胶入漆，如日射壁，虽至于天终地毕、海枯石烂之时，而亦决不容移易者也。圣叹每言作文最争落笔，若落笔落得着，便通篇增气力；若落笔落不着，便通篇减神彩。东坡先生作《韩文公潮州庙碑》时，云曾悟及此事最是难解之事也。○“别一个”妙，只除张解元外，彼茫茫天下之人，谁是“别一个”哉！既已漫无所指，而又自云“别一个”，然则口中自闲嗑“别一个”，心中实荡漾“这一个”也。《古乐府》云：“座中数千人，皆言夫婿殊。”吾尝欲问何处座中，谁数千人，谁闻其言，谁又告卿？殆于卿自心怜卿之夫婿“殊”也。

① “一”，贯华堂本作“二”，据芥子园本、金谷园本改。

正与此"别一个"之三字，遥遥千载，交辉互映。○"识人多"，措辞妙绝。便以吾张解元为宰相不愧耳。看他只三字，岂复三百字、三千字、三万字所得换哉。○"怎"字又妙，一似曾代此"别一个"深算也者，而其实一片只是将他张解元骄奢天下人。盖写双文此日之得意，真写杀也。○试看其只得二句十六字，而出神入化乃至于此。普天下后世锦绣才子读至此处，幸必满浮一大白，先酹双文，次酹作《西厢》者，次酹圣叹，次即自酹焉。

排酒果，列笙歌。篆烟微，花香细，卷起东风帘幕。他救了咱全家祸，殷勤呵正礼，钦敬呵当合。"正礼"、"当合"字，出自双文香口，妙绝。毕竟还是感，还是爱？

右第二节。先从双文意中，分付是日华筵之盛必须如此，以反剔后文之草草也。一节只是一句，犹言是日殷勤钦敬之故，则必应卷起帘幕而后排列酒果、笙歌。而是日之帘幕之可以卷起，则又以香烟花气霏微不动，而验东风淡荡之故也。

（红娘云）小姐今日起得早也。

【新水令】恰才向碧纱窗下画了双蛾，一句是梳妆已毕也。拂绰了罗衣上粉香浮污[①]，二句是梳妆已毕，立起来也。将指尖儿轻轻的贴了钿窝。三句是梳妆已毕，立起来了，又回身就镜看其宜称也。然则真起来得早也。若不是惊觉人呵，犹压着绣衾卧。谁敢惊觉小姐？小姐谎也。

右第三节。此真异样笔墨也。盖欲写双文方始梳妆，则此日双文不应一如平日迟起；然欲写双文梳妆已毕，则双文又自有双文身分，不可过于早起。于是而舒俏笔，蘸浅墨，轻轻只写其梳妆之后一半。而双文之此日起身，遂觉迟固不迟，早亦不早，早虽不早，迟已不迟，翩翩然便有一位及瓜解事千金小姐，活现于此双开一幅玉版笺中，真非世伧之所梦得也。《西厢记》写双文，至此日犹作尔笔。吾恨近时忤奴，于最初惊艳时，便作无数目挑心招丑态。愿天下才子[②]，同心痛骂之！○另找"犹压"一句者，非写双文自家文饰，乃是深明他日决无如此早起，以见双文今日之得意杀也。

---

① "上"，贯华堂本作"土"，据芥子园本、金谷园本改。
② "子"，贯华堂本作"了"，据芥子园本、金谷园本改。

（红云）小姐梳妆早毕也，小姐洗手咱。我觑小姐脸儿吹弹得破，张生你好有福也。小姐真乃天生就一位夫人。

【后】你看没查没例谎偻科，道我宜梳妆的脸儿吹弹得破。你那里休聒，不当一个信口开合。知他命福如何？我做夫人便做得过。**【乔木查】**除非说我相思为他，他相思为我，今日相思都较可。这酬贺，当酬贺。忽然将"他我"二字分开，忽然将"他我"二字合拢，写得双文是日与解元贴皮贴肉，入骨入髓，真乃异样笔墨。

右第四节。双文快哉，便敢纵口呼一"他"字，敢问"他"之为他乃谁耶？自谦未必做夫人，而公然牵连及人，云"看他福命"。何意卿之与他同福共命，遂至此耶？快哉双文，此为是卿心头几日语，何故前曾不说，今忽然说？岂卿今日之与他，便得更无羞涩耶？甚至畅然承认云"我相思"、"他相思"，甚矣，双文此日之无顾无忌，满心满愿也。○"我"之与"他"，最是世间口头常字，然独不许未嫁女郎香口轻道。此则正将此字翻剔出异样妙文来。作《西厢记》人，真是第八童真住菩萨，无法不悟者也。

母亲你好心多。**【搅筝琶】**我虽是赔钱货，亦不到两当一弄成合。"两当一"者，一来压惊，二来就亲也。况他举将除贼，便消得你家缘过活。妙妙！是非平心语哉。然自旁人言之，则公论也；今出双文口，便是护惜解元。圣叹先欲笑也！你费甚么便结丝萝。写出是日不似结亲席面也。与前"卷起东风帘幕"映耀。休波，省钱的奶奶忒虑过，恐怕张罗。"休波"，双文又急自收科也。此写双文小不得意于其母，所以衬后文之大不得意也。其法只应如是即止，不可信笔便恁么去故也。

右第五节[①]。上写双文快，此又忽写双文不快。写快，所以反衬后文不快也；写不快，所以反衬后文大不快也。盖双文于筵席草草便已不快，殊未知筵席之所以草草，后文则有其故，而双文方在梦中也。○此"我"、"他"二字，更奇更妙，便将自己母亲之一副家缘过活，立地情愿双手奉与解元。自古云"女生外向"，岂不信哉。只不知作者如何写得到，真是第八童真住菩萨，无法不悟者也。写快以衬不快，奇矣；又写不快以衬大不快，岂不奇绝哉！圣叹多见世间御温食肥之人，每自言心中

① "五"，金评各本均作"四"，径改。以下各节序号顺改。

不快，此正是其快极语也，渠指日必有大不快耳。为之一叹。

【庆宣和】门外帘前，未将小脚儿挪，我先目转秋波。“未”字、“先”字、“倒”字，三个字合成异样妙景。

（张生云）小生更衣咱。（做撞见莺莺科）

谁想他识空便的灵心儿早瞧破。唬得我倒躲，倒躲。

右第六节。分明一对新人，两双俊眼，千般传递，万种羞惭，一齐纸上活灵生现也。○写双文出来，为欲快出来，反得迟出来[①]。又解元看见双文出来，方将等不得快出来，不意反弄成不出来。妙妙！盖美人出来，本是难写；何况新人出来，加倍难写。因而极力写之，不意其直写至此，作者真是第八童真住人也。

（夫人云）小姐近前来，拜了哥哥者。（张生云）呀，这声息不好也！（莺莺云）呀，俺娘变了卦也！（红娘云）呀，这相思今番害也！

【雁儿落】只见他荆棘刺怎动挪，死僵腾无回互，措支哩不对答，软兀刺难蹲坐！

右第七节。写惊闻怪语，先看解元也。先看解元，妙妙！

【得胜令】真是积世老婆婆，甚妹妹拜哥哥。真不可解，虽圣叹亦不解，不止双文不解也。白茫茫溢起蓝桥水，扑腾腾点着祆庙火。碧澄澄清波，扑刺刺把比目鱼分破；急攘攘因何，抆搭地把双眉锁纳合。**【甜水令】**粉颈低垂，烟鬟全堕，芳心无那。还有甚相见话偏多？星眼朦胧，檀口嗟咨，攧窨不过。这席面真乃乌合。

右第八节。惊闻怪语，次诉自家也。○先看解元，次诉自家。中有神理，不容倒转。

（夫人云）红娘看热酒来，小姐与哥哥把盏者。（莺莺把盏科）（张生云）小生量窄。（莺莺云）红娘，接了台盏去者！

【折桂令】他其实咽不下玉液金波。“他其实”，妙。怜惜呜拍[②]，一至于此。○解元不肯饮，固也，乃今先是双文不肯教解元饮也。下逐句皆深明此句。他谁道月底西厢，变做梦里南柯。“他谁道”妙，代解元诉所以不饮之故也。泪眼偷淹，他酩子里都揾湿衫罗。“他酩子里”，妙。言解元只有工夫哭，那

① “反”，贯华堂本作“及”，据芥子园本改。
② “拍”，金谷园本作“咽”。

有工夫饮也。他眼倦开，软瘫做一垛。他手难抬，称不起肩窝。“他眼倦开”妙，言解元亦不看人把盏；“他手难抬”妙，言解元亦接不起台盏也。病染沉疴，他断难又活。“他断难活”，妙。言解元向未活，安能饮也？母亲你送了人呵，还使甚喽啰！结言真不必劝之饮也。一篇只是一句。

右第九节。写夫人初命把盏，解元必不肯饮，乃双文亦不肯教解元饮也。其文如此。此皆唤红娘接去台盏之辞。

（夫人云）小姐，你是必把哥哥一盏者！（莺莺把盏科）（张生云）说过小生量窄。（莺莺云）张生，你接这台盏者。

【月上海棠】一杯闷酒尊前过，你低首无言只自摧挫。“你自摧挫”，妙。忽然换一言，端劝解元不如饮此一杯之愈也。你不甚醉颜酡，“你不甚酡”妙，言亲见解元面也。你嫌玻璃盏大。“你嫌盏大”妙，言深体解元意也。你从依我，只四字中，下得“你”、“我”二字。你酒上心来较可。“你依我”妙，言亲昵也；“你较可”妙，言疼痛也。皆手擎台盏、怜惜呜拍之辞①。**【后】**你而今烦恼犹闲可，你久后思量怎奈何？“你而今”、“你久后”，妙。因把盏之便，直私问至后日也。我有意诉衷肠，怎奈母亲侧坐，与你成抛躲，咫尺间天样阔。亦欲诉其“而今烦恼”与“久后思量”也。

右第十节。写夫人再命把盏，解元坚不肯饮，乃双文忽又欲强解元饮也。其文又如此。○只一把盏，看他一反一复，写成如此两节。前节向他人疼解元，后节向解元疼解元。前节分明玉手遮护解元，直将藏之深深帐中，几于风吹亦痛；后节分明身拥解元，并坐深深帐中，通夜玉手与之按摩也。文章至于此极，真惟第八童真住人或优为之，余子岂所望哉！

（张生饮酒科）（莺莺入席科）（夫人云）红娘，再斟上酒者！先生满饮此杯。（张生不答科）

【乔牌儿】转关儿虽是你定夺，哑谜儿早已人猜破。还要把甜话儿将人和，越教人不快活。讥其还欲劝酒也。

右第十一节。几于热揭面皮，痛锥眉骨②，何止眼睐口唾而已。快文哉！

---

① “拍”，芥子园本、金谷园本作“咽”。
② “眉”，芥子园本作“顶”。

【清江引】女人自然多命薄，秀才又从来懦。妙妙，不但自悲，兼怨解元。便宛然夫妻两口，一心一意然。闷杀没头鹅，撇下陪钱货。忽然放声痛哭其父。不知他那答儿发付我！痛哭其父，所以深致怨于其母也。而其父不闻也，真乃哀哉！

右第十二节。忽然哀叫死父，痛衔生母，而夫妻之同床共命，并心合意，分明如画。妙绝。

（张生冷笑科）

【殿前催】你道他笑呵呵，这是肚肠阁落泪珠多。本作"江州司马泪痕多"，我意元、白同时，恐未可用，故特改之。若不是一封书把贼兵破，俺一家怎得存活。他不想姻缘想甚么？段段夫妻两口，并心合意。妙绝，奇绝。难捉摸。你说谎天来大，成也是你母亲，败也是你萧何。

右第十三节。索性畅然代解元言之也。

【离亭宴带歇拍煞】从今后，我也玉容寂寞梨花朵，朱唇浅淡樱桃颗，如何是可？昏邓邓黑海来深，白茫茫陆地来厚，碧悠悠青天来阔。

右第十四节。索性畅然并自己言之，真不复能忍也。

前日将他太行山般仰望，东洋海般饥渴。如今毒害得恁么。高鸟良弓，千古同叹。把嫩巍巍双头花蕊搓，香馥馥同心缕带割，长搀搀连理琼枝挫。只道白头难负荷，谁料青春有担阁，将锦片前程已蹬脱。一边甜句儿落空他，一边虚名儿误赚我。"白头"、"青春"，锥心出想。

（夫人云）红娘，送小姐卧房里去者。（莺莺辞张生下）

右第十五节。看他至篇终，越用淋淋漓漓之墨，作拉拉杂杂之笔。盖满肚怨毒，撑喉拄颈而起；满口谤讪，触齿破唇而出。其法必应如是，非不能破作两三节也。有文应用次第者，有文应用拉杂者，所谓欢愉之音啴缓[1]，烦闷之音焦杀也。

（张生云）小生醉也，告退。夫人跟前，欲一言尽意，未知可否？前者狂贼思逞，变在仓卒，夫人有言："能退贼者，以莺莺妻之。"是曾有此语否？

① "欢"，贯华堂本作"观"，据芥子园本、金谷园本改。

(夫人云)有之。(张生云)当此之时,是谁挺身而出?(夫人云)先生实有活命之恩。奈先相国在日……(张生云)夫人却请住者!当时小生疾忙作书,请得杜将军来,徒为今日铺啜地乎?今早红娘传命相呼,将谓永践诺金,快成倚玉。不知夫人何见,忽以"兄妹"二字兜头一盖?请问小姐何用小生为兄?若小生真不用小姐为妹。常言"算错非迟",还请夫人三思。(夫人云)这个小女,先相公在日,实已许下老身侄儿郑恒。前日发书曾去唤他,此子若至,将如之何?如今情愿多以金帛奉酬,愿先生别拣豪门贵宅之女,各谐秦晋,似为两便。(张生云)原来夫人如此。只不知杜将军若是不来,孙飞虎公然无礼,此时夫人又有何说?小生何用金帛,今日便索告别!(夫人云)先生住者,你今日有酒了也。红娘,扶哥哥去书房中歇息。到明日咱别有话说。(夫人下)

(红娘扶张生云)张先生,少吃一盏,却不是好!(张生云)哎呀,红娘姐,你也糊突,我吃甚么酒来!小生自从瞥见小姐,忘餐废寝,直到如今,受无限苦楚,不可告诉他人,须不敢瞒你。 前日之事,小生这一封书,本何足道。只是夫人堂堂一品太君,金口玉言,许以婚姻之约。红娘姐,这不是你我二人独听见的,两廊下无数僧俗,乃至上有佛天,下有护法,莫不共闻。不料如今忽然变卦,使小生心尽计穷,更无出路,此事几时是了!就小娘子跟前,只索解下腰带,寻个自尽。可怜闭户悬梁客,真作离乡背井魂。(解带科)

(红娘云)先生休慌。先生之于小姐,妾已窥之深矣。其在前日,真为素昧平生,突如其来,难怪妾之得罪。至于今日,夫人实有成言,况是以德报德,妾当尽心谋之。(张生云)如此,小生生死不忘!只是计将安出?(红娘云)妾见先生有囊琴一张,必善于此。俺小姐酷好琴音。今夕妾与小姐,少不得花园烧香。妾以咳嗽为号,先生听见,便可一弹。看小姐说甚言语,便好将先生衷曲禀知。盖红娘之于双文,其不敢率尔有言如此。忤奴其乌知相国人家家法哉。若有说话,明日早来回报。这早晚怕夫人呼唤,我只索回去。(下)

(张生云)依旧夜来萧寺寡,何曾今夕洞房春。(下)

二之四 琴 心

二之四　琴　心

红娘之教张生以琴心，何也？圣叹喟然叹曰：吾今而后知礼之可以坊天下也。夫张生，绝代之才子也；双文，绝代之佳人也。以绝代之才子，惊见有绝代之佳人，其不辞千死万死，而必求一当，此必至之情也。即以绝代之佳人，惊闻有绝代之才子，其不辞千死万死，而必求一当，此亦必至之情也。何也？夫才子，天下之至宝也；佳人，又天下之至宝也。天生一至宝于此，天亦知其难乎为之配也；天又生一至宝于彼，天又知其难乎为之配也。无端一日而两宝相见，两宝相怜，两宝相求，两宝相合，而天乃大快。曷快尔？快一事遂即两事遂。言以此一宝配彼一宝也者，即以彼一宝配此一宝者也。天岂其曰不然，而顾强一宝以配一朴，又别取一朴以配一宝，而反以为快乎哉！然而吾每念焉，彼才子有必至之情，佳人有必至之情。然而才子必至之情，则但可藏之才子心中；佳人必至之情，则但可藏之佳人心中。即不得已久之久之，至于万万无幸，而才子为此必至之情而才子且死，则才子其亦竟死，佳人且死，则佳人其亦竟死，而才子终无由能以其情通之于佳人，而佳人终无由能以其情通之于才子。何则？先王制礼，万万世不可毁也。《礼》曰："外言不敢或入于阃，内言不敢或出于阃。"斯两言者，无有照鉴，如临鬼神，童而闻之，至死而不容犯也①。夫才子之爱佳人则爱，而才子之爱先王则又爱者，是乃才子之所以为才子；佳人之爱才子则爱，而佳人之畏礼则又畏者，是乃佳人之所以为佳人也。是故男必有室，女必有家，此亦古今之大常，如可以无讳者也。然而虽有才子佳人，必听之于父母，必先之以媒妁。枣栗段脩，敬以将之；乡党僚友，酒以告之。非是则父母国人先贱之，非是则孝子慈孙终羞之。何则？徒恶其无礼也。故才子如张生，佳人如双文，是真所谓有唐贞元天地之间之两至宝也者。才子爱佳人，如张生之于双文；佳人爱才子，如双文之于张生。是真所谓不辞千死万死，而几几乎各愿以其两死并为一死也者。然而其于未有贼警许婚以前，张生之爱双文，即诚有之，然终不知双文其果亦知我之爱之，且至

① "容"，贯华堂本作"客"，据芥子园本、金谷园本改。

于如是矣乎？抑竟不之知乎？双文之爱张生，即诚有之，然终不知张生其果亦知我之爱之，且至于如是矣乎？抑竟不之知乎？夫张生之无由出于其口而入双文之耳，犹之双文之无由出于其口而入张生之耳，其事则同也，然则其互不得知信也。夫两人之互爱，盖至于如是之极也，而竟亦互不得知，则是两人虽死焉可也。然两人死则宁竟死耳，而终亦无由互出于口、互入于耳者，所谓“礼在则然”，不可得而犯也。殆至于万万无幸而大幸猝至，而忽然贼警，而忽然许婚。我谓惟当是时，则张生之情竟可不复通于双文，双文之情竟可不复通于张生。何则？既已母氏诺之，两廊下三百人证之矣，而今而后，双文真张生之双文也。两人一种之情，方不难竟日夜自言之，乃至竟一月自言之，乃至竟一岁自言之，乃至竟百年自言之。是其中间奚烦别有一介之使，又为将之于此而致之于彼焉者，天亦不图老妪之又有变计也。自老妪之计倏然又变，而后乃今双文仍非张生之双文。夫双文仍非张生之双文，则是张生亦仍非双文之张生，而后乃今于其中间真不得不别烦一介之使，先将之此，以致之彼，冀得之彼，以复之此矣。虽在双文，我必代之谋曰：是但可含怨赍怒，汝终不得明以告之人也。然其在张生，则有何所忌惮，尚不敢仗义执辞，明以告之人也？谚有之曰：“心不负人，面无惭色。”夫夫人而未之尝许，则张生虽死，实应终亦不敢，此自为礼在故也。若夫人而既许之矣，张生虽至无所忌惮，而俨然遂烦一介之使，排闼以明告之双文，我谓此已更非礼之所得随而议之。何则？曲已在彼不在此也。而独不知此一介之使，则将何以应之也哉？夫夫人之许之，耳实闻之也；夫人之赖之，耳又实闻之也：此不必张生言之也。夫张生即不言，我独非人，不饮恨于吾心乎哉？此又不必张生求之也。夫张生即不求，我独非人，不能为一援手乎哉？且我今以张生之言，言于双文之前，犹之以水入水焉耳。何则？顷者怨念之诚，动于颜色，我既亦察之审矣。然则我以张生之言，言于双文之前，真犹之以双文之言，言于双文之前焉耳。此真所谓天下之不难，更无有不难于此也者。然而阿红则独以为有至难至难者焉，何则？今夫崔家，则潭潭赫赫当朝一品，调元赞化之相国府中也。崔之夫人，则先既堂堂巍巍一品国太，而今又为斩斩棱棱之冰心铁面孀居严母也。崔夫人之女双文，则雍雍肃肃，胡天胡帝，春风所未得吹，春日所未得照之千金一品小姐也。若夫红之为红，则不过相国府中有夫人，夫人膝下有小姐，小姐位侧有侍妾，而特于侍妾队中，翩翩翾翾有此一鬟也云尔！小姐而苟寻常遇之，此小姐之体也；小姐而独国士目之，是小姐之恩也。如以小姐之体论之，则其不敢轻以一无故之言干冒尊严者。是不独一红为然，凡侍小姐之侧无不尽然，而红则亦不得不然者也。若以小姐之恩论之，则其尤不敢轻以一无故之言干冒尊严者，吾意必当独此一红为能然耳。不则胡为小姐平日珠玉之心，吝不肯输一人者，而独于红乎垂注乎哉！由斯言之，然则红之诺张生，虽在所必不得不诺；而红之告双文，乃在所必不可得告。盖其至难至难，非独红娘难之，虽当日张生亦已为之难之；非独圣叹难之，虽今日普天下锦绣才子亦当无不为之难之。此见先王制礼，有外有内，有尊有卑，不但外言之不敢或闻于内，而又卑言之不敢或闻于尊。盖其严重不苟有如此者，凡以坊天下之非僻奸邪，使之必不得伏于侧，乘于前，乱于后，溃败于无所底止，其用意为至深远也。然后则知红娘之教张生以琴心，其意真非欲张生之以琴挑双文也，亦非欲双文之于琴感张生也。其意则徒以双文之体尊严，身为下婢必不可以得言。夫必不可以得言，而顷者之诺张生，将终付之沉浮矣乎；又必不忍，而因出其阴阳狡狯之才，斗然托之于琴，而一则教之弹之，而一则教之听之。教之听之而诡去之，诡去之而又伏伺之，伏伺之而得其情与其语，则突如其出而使莫得赖之，夫而后缓缓焉从而钓得之。呜呼，向使千金双文深坐不来，乃至来而不听，与听而无言，其又谁得行其狡狯乎哉？盖圣叹于读《西厢》之次，而犹忾然重感于先王焉。后世之守礼尊严千金小姐，其于心所垂注之爱婢，尚慎防之矣哉？赖婚后，寄书前，真乃何故又必要此《琴心》一篇文字？岂为崔、张相慕之殷，前写犹未尽意，故更须重言之耶？今日读圣叹批，方恍然大悟，遂并篇末“走将来，气冲冲”等语都如新浴而出。圣叹眼，真有簸箕大也！

作《西厢记》人，吾偷相其用笔，真是千古奇绝。前《请宴》一篇止用一红娘，他却是张生、莺莺两人文字；此《琴心》一篇，双用莺莺、张生，反走过红娘，他却正是红娘文字。寄语茫茫天涯，何处锦绣才子，吾欲与君挑灯促席，浮白欢笑，唱之诵之，讲之辨之，叫之拜之。世无解者，烧之哭之。斫山云：我先哭。

（张生上云）红娘教我今夜花园中，待小姐烧香时，把琴心探听他。寻思此言，深有至理。天色晚也，月儿，你于我分上，不能早些出来呵！是二十日左右月也。呀，恰早发擂也。好。呀，恰早撞钟也。好。

（理琴科，云）琴呵，小生与足下湖海相随，今日这场大功，都只在你身上。天那！你于我分上，怎生借得一阵轻风，将小生这琴声，送到我那小姐的玉琢成、粉捏就、知音俊俏耳朵里去者！

（莺莺引红娘上）（红云）小姐，烧香去来，好明月也！好。只增四字一句，怂恿之意如画。（莺莺云）红娘，我有甚心情烧香来！月儿呵，你出来做甚那？此句，非恨月，乃是肯烧香之根。从来女儿心性，每每如此。故叹红娘"好明月也"四字一句之妙也。

〔**越调**〕**【斗鹌鹑】**（莺莺唱）云敛晴空，冰轮乍涌。此非写月也，乃是写美人见月也。风扫残红，香阶乱拥。此非写落红，乃是写美人走出月下来也。离恨千端，闲愁万种。上四句之下，如何斗接此二句，故知上二句是人也，非景也。试反覆诵之。

右第一节。只写云，只写月，只写红，只写阶，并不写双文，而双文已现。○有时写人是人，有时写景是景；有时写人却是景，有时写景却是人。如此节，四句十六字，字字写景，字字是人。伧父不知，必曰景也。

娘呵，靡不初、鲜有终。他做会影里情郎，我做会画中爱宠。**【紫花儿序】**止许心儿空想，口儿闲题，梦儿相逢。

右第二节。不得不叙事，却先作如许空灵澹荡之笔。妙绝。

昨日个大开东阁，我只道怎生般炮凤烹龙。妙妙。不是写出来，竟是说出来。骤读之，只道笑杀人；再读之，真要哭杀人也！朦胧，妙妙。却教我"翠袖殷勤捧玉钟"。要算"主人情重"；妙妙。不是写出来，竟是说出来。将我雁字排连，着他鱼水难同。

右第三节。上先空叙，此更实叙，又作如许哀怨刺促之笔也。

（红云）小姐，你看月阑，明日敢有风也？（莺莺云）呀，果然一个月阑呵！

【小桃红】人间玉容，深锁绣帏中，是怕人搬弄。孙子荆每言"情生文，文生情"。如此斗然出奇，为是情生，为是文生？真乃绝妙。想嫦娥，西没东生有谁共？妙绝。怨天公，裴航不作游仙梦。劳你罗帏数重，愁他心动，围住广寒宫。妙绝。○无情无理，奇情奇理，有情有理，至情至理。

右第四节。一肚哀怨，刺刺促促。欲不说则不得尽其致，欲说则又嫌多嚼口臭。因忽然借月阑替换题目，翻洗笔墨。文章之能，于是极也！○细思作者当时，提笔临纸，左想右想，如何忽然想到月阑？便使想到月阑，如何忽然想到如此下笔？使我读之，真乃不知其是怨月阑，不知其是怨夫人。奇奇妙妙，世岂多有。

（红轻咳嗽科）（张生云）是红娘姐咳嗽，小姐来了也。（弹琴科）

（莺莺云）红娘，这是甚么响？（红云）小姐，你猜咱。

【天净沙】是步摇得宝髻玲珑？是裙拖得环珮玎珰？看他行文渐次。此二句，先从身畔猜起也。是铁马儿檐前骤风？是金钩双动，吉丁当敲响帘栊？此二句，离身仰头猜之也。**【调笑令】**是花宫，夜撞钟？是疏竹潇潇曲槛中？此二句，又置此处，向别处猜之。○"花宫"二字句，李颀诗云"花宫仙梵远微微"是也。"撞"，平声。是牙尺剪刀声相送？是漏声长滴响壶铜？此二句，杂猜之也。看他八句八样，伧只谓可以漫然杂写，岂知其中间又必有小小章法如是哉？

右第五节。此于琴前，故作摇曳，先媚之。

我潜身再听，在墙角东。元来西厢理结丝桐。**【秃厮儿】**其声壮，似铁骑刀枪冗冗；其声幽，似落花流水溶溶；其声高，似清风月朗鹤唳空；其声低，似儿女语，小窗中，喁喁。韩昌黎"听琴"诗曰："昵昵儿女语，恩怨相尔汝①。划然变轩昂，勇士赴敌场。"正与此一样文字也。欧阳文忠强作解事云："此诗虽甚奇丽，然只是听琵琶诗，不是听琴诗。"误也。

右第六节。此正写琴。

【圣药王】他思已穷，恨不穷，是为娇鸾雏凤失雌雄。他曲未通，我意已通，分明伯劳飞燕各西东。"思已穷"，是言日间赖婚；"恨不穷"，是言此时弹琴；"曲未通"，是言琴未入弄；"意已通"，是言听者已先会得也。妙绝。尽在不言中。"尽"之为言，你我同也。

右第七节。○须知此为张生调弦未入弄时，其用"娇鸾雏凤"、"伯劳飞燕"等字，皆是日间心头已成之语，非于琴中听出来也。犹言日间之事如此，尚何心情弄琴？则解之曰"他思已穷，恨不穷"也。又问他调弦犹未入弄，汝乃何从知之？则解之曰：虽"曲未通，意已通"也。其文之妙如此。○写成

① "恩"，贯华堂本作"思"，据芥子园本、金谷园本改。

操后，双文乃始嗟怨，此伧父优为之耳。看他偏于未成操前，写得双文早自心如合璧，便将下文张生特地弹成一曲，谓之《凤求凰》操，恰如反被双文先出题目相似。真乃文章妙处，索解人不得也。伧谓张生挑之，岂非大梦！

（红云）小姐，你住这里听者，我瞧夫人便来。（假下）一篇，止此句为正文。

【麻郎儿】不是我他人耳聪，知你自己情衷。"我他人"，妙妙；"你自己"，妙妙。昔赵松雪学士信手戏作小词，赠其夫人管曰："我侬两个，忒煞情多。譬如将一块泥，捏一个你，塑一个我。忽然间欢喜呵，将他来都打破。重新下水，再团再炼，再捏一个你，再塑一个我。那其间，那其间，我身子里有你也，你身子里也有了我。"知音者芳心自同，感怀者断肠悲痛。此"知音者"、"感怀者"，乃遍指普天下相思种子也。其文妙至于此。

右第八节。言普天下才子，必普天下好色，必普天下有情，必普天下相思，不止是张生一人为然也。又何疑于琴未成弄，我便心如合璧哉？文之淋漓满志，已至此极，而伧必云下文以琴挑之。

（张生云）窗外微有声息，定是小姐，我今试弹一曲。（莺莺云）我近这窗儿边者。

（张生叹云）琴呵！昔日司马相如求卓文君，曾有一曲，名曰《文凤求凰》。小生岂敢自称相如，只是小姐呵，教文君将甚来比得你！我今便将此曲依谱弹之。

（琴曰）有美一人兮，见之不忘。一日不见兮，思之如狂。凤飞翱翔兮，四海求凰。无奈佳人兮，不在东墙。张琴代语兮，欲诉衷肠。何时见许兮，慰我彷徨？愿言配德兮，携手相将。不得于飞兮，使我沦亡。是手弹，不是口歌。

（莺莺云）是弹得好也呵！其音哀，其节苦，使妾闻之，不觉泪下。

【后】本宫、始终、不同。此六字三句，是言闻弦赏音，能识雅曲之故也。"本宫"者，曲各自有其宫也；"始终"者，曲之自始至终，有变不变也；"不同"者，辨其何宫，察其正变，则迥不同也。这不是清夜闻钟，此辨其"本宫"也。"清夜闻钟"，属宫，今属商也。这不是黄鹤醉翁，此辨其"始终"也，"黄鹤"变，此不变也。这不是泣麟悲凤。此辨其"不同"也。悲泣虽无异，而麟凤与求凰，又不同也。

【络丝娘】一字字是更长漏永，一声声是衣宽带松。别恨离愁，做这一弄。越教人知重。此"越重"字，则为今夜又知其精于琴理至此故也。夫双文精于琴理，故能于无文字中听出文字，而知此曲之为“别恨离愁”也。而今反云“越重”张生，从来文人重文人，学人重学人，才人重才人，好人重好人。如子期之于伯牙，匠石之于郢人，其理自然，无足怪也。○绝世妙文。

右第九节。听琴正文，写出真好双文。必如此，方谓之知音识曲人也。伧乃必欲张生手既弹之，口又歌之，一何可笑！四“这”字，三“不是”字，两“是”字，写知音人如画。○斫山云：“我读此一章，洋洋然，泠泠然，不知其是张生琴，不知其是双文人，不知其是《西厢》文，不知其是圣叹心。盖飘飘乎欲与汉武同去矣！”

(张生推琴云)夫人忘恩负义，只是小姐，你却不宜说谎。(红娘掩上科)(莺莺云)你错怨了也。

【东原乐】那是娘机变，如何妾脱空，他由得俺乞求效鸾凤？九字，便是九点泪，便是九点血。双文之多情，双文之秉礼，双文之孝顺，双文之爽直，都一笔写出来。他无夜无明并女工，无有些儿空，他那管人把妾身咒诵！此文用三“他”字，推是夫人，足矣。必如俗本云“得空，我便欲来”，此更成何语耶？

右第十节。此双文不觉漏入红娘耳中之文也，如含如吐，如浅如深。在双文出之，已算尽言；在红娘闻之，尚非的据。便令后文一简再简，玄之又玄，几乎玄杀也。○“无夜无明”、“无空”之为言，不得乞求也。写慈母娇女之如可乞求，与严母庄女之终不乞求，两两如画。俗本误入衬字，直写作如欲私奔然，恶是何言也！当时若是身作双文，自然必为此言；今日只是笔代双文，奈何能为此言？固知世间慧业文人，定是第七住地中人也。

【绵搭絮】外边疏帘风细，里边幽室灯青，中间一层红纸，几眼疏棂，不是云山几万重。写两人相去至近，真乃妙绝！怎得个人来信息通。便道十二巫峰，也有高唐来梦中。红娘闻之，可谓罄倒，而双文殊未犯口。

(红娘突出云)小姐，甚么梦中？那夫人知道怎了！红娘贼也。

右第十一节。此漏入红娘耳中之后半也。在红娘闻之，已算尽言；在双文出之，反无的据。如浅如深，如含如吐，遂成后文玄杀也。妙哉！

【拙鲁速】走将来气冲冲，不管人恨匆匆，唬得人来怕恐。我又不曾转动，女孩儿家恁响喉咙。我待紧磨砻，将他拦纵，怕他去夫人行把人葬送。此亦后文"低垂粉颈"、"改变朱颜"之根。可细细寻之。

右第十二节。写双文胆小，写双文心虚，写双文娇贵，写双文机变：色色写到。〇写双文又口硬又心虚，全为下文玄杀红娘地也。妙绝！

（红云）适才闻得张先生要去也，小姐却是怎处？（莺莺云）红娘，你便与他说，再住两三日儿。

【尾】只说道，夫人时下有些唧哝，好和歹你不脱空。此亦不为深言犯口，不过偶借前题，略作相留数日计耳。而自红娘闻之，岂非双文已作满口相许哉？世间真有如此错认，写来入妙。我那口不应的狠毒娘，你定要别离了这志诚种！再读此句，益知上句之偶作相留，并无所许也。

右第十三节。直写至红娘有问，双文有答，而双文口中终无犯口深言，而红娘意中竟谓满心相许。玄之又玄，几乎玄杀，真世间未见之极笔也！

（红娘云）小姐不必分付，我知道了也。明日我看他去。红娘贼也，你玄杀也。（莺莺、红娘下）

（张生云）小姐去了也。红娘姐呵，你便迟不得一步儿，今夜便回复小生波！没奈何，且只得睡去。（张生下）

贯华堂第六才子书西厢记卷之五终

第三之四章题目正名

张君瑞寄情诗
小红娘递密约
崔莺莺乔坐衙
老夫人问医药

三之一 前 候

三之一　前　候

上《琴心》一篇，红娘既得莺莺的耗，则此篇不过走复张生，而张生苦央代递一书耳。题之枯淡窘缩，无逾于此。乃吾读其文，又见其缅缅然有如许六七百言之一大篇。吾尝春昼酒酣，闲坐樱桃花下，取而再四读之，忽悟昨者陈子豫叔，则曾教吾以此法也。盖陈子自论双陆也，圣叹问于豫叔曰："双陆亦有道乎，何又有人于其中间称曰高手耶？"豫叔曰："否否，唯唯。吾能知之，吾能言之。然而其辞不雅驯，我难使他人闻之。独吾子性好深思鄙事者也，吾不妨私一述之。今夫天下一切小技，不独双陆为然，凡属高手，无不用此法已，曰'那辗'。吴音"奴"上声，"辗"上声。'那'之为言'搓那'，'辗'之为言'辗开'也。搓那得一刻，辗开得一刻；搓那得一步，辗开得一步。于第一刻、第一步，不敢知第二刻、第二步，况于第三刻、第三步也。于第一刻、第一步，真有其第一刻、第一步，莫贪第二刻、第二步，坐失此第一刻、第一步也。"圣叹闻之，已不觉洒然异之。豫叔又曰："凡小技，必须与一人对作。其初，彼人大欲作，我乃那辗如不欲作。夫大欲作，必将有作有不及作也；而我之如不欲作，则固非不作也。其既彼以大欲作故，将多有所不及作，其势不可不与补作。至于补作，则先之所作将反弃如不作也。我则以那辗故，寸寸节节而作，前既不须补作，今又无刻不作也。其后，彼以补作故，彼所先作既尽弃如不作，而今又更不及得作也。我则以不烦补作故，今反听我先作，乃至竟局之皆我独作也。"圣叹闻之，不觉大异之。豫叔又曰："所贵于那辗者，那辗则气平，气平则心细，心细则眼到。夫人而气平、心细、眼到，则虽一黍之大，必能分本分末；一咳之响，必能辨声辨音。人之所不睹，彼则瞻瞩之；人之所不存，彼则盘旋之；人之所不悉，彼则入而抉剔，出而敷布之。一刻之景，至彼而可以如年；一尘之空，至彼而可以立国。展一声而验，凉风之所以西至，玄云之所以北来；落一子而审，直道之所以得一，横道之所以失九。如斯人，则真所谓无有师传，都出心悟者也。"圣叹闻之，愈大异之。豫叔又曰："那辗之妙，何独小技为然哉。一切世间凡所有事，无不用之。古之人有行之者，如陶朱之所以三累万金也，瀛王之所以身相历朝也，孙武行军所以有处女脱兔之能也，伊尹于桐所以有启心沃心之效也。更进而神明之，则抽添火符，成就大还，安庠徐步，入出三昧，除此一法，更无馀法。何则？天下但有极平易底下之法[1]，是为天下奇法、妙法、秘密之法，而天下实更无有奇妙、秘密法也。”上文，止引豫叔“那辗”二字，论此篇正用其法耳。以其语皆奇绝，故全载之。于是圣叹瞿然起立曰：“嘻，果有是哉！”是日始识豫叔乃真正绝世非常过量智人，然而豫叔则独不言此法为文章之妙门。圣叹异日，则私以其法教诸子弟曰：“吾少即为文，横涂直描，吾何知哉！吾中年而始见一智人，曾教我以二字法曰‘那辗’。至矣哉！彼固不言文，而我心独知其为作文之高手。何以言之？凡作文必有题，题也者，文之所由以出也。乃吾亦尝取题而熟睹之矣，见其中间全无有文。夫题之中间全无有文，而彼天下能文之人，都从何处得文者耶？吾由今以思，而后深信那辗之为功是惟不小。何则？夫题有以一字为之，有以三五六七乃至数十百字为之。今都不论其字少之与字多，而总之题则有其前，则有其后，则有其中间。抑不宁惟是已也，且有其前之前，且有其后之后。且有其前之后，而尚非中间，而犹为中间之前；且有其后之前，而既非中间，而已为中间之后：此真不可以不致察也。诚察题之有前，又察其有前前，而于是焉先写其前前，夫然后写其前，夫然后写其几几欲至中间，而犹为中间之前，夫然后始写其中间，至于其后，亦复如是。而后信题固蹙而吾文乃甚舒长也，题固急而吾文乃甚纡迟也，题固直而吾文乃甚委折也，题固竭而吾文乃甚悠扬也。如不知题之有前、有后、有诸迤逦，而一发遂取其中间，此譬之以橛击石，确然一声则遽已耳，更不能多有其馀响也。盖那辗与不那辗，其不同有如此者。”而今红娘此篇，则正用其法。吾是以不觉有感而漫识之：文章之事关乎至微，其必有人骤闻之而极大不然，殆于久之而多察于笔墨之间，而又不觉其冥遇而失笑也。此篇如【点绛唇】、【混江龙】详叙前事，此一那辗法也，甚可以不详叙前事也，而今已如更不可不详叙前事也。【油葫芦】双写两人一样相思，此又一那辗法也，甚可以不双写相思也，而今已如更不可不双写相思也。【村里迓鼓】不便敲门，此又一那辗法也，甚可以即便敲门也。

① “底”，芥子园本作“低”。

【上马娇】不肯传去，此又一那辗法也，甚可以便与传去也。【胜葫芦】怒其金帛为酬，此又一那辗法也。【后庭花】惊其不用起草，此又一那辗法也。乃至【寄生草】忽作庄语相规，此又一那辗法也。夫此篇除此数番那辗，固别无有一笔之得下也，而今止因那辗之故，果又得缅缅然如许六七百言之一大篇。然则文章真如云之肤寸而生，无处不有，而人自以气不平、心不细、眼不到，便随地失之。夫自无行文之法，而但致嫌于题之枯淡窘缩，此真不能不为豫叔之所大笑也。

（莺莺引红娘上云）自昨夜听琴，今日身子这般不快呵。不提赖婚，措辞最雅。红娘，你左则闲着，你到书院中看张生一遭，看他说甚么，你来回我话者。（红云）我不去。夫人知道呵，不是耍！（莺莺云）我不说，夫人怎得知道？你便去咱！（红云）我便去了①，单说："张生，你害病，俺的小姐也不弱。"乖，贼，妙妙！春昼不曾双劝酒，夜寒无那又听琴。

〔仙吕〕**【赏花时】**（红娘唱）针线无心不待拈，脂粉香消懒去添。春恨压眉尖，灵犀一点，医可病恹恹。何人恶札，见之可恨。

（红娘下）（莺莺云）红娘去了，看他回来说甚么。十分心事一分语，尽夜相思尽日眠。（莺莺下）好句。分明接着后篇。

（张生上云）害杀小生也！我央长老说将去，道我病体沉重，却怎生不着人来看我？困思上来，我睡些儿咱。（睡科）

（红娘上云）奉小姐言语，着俺看张生，须索走一遭。俺想来，若非张生，怎还有俺一家儿性命呵！

〔仙吕〕**【点绛唇】**（红娘唱）相国行祠，寄居萧寺。遭横事，幼女孤儿，将欲从军死。**【混江龙】**谢张生伸致，一封书到便兴师。直是文章有用，何干天地无私。若不剪草除根了半万贼，怕不灭门绝户了一家儿。莺莺君瑞，许配雄雌②；夫人失信，推托别辞；婚姻打灭，兄妹为之。而今阁起成亲事。

右第一节。因此题更无下笔处，故将前事闲闲自叙一遍作起也。然便真似有一聪明解事女郎，于纸上行间，纤腰微袅，小脚徐挪，一头

---

① "便去"，芥子园本、金谷园本作"去便"。

② "雌"，贯华堂本作"虽"，据芥子园本、金谷园本改。

迤逦行来，一头车轮打算①。一时文笔之妙，真无逾于是也。

一个糊涂了胸中锦绣，一个淹渍了脸上胭脂。**【油葫芦】**一个憔悴潘郎鬓有丝，一个杜韦娘不似旧时，带围宽过了瘦腰肢。一个睡昏昏不待观经史，一个意悬悬懒去拈针黹；一个丝桐上调弄出离恨谱，一个花笺上删抹成断肠诗。笔下幽情，弦上的心事，一样是相思。**【天下乐】**这叫做才子佳人信有之！犹言世上动云才子佳人，夫必如此两人，方信真有才子佳人也。明是俊眼识取两人，明是恶口奚落天下。作者真乃举头天外，无有别人也。

右第二节。连下无数"一个"字，如风吹落花，东西夹堕，最是好看。乃寻其所以好看之故，则全为极整齐，却极差脱，忽短忽长，忽续忽断，板板对写中间，又并不板板对写故也。○才子佳人，忽下"信有之"三字成句，妙绝。嗟乎！惟才子佳人，方肯下此三字耳；非才子佳人，虽至今亦终不肯下。何则？彼固以为无有此事耳。

红娘自思，句。乖性儿，何必有情不遂皆似此。他自恁抹媚，我却没三思，一纳头只去憔悴死。忽然红娘自插入来。忽然插入红娘来，乃是此中加一倍人。文情奇绝妙绝！

右第三节。言才子佳人，一个如彼，一个如此，两人一般作出许多张致。若我则殊不然，亦不啼，亦不笑，亦不起，亦不眠，一口气更无回互，直去死却便休。盖是深讥张生、莺莺之张致，而不觉己之张致乃更甚也。此等笔墨，谓之"加一倍"法，最是奇观。

却早来到也。俺把唾津儿湿破窗纸，看他在书房里做甚么那？便画出红娘来。○单画出红娘来，何足奇；直画出红娘聪明来，故奇耳。

【村里迓鼓】我将这纸窗儿湿破，悄声儿窥视。妙妙！便分明有一背转女郎，迁延窗下。多管是和衣儿睡起，你看罗衫上前襟褶衽。从窗外人眼中，写窗中人情事。只用十数字，已无不写尽。孤眠况味，试想。凄凉情绪，试想。无人服侍。试想。涩滞气色，试想。微弱声息，试想。黄瘦脸儿。试想。张生呵，你不病死多应闷死。妙妙！纯是一片空明。

右第四节。与其张生伸诉，何如红娘觑出；与其入门后觑出，何如隔窗先觑出。盖张生伸诉便是恶笔，虽入门觑出犹是庸笔也。今

---

① "轮"，贯华堂本作"输"，据芥子园本改。

真是一片镜花水月。

【元和令】我将金钗敲门扇儿。

(张生云)是谁?

我是散相思的五瘟使。"散",布散也。我诵之,如闻低语,如睹笑容。

(张生开门,红娘入科)

右第五节。轻妙之至,几于笔尖不复着纸。如此迤逦行文,虽欲作万言大篇,亦何难哉!

(张生云)夜来多谢红娘姐指教,小生铭心不忘。只是不知小姐可曾有甚言语?(红掩口笑云)俺小姐么,俺可要说与你:

他昨夜风清月朗夜深时,使红娘来探尔。他至今胭粉未曾施,念到有一千番张殿试。不云今早相央,而云昨夜受命,益信上文《琴心》一篇,诚如圣叹之言也。○不云今朝而云昨夜,中有妙理,除红娘更无第二人知道,此最是耐想文字①。

右第六节。只此四语是一篇正文,其馀都是从虚空中荡漾而成。

(张生云)小姐既有见怜之心,红娘姐,小生有一简,可敢寄得去,意便欲烦红娘姐带回。

【上马娇】他若见甚诗,看甚词,他敢颠倒费神思。

他拽扎起面皮,道:"红娘,这是谁的言语,你将来?

这妮子,怎敢胡行事!""嗤",句。○裂纸声。扯做了纸条儿。画出红娘来。画出红娘一双纤手、两道轻眉、颊边二靥、唇上一声来。画绝也!

右第七节。此分明是后篇莺莺见帖时情事,而忽于红娘口中先复猜破者,所以深表红娘灵慧过人,而又未尝漏泄后篇。故妙。细思此时红娘,真无便与传去之理也。

(张生云)小姐决不如此,只是红娘姐不肯与小生将去,小生多以金帛拜酬红娘姐。笔墨之事,随手生发,所谓"文亦有情,情亦有文"。如不因张生此白,下即岂有红娘如此一段快文哉②。

【胜葫芦】你个挽弓酸倈没意儿,卖弄你有家私,石崇、王恺决不卖弄。其最卖弄者,偏是秀才纸裹中家私也。我图谋你东西来到此?此九字,虽出

---

① "想",贯华堂本作墨钉,据芥子园本、金谷园本补。

② "即",芥子园本作"节"。

红娘口，然我乃欲为之痛哭。何也？夫人生在世，知己有托，生死以之，乃至不望感，岂惟不望报也。自世必欲以金帛奉酬劳苦，而于是遂使出死力，效知己之人，一齐短气无语。嗟乎！以汉昭烈，犹有“不才自取”之言矣。自非葛公，谁复自明也哉！把你做先生的钱物，与红娘为赏赐，先生钱物，犹言束脩也，所谓纸裹中家私也。○虽一文钱，亦必自称“赏赐”，亦秀才语也。我果然爱你金赀？【后】你看人似桃李春风墙外枝，卖笑倚门儿。毒口，便骂尽世间一辈望酬谢人，使我心中快乐也[①]。

右第八节。世间有斤两、可计算者银钱，世间无斤两、不可计算者情义也。如张生、莺莺男贪女爱，此真何与红娘之事，而红娘便慨然将千金一担两肩独挑。细思此情此义，真非秤之可得称，斗之可得量也。顾张生急不择音，遂欲以金帛轻相唐突。嗟乎！作者虽极写张生急情，然实是别寓许伯哭世。盖近日天地之间，真纯是此一辈酬酢也。

我虽是女孩儿，有气志。你只合道“可怜见小子，只身独自”，我还有个寻思。

右第九节。写煞红娘。

（张生云）依着红娘姐：“可怜见小子，只身独自！”这如何？（红云）兀的不是也！你写波，俺与你将去。（张生写科）（红云）写得好呵，念与我听。（张生念云）张珙百拜奉书双文小姐阁下：昨尊慈以怨报德，小生虽生犹死。筵散之后，不复成寐。曾托槁梧，自鸣情抱，亦见自今以后，人琴俱去矣。因红娘来，又奉数字。意者宋玉东邻之墙，尚有庄周西江之水。人命至重，或蒙矜恤，珙可胜悚仄待命之至[②]。附五言诗一首，伏惟赐览：“相思恨转添，漫把瑶琴弄。乐事又逢春，芳心尔亦动。此情不可违，虚誉何须奉？莫负月华明，且怜花影重。”张珙再百拜。书好。

【后庭花】我只道拂花笺打稿儿，元来是走霜毫不构思。先写下几句寒温序，后题着五言八句诗。不移时，翻来覆去，叠做个同心方胜儿。此下便应接“又颠倒写鸳鸯二字”句，看他又作间隔。你忒聪明，

① “乐”，贯华堂本作墨钉，据芥子园本、金谷园本补。
② “仄”，贯华堂本作“歹”，据芥子园本、金谷园本改。

忒煞思，忒风流，忒浪子。虽是些假意儿，分明赞不容口，忽又谓之"假意"。写红娘真有二十分灵慧，二十分松快，真正妙笔。小可的难到此。【青哥儿】又颠倒写鸳鸯二字，方信道"在心为志"。《诗大序》曰："在心为志，发言为诗。"此言既封后，人止见其"发言为诗"也；我于未封前，实亲见其"在心为志"也。真正妙笔。

右第十节。写张生拂笺、走笔、叠胜、署封，色色是张生照入红娘眼中，色色是红娘印入莺莺心里：一幅文字便作三幅看也。一幅是张生，一幅是红娘眼中张生，一幅是红娘心中莺莺之张生。真是异样妙文。

喜怒其间我觑意儿。放心波学士！我愿为之，并不推辞，自有言辞。我只说："昨夜弹琴那人，教传示。"赖婚之前文先作满语者，所以反挑后文之不然也。此亦先作满语，却非反挑后文，正是畅明前夜《琴心》一篇，已尽得其底里。

右第十一节。一担千金，两肩独任。看他急口便作如许一连数语，而下正接之云"昨夜弹琴那人"。信乎《琴心》一篇，为红娘之袖里兵符，不谬也！

这简帖儿，我与你将去。只是先生当以功名为念，休堕了志气者！

【寄生草】你偷香手，还准备折桂枝。休教淫词污了龙蛇字，藕丝缚定鹍鹏翅，黄莺夺了鸿鹄志。休为翠帏锦帐一佳人，误你玉堂金马三学士。【赚煞尾】弄得沈约病多般，宋玉愁无二，清减做相思样子。

右第十二节。此为馀文，任意挥洒。乃是砚北人从来乐事，不必谓红娘忽有书呆气。

(张生云)红娘姐好话，小生终身敬佩。只是方才简帖，我的红娘姐，是必在意者。(红云)先生放心。

若是眉眼传情未了时，我中心日夜图之。怎因而，"有美玉于斯"，此句，歇后法也，言决不将简帖浮沉，如《论语》所云"韫椟而藏"之也。我定教发落这张纸。我将舌尖上说辞，传你简帖里心事，管教那人来探你一遭儿。

右第十三节。此则满心满意，满口满语，反挑后文之不然也。此节方是反挑，第十一节果非反挑也。自非虚心平气，谁其分别之。

(红娘下)

(张生云)红娘将简帖去了,不是小生夸口,这是一道会亲的符箓。他明日回话,必有好处。总作满语。若无好赋因风去,岂有仙云入梦来。(张生下)

三之二　闹　简

三之二　闹　简

此篇写红娘，凡有四段，每段皆作当面斗然变换，另是一样章法。

第一段，写红娘带得书回，一时将张生分明便如座主之于门生，心头平增无限溺爱、无限照顾，意思不难便取莺莺，登时双手亲交与之。看他走入房来，其于莺莺，便比平日亦自另样加倍珍惜。所以然者，意谓莺莺真乃一朵鲜花，却是我适间已许过我门生了也。门生是我之宝，此一朵鲜花便是我门生之宝也。只因心头与张生别成一条线索，便自眼中看莺莺别起一番花样。是为第一段。

第二段，写莺莺斗然变容，红娘出自不意，遂忽自念适间容易过人简帖，诚然是我不是；只是我自信平日精灵，又兼夜来郑重仔细踌躇此事，何得逢彼之怒耶？岂有满盘已都算过，乃于一子失着耶？明明隔墙酬韵，早漏春光；明明昨夜听琴，倾囊又尽。我本非聋非瞎，悉属亲闻亲见，而今忽然高至天边，无梯可扪；深至海底，无缝可入。此岂前日莺莺是鬼，抑亦今日莺莺是鬼？岂红娘今日在梦，抑亦红娘前日在梦？本意扬扬然弄马骑，何意跎踏地却被驴子扑？于是三分羞惭，七分怨愤，遂不自禁其口中之叨叨絮之。是为第二段。

第三段，写红娘昨日于张生前满心满意，满口满语，轻将一担千金，两肩都任者，实是其胸中默默然牢有一篇把柄耳，初不自意莺莺极大不然也。谚盖有之："行船无有久惯，生产无有久惯。"今日方知传递简帖无有久惯。红娘此时，真无面目又见江东父老，只有一万年不复到书院中，永取此事寄之高高天上，埋之深深地下，更不容一人提起，便如连日我不在世间者然。何意莺莺又必强之投以回简，自莺莺又有回简，而红娘遂不得不重入书院，再见张生。夫而后一面惭，两胁愤，真更非一时三言两句之所得而发脱也者。而张生不察，方且又如臂边饥鸟，乳下娇儿，百样哀鸣，千般央及。此时我为红娘，真除非抽刃自决，以明我不负人。盖从来任天下事，两边俱无以自解，实有如此苦事。是为第三段。

第四段，写红娘初焉以退贼故，方德张生；既焉以赖婚故，方怜张生；既焉以挥毫故，方爱张生；既焉以不效故，方羞张生。至此乃忽然以苦缠故，不觉恼张生。夫以红娘之于张生，固决无有恼之之事，而直以自己胸前烦闷无理，遂尔更不得顾，便唐突之。此真李白所云“泪亦不能为之堕，声亦不能为之出”时也。何意折书念出，乃是“户风花影”之句。若说是鬼，鬼中亦无如此之鬼；若说是贼，贼中亦无如此之贼；若说兵不厌诈，诸葛亦无如此之阵图；若说幻不厌深，偃师亦无如此之机械。此时虚空过往，天地鬼神，聪明正直，尽知尽见。红娘真欲拔发投地，捶胸大叫：自今以后，我更不能与天下女儿同居也！是为第四段。

（莺莺上云）红娘这早晚敢待来也。起得早了些儿，俺如今再睡些。（睡科）

（红娘上云）奉小姐言语，去看张生，取得一封书来，回他话去。呀，不听得小姐声音，敢又睡哩，俺便入去看他。绿窗一带迟迟日，紫燕双飞寂寂春。

〔**中吕**〕【**粉蝶儿**】（红娘唱）**风静帘闲，绕窗纱麝兰香散，**二句，写红娘自外行来。○帘内是窗，窗外是帘。有风则下帘，无香则开窗。今因无风，故不下帘；却因有香，又不开窗。只十一字，写女儿深闺便如图画。○我从妙文得认莺莺，我又从妙文得认莺莺闺中也。**启朱扉摇响双环。**一句，写红娘行入门。**绛台高，金荷小，银缸犹灿。**三句，写红娘已入门。○细想红娘回时，灯犹未息，则其遣去一何早乎！

右第一节。写红娘从张生边来入闺中，慢条斯里，如在意，如不在意，一心便谓：自今以后三人一心，更无嫌疑者。盖特作此骀宕之句，以与下文通篇怨毒照耀也。

我将他暖帐轻弹，揭起海红罗软帘偷看。【**醉春风**】**只见他钗亸玉斜横，髻偏云乱挽。**小姐正睡，侍儿弹帐，一不可也；弹帐不应，揭开偷看，二不可也。盖红娘此日已易视莺莺矣。见书而怒，得毋为是与？**日高犹自不明眸，你好懒、**句。**懒。**句。不惟弹帐，不惟偷看，乃至竟敢率口讥之。莺莺慧心人，又何待见书而始悟红娘之易视我哉。

右第二节。不知者谓是写莺莺，不知此正写红娘也。夫写莺莺，不过只作一幅美人晓睡图看耳。今正写红娘之满心参透，满眼瞧科，满身松泛，满口轻忽，便使莺莺今早眼中忽觉有异，而下文遂不得不变容也。真是写得妙绝，此为化工之笔。

（莺莺起身，欠伸长叹科[①]）

半晌抬身，不问红娘，此其事可知也。妙妙！几回搔耳，不问红娘也。妙妙！一声长叹。不问红娘也。妙妙！

右第三节。不知者又谓写莺莺春倦，非也。夫红娘之看张生，乃莺莺特遣也，则今于其归，急问焉可也。乃半晌矣，不问而抬身；抬身矣，又不问而搔耳；几回矣，又不问而长叹。岂非亲见归时红娘，已全不是去时红娘，慧眼一时觑破，便慧心彻底猜破故耶？看他纯是雕空镂尘之文，而又全不露一点斧凿痕，真是奇绝一世。若作描写莺莺春倦[②]，有何多味耶？且何故不问红娘：回来几时耶？

是便是，只是这简帖儿，俺那好递与小姐？俺不如放在妆盒儿里，等他自见。（放科）

（莺莺整妆，红娘偷觑科）终不问也。妙妙！

【普天乐】晚妆残，乌云亸，轻匀了粉脸，犹不问也。妙妙！乱挽起云鬟。已见简帖也。将简帖儿拈，把妆盒儿按，拆开封皮孜孜看，颠来倒去不害心烦。"颠来倒去"，是思何以处红娘，非于张书加意也。只见他厌的扢皱了黛眉，是恼此帖如何传来。忽的低垂了粉颈，是算今日还宜寝阁，还宜发作。氲的改变了朱颜。是决计发作，无有再说也。看他三句，写出莺莺心头曲折。

（红做意科，云）呀，决撒了也！

右第四节。写莺莺见简帖。或问：莺莺见简帖，亦可以不发作耶？圣叹答曰：不发作，则是一拍即合也，今之世间比比者皆是也。

（莺莺怒科，云）红娘过来！（红云）有。（莺莺云）红娘，这东西那里来的？我是相国的小姐，谁敢将这简帖儿来戏弄我！我几曾惯看这样东西来？我告过夫人，打下你个小贱人下截来！（红云）小姐使我去，他着我将来。小姐不使我去，我敢问他讨来？我又不识字，知他写的是些甚么！其快如刀，其快如风。

【快活三】分明是你过犯，没来由把我摧残。教别人颠倒恶心烦，

---

① "伸"，贯华堂本作"申"，芥子园本作"身"，据金谷园本改。
② "描"，贯华堂本作墨钉，据芥子园本、金谷园本改。

你不惯，谁曾惯？

右第五节。写红娘妙口，真是妙绝。轻轻只将其一个“惯”字，劈面翻来，便成异样扑跌。盖下文莺莺之定不复动，正是遭其扑跌也。不但一节只是一句，亦且一节只是一字，真可谓以少少许胜人多多许矣。

小姐休闹，比及你对夫人说科，我将这简帖儿，先到夫人行出首去。红娘眼快手快，其妙如此。

（莺莺怒云）你到夫人行，却出首谁来？莺莺又妙。（红云）我出首张生。红娘又妙。

（莺莺做意云）红娘，也罢，且饶他这一次。莺莺又妙。（红云）小姐，怕不打下他下截来。红娘又妙。○每读此白，如听小鸟斗鸣，最足下酒也。

（莺莺云）我正不曾问你，张生病体如何？（红云）我只不说。（莺莺云）红娘，你便说咱！

【朝天子】近间、面颜，瘦得实难看。不思量茶饭，怕动弹。

右第六节。正答张生病体。

（莺莺云）请一位好太医，看他证候咱。（红云）他也无甚证候，他自己说来：

“我是晓夜将佳期盼，废寝忘餐。黄昏清旦，望东墙淹泪眼。我这病患要安，只除是出点风流汗。”此代张生语，故有二“我”字。

右第七节。旁答张生心事。虽于盛怒后，不可又说；然此时不说，更待何时？行文又有“得过便过”之法，无用多作顾虑。

（莺莺云）红娘，早是你口稳来，若别人知道呵，成何家法。今后他这般的言语，你再也休题。我和张生，只是兄妹之情，有何别事？（红云）是好话也呵。

【四边静】怕人家调犯，早晚怕夫人行破绽，只是你我何安？又问甚他危难？你只撺掇上竿，拔了梯儿看。

右第八节。索性畅然劝之，以不负张生之托。

（莺莺云）是虽我家亏他，他岂得如此？你将纸笔过来，我写将去回他，着他下次休得这般。（红云）小姐，你写甚的那？你何苦如此。（莺莺云）红娘，你不知道。（写科）

（莺莺云）红娘，你将去对他说：“小姐遣看先生，乃兄妹之礼，非有他意。再一遭儿是这般呵，必告俺夫人知道。”红娘，和你小贱人都有话说也！

（红云）小姐，你又来！这帖儿我不将去，你何苦如此？

（莺莺掷书地下云）这妮子，好没分晓！（莺莺下）

（红娘拾书叹云）咳，小姐，你将这个性儿那里使也！

【脱布衫】小孩儿口没遮拦，一味的将言语摧残。把似你使性子，休思量秀才，做多少好人家风范。用笔真乃一鞭一条痕，一痕一条血，遂令举世口是心非、言清行浊之徒诵之吃惊，固不止是莺莺闻之无以自解也。

右第九节。自此以下四节，则红娘持书出户，背过莺莺，自将心头适才所受恶气，曲曲吐而出之也。○此一节，重举莺莺适才盛怒之无礼也。

【小梁州】我为你梦里成双觉后单，废寝忘餐。罗衣不奈五更寒，愁无限，寂寞泪阑干。【换头】似等辰勾空把佳期盼，已上通为一句。我将角门儿更不牢摄，愿你做夫妻无危难。细玩此句[①]，乃透过一步去也[②]，言我何止与之传递简帖而已。你向筵席头上整扮，我做个缝了口的撮合山。

右第十节。○此一节，申言莺莺自于我无礼，乃我之知之实深，为之实切，我于莺莺诚乃不薄也。

【石榴花】你晚妆楼上杏花残，七字写尽三春时和。犹自怯衣单。看他妙笔妙墨，无中造有，造出如此二句，以反剔下文。却令读者于不意中，又别睹一位无愁莺莺，另是身分绝世。那一夜听琴时，露重月明间。为甚向晚，不怕春寒，诵之口齿历历，莺莺诚何辨焉。几乎险被先生馔。用《论语》入妙。○汤海若先生《牡丹亭》传奇，杜丽娘拜师，语曰："酒是先生馔，女为君子儒。"用《论语》入妙也。○吾友斫山王先生，文恪之文孙也[③]，目尽数十万卷，手尽数十万金。今与圣叹并复垂老，两人相邻如一日也。偶于舟中，时方九日，忽一女郎掉文曰："何故此时则雀入大水化为蛤？"座中斗然未有以应也。先生信口答曰："我亦不解汝家何故雀入大蛤，皆化为水也。"一时满舟喧然，至有翻酒濡首者。此真用《礼记》入妙也。○斫山读尽三教书，而不愿以文名；倾家结客，而不望人报；有力如虎，而轻裘缓带，趋走扬扬；绘染刻雕、吹竹弹丝，无技不精，而通夜以佛火蒲团作伴；今头毛皑皑，而尚不失童心；瓶中未必有三日粮，而得钱犹以与客。彼视圣叹为弟，圣叹事之为

---

① "细"，贯华堂本作"绝"，据芥子园本改。

② "去"，芥子园本、金谷园本作"法"。

③ "文"，据史实当为"玄"字。参全集附录"年谱"明天启七年条。

见。有过吴门者问之，无有两人也。嗟乎！未知馀生尚复几年，脱诚得并至百十岁，则吾两人当不知作何等欢笑。如或不幸而溘然俱化，斯吾两人便甘作微风淡烟，杳无馀迹。盖斫山三十年前曾与圣叹诗[1]，早便及之，曰："风雷半夜吴王墓，天地清秋伍相祠。一例冥冥谁不朽，早来把酒共论之。"今圣叹亦是寒乌啁啾，不忘故群，故时时一念及之，岂犹有意互相叹誉，为荣名哉？那其间岂不胡颜。为他不酸不醋风魔汉，隔窗儿险化做望夫山。莺莺诚何辨焉。

右第十一节。○此一节特恐写莺莺不承，故举听琴一夜以实之。上文，莺莺问张生病体，红娘却敢便及他言者，亦为胸中有听琴一夜故也。

【斗鹌鹑】你既用心儿拨雨撩云，我便好意儿传书递简。承上文，便咬定听琴一夜，犹言是以来也。不肯搜自己狂为，听琴一夜也。只待觅别人破绽。简帖也。受艾焙，我权时忍这番。妙妙！怨毒之极，半吞不吐，便有授记后日之意。今便请问红娘："卿权忍这番之后，将欲如何？"真写尽女儿慧心、毒心也。畅好是奸，对别人巧语花言，背地里愁眉泪眼。上"艾焙"句，语气已毕，此又毕而复起，便活写怨毒之极。说之不尽，因而又说，总是摹神之极笔。

右第十二节。○此一节，咬定听琴一夜，以明简帖之所自来。而莺莺犹谓人在梦，然则莺莺真在梦耶？写红娘理明辞畅，心头恶气无不毕吐，真乃快活死人也。

俺若不去来，道俺违拗他。张生又等俺回话，只得再到书房。（推门科）（张生上云）红娘姐来了，简帖儿如何？（红云）不济事了，先生休傻。（张生云）小生简帖儿，是一道会亲的符箓。只是红娘姐不肯用心，故致如此。（红云）是我不用心？哦，先生，头上有天哩！你那个简帖儿里面好听也！

【上小楼】这是先生命悭，不是红娘违慢。那的做了你的招伏，他的勾头，我的公案。若不觑面颜，断顾盼，担饶轻慢，争些儿把奴拖犯。若出他人庸笔，此时红娘安有不便出莺莺回简者。今看其默然袖起，恰似忘之者然，妙绝。

右第十三节。自此以下四节，则红娘见张生，且不出回简，先与尽情覆绝之。○此覆其去简已成祸本，不应更问也。

① "三"，芥子园本作"二"。

【后】从今后我相会少，你见面难。斗然险语，妙绝妙绝。盖张生方思得见莺莺，而此云尚将不复得见红娘也，不顾惊死人。月暗西厢，便如凤去秦楼，云敛巫山。绝妙好辞，又如口中吮而出之。你也赸，我也赸；请先生休讪，早寻个酒阑人散。《西厢》后半，不知凡有若干锦片姻缘，而于此忽作如是大决撒语。文章家最喜大起大落之笔，如此真称奇妙绝世也。

右第十四节。复其此后连红娘亦不复更来。使我读之，分明腊月三十夜，听楼子和尚高唱"你既无心我亦休"之句，唬吓死人，快活死人也。○细思作《西厢记》人，亦无过一种笔墨，如何便写成如此般文字，使我读之通身抖擞，骨节尽变。闻古人有痁疾大发，神换其齿者。有如此般文字得读，便更不须痁疾发也。最苦是子弟作文，粘皮带骨，我以此跳脱之文药之。

只此二字妙绝。便如方士所云："海中仙山，理不可到。船有欲近者，风辄吹还之。"今下文正如海中仙山，此二字便如风之吹断之也。足下再也不必伸诉肺腑。加一句，妙妙。虽成连先生置伯牙于海岛，其鸿洞杳冥，亦不是过矣。怕夫人寻我，我回去也。再加一句，妙妙。庄生云"送君者皆自崖而返"，真乃泪迸肠绝之笔。

《西厢》白，其妙至此。数之只得三句，察之只得一句，又察之只得二字。乃我读之，便如立千丈冈，临不测溪，足又逡巡二分垂外，真几乎欲哭出来也。看他竟不出回简。

(张生云)红娘姐！(定科)妙妙，摹神极笔。

(良久，张生哭云)红娘姐，你一去呵，更望谁与小生分剖？此哭结上文。

(张生跪云)红娘姐，红娘姐，你是必做个道理，方可救得小生一命。此跪起下文。

看其袖中回简，不惟前不便出，至此犹不便出也。岂真忘之哉？正是尽情尽意作此大决撒之笔，至于险绝斗绝矣，然后趁势一落，别开奇境。文章至此，能事又毕也。伧读此等白，便学一副涎脸，东涂西写，无不哭者，无不跪者，我每见而痛骂焉。嗟乎！亦尝细察张生此哭此跪，悉是已上已下妙文之落处乎？只因不出回简，故有张生此哭，哭以结上文之奇妙也；乃至今犹不肯出，故有张生此跪，跪以逼下文之奇妙也。夫张生一哭一跪，乃是结上逼下，非如伧所写涎脸也。

先生，你是读书才子，岂不知此意！

【满庭芳】你休呆里撒奸。你待恩情美满，苦我骨肉摧残。他只少手掿棍儿摩娑看，我粗麻线怎过针关。绝妙好辞，如吮而出。定要我拄着拐帮闲钻懒，缝合口送暖偷寒，前已是踏着犯。绝妙好辞，使人失笑。○凡能使人失笑文字，悉是刳心沥血而出，莫容易读过古人文字也。

右第十五节。袖中回简，不惟来时不便取出，顷且欲去矣，犹不便取出，直至今欲去不去又立住矣，犹不便取出也。行文如张劲弩，务尽其势，至于几几欲绝，然后方肯纵而舍之，真恣心恣意之笔也。

(张生跪不起，哭云)小生更无别路，一条性命都只在红娘姐身上。红娘姐！

我又禁不起你甜话儿热趱，好教我左右做人难。反作此语，然后落下，笔势真如春蛇之矫矫然。

我没来由只管分说，方始落下。我回视前文，真如"群山万壑赴荆门"矣。小姐回你的书，你自看者。(递书科)

右第十六节。欲复绝之，直至终不得复绝之，夫然后方始出其袖中书，使自绝之。而不意峰回岭变，又起奇观。

(张生拆书，读毕，起立笑云)呀，红娘姐！(又读毕云)红娘姐，今日有这场喜事！(又读毕云)早知小姐书至，理合应接。接待不及，切勿见罪！红娘姐，和你也欢喜。(红云)却是怎么？(张生笑云)小姐骂我都是假，书中之意"哩也波，哩也啰"哩。(红云)怎么？(张生云)书中约我今夜花园里去。(红云)约你花园里去怎么？(张生云)约我后花园里去相会。(红云)相会怎么？(张生笑云)红娘姐，你道相会怎么哩？(红云)我只不信！(张生云)不信由你。(红云)你试读与我听。(张生云)是五言诗四句哩，妙也！"待月西厢下，迎风户半开，拂墙花影动，疑是玉人来。"红娘姐，你不信？(红云)此是甚么解？(张生云)有甚么解？(红云)我真个不解。(张生云)我便解波："待月西厢下"，着我待月上而来；"迎风户半开"，他开门等我；"拂墙花影动"，着我跳过墙来；"疑是玉人来"，这句没有解，是说我至矣。(红云)真个如此解？(张生云)不是这般解，红娘姐你来解。不敢欺红娘姐，小生乃猜诗谜的杜家，风流随何，浪子陆贾。不是这般解，怎解？(红云)真个如此写？(张生云)现在。(红定科，良久)

(张生又读科)(红云)真个如此写？(张生笑云)红娘姐，好笑也，如今现在。(红怒云)你看我小姐，原来在我行使乖道儿！

或云春枝小鸟，双双斗口，却不是春鸟斗口[①]；或云深院回风，晴雪乱舞，却不是风回雪舞；或云花拳绣腿，少年短打，却不是花绣短打；或云鸣琴将终，随指泛音，却不是琴终泛音。我细察之：一片纯是光影，一片纯是游戏，一片纯是白净，一片纯是开悟。维摩诘室中，天女变舍利佛，一时不知所云。我于此文，不知所云。香严大师至脱然撒手时，遥望沩山，连说颂曰："去年贫，未是贫；今年贫，真是贫。去年贫，无立锥之地；今年贫，锥也无。"我于此文，锥也无。文殊尸利菩萨选二十五位圆通，拔取观世音为状元第一。我于此文，如观世音幸得第一。赵州和尚被人问："二龙戏珠，谁是得者？"州云："老僧单管着。"我于此文，单管着。南泉王老师指庭前牡丹花，谓陆亘曰："大夫，时人看此花，如梦相似。"我于此文，如梦相似。斫山云：圣叹自论文，非论禅也。

【耍孩儿】几曾见，寄书的颠倒瞒着鱼雁？奇奇、妙妙！自从盘古直至今朝，真并无此事也，亦并无此文也。小则小，只三字，写尽怨毒不可言。心肠儿转关。教你跳东墙"女"字边"干"。避此字不雅训，故折之。乃续之四篇遂谓红娘专工拆字，一何可笑！原来五言包得三更枣，四句埋将九里山。你赤紧将人慢，你要会云雨闹中取静，却教我寄音书忙里偷闲。真乃于情于理，欲杀欲割，不可得解也，气死红娘也。

右第十七节。前恼尚不可说，今恼真不可说不可说也；前恼红娘几欲哭，今恼红娘反欲笑也。"于虚空中，驾构楼阁"。旧闻其语，今见其事矣。

【四煞】纸光明玉版，字香喷麝兰[②]，行儿边湮透非娇汗？是他一缄情泪红犹湿，满纸春愁墨未干。从来"娇汗"字、"红泪"字、"春愁"字，俱入丽句，填成妙辞[③]。此独作极鄙极丑字用，所以痛诋莺莺，自抒愤懑也。我也休疑难，放着个玉堂学士，任从你金雀鸦鬟。妙妙，妙绝！

右第十八节。忽取其简痛诋之，盖一肚愤懑，搔爬不得也。

【三煞】将他来别样亲，把俺来取次看，"将他来"，"把俺来"，掂斤播两，诚

---

① 此句各本均无，据"因百藏曲"写刻《贯华堂注释第六才子书》本补。

② "喷"，芥子园本作"渍"。

③ "填"，贯华堂本作"真"，据芥子园本、金谷园本改。

然怨毒。是几时孟光接了梁鸿案！妙妙，妙绝！昨夫人赖婚本是恨事，至此日反成红娘心头快意、口头快语。将他来甜言媚你三冬暖，把俺来恶语伤人六月寒。今日为头看：看你个离魂倩女，怎生的掷果潘安？妙妙，妙绝！

右第十九节。佛言：“欲过彼岸，而于中间撤其桥梁，无有是处。”今莺莺方思江皋解佩，而忽欲中废灵修，此真大失算也。观【四煞】云“放着玉堂学士，任从金雀鸦鬟”，盖云不复援手，此已不可禁当。今【三煞】云“看你离魂倩女，怎生掷果潘安”，则是乃至欲以恶眼注射之。危哉莺莺，真有何法得出红娘圈缋哉！史公尝云“怨毒于人实甚”，此最写得出来。

（张生云）只是小生读书人，怎生跳得花园墙过？

【二煞】拂墙花又低，迎风户半擫，偷香手段今番按。你怕墙高怎把龙门跳，嫌花密难将仙桂攀。疾忙去，休辞惮。恶语痛诋。他望穿了盈盈秋水，蹙损了淡淡春山。“秋水”、“春山”，从来亦作丽字填入妙句，此亦是丑辞痛诋之也。

右第二十节。乃至为劝驾之辞，此岂怂恿张生，正是痛诋莺莺。盖恶骂丑言，遂至不复少惜。史公尝言“怨毒于人实甚”，此最写得出来也。○尝闻大怒后不得作简者，多恐馀气未降，措语尚激也。然则不怒时欲作激气语，此亦决不可得也。今作《西厢记》人，吾不审其胸前有何大怒耶？又何其毒心衔，毒眼射，毒手挥，毒口喷，百千万毒一至于是也！

（张生云）小生曾见花园，已经两遭。

【煞尾】虽是去两遭，敢不如这番。你当初隔墙酬和都胡侃，证果是他今朝这一简。

右第二十一节。曾记吴歌之半云：“故老旧人尽说郎偷姐，如今是新翻世界姐偷郎。”此真清新之句也，然实不知《西厢》先有之。盖红娘怨毒莺莺，诋之无所不至，因谓张生“汝偷不如他偷”。夫至谓张生犹不必如莺莺，而莺莺之为莺莺竟何如哉！怨毒于人，史公尝言“实甚”，此真写得出来也。

（红娘下）

（张生云）叹万事自有分定。适才红娘来，千不欢喜，万不欢喜，谁想小姐有此一场好事。小生实是猜诗谜的杜家，风流随何，浪子陆贾。此四句诗，不是这般解，又怎解？“待月西厢下”，是必须待得月上；“迎风户半开”，门方开了；“拂墙花影动，疑是玉人来”，墙上有花影，小生方好去。今日这颓天，偏百般的难得晚。天那，你有万物于人，何苦争此一日？疾下去波！快书快友快谈论，不觉开西立又昏。今日碧桃花有约，鳔胶黏了又生根。呀，才向午也，再等一等。又看咱，今日百般的难得下去呵！空青万里无云，悠然扇作微薰。何处缩天有术，便教逐日西沉！呀，初倒西也，再等一等咱。谁将三足乌，来向天上阁。安得后羿弓，射此一轮落？谢天谢地！日光菩萨，你也有下去之日。呀，却早上灯也！呀，却早发擂也！呀，却早撞钟也！拽上书房门，到得那里，手挽着垂杨，滴溜扑碌跳过墙去，抱住小姐。咦，小姐，我只替你愁哩。二十颗珠藏简帖，三千年果在花园。（张生下）徐文犹用尔许全力，益信古人思以笔墨流传后世，真非小可之事也。普天下才子念之哉！〇末二句，真正绝妙好辞。

三之三　赖　简

三之三　赖　简

文章之妙，无过曲折。诚得百曲千曲万曲、百折千折万折之文，我纵心寻其起尽，以自容与其间，斯真天下之至乐也。何言之？我为双文赖简之一篇言之。夫双文之于张生，其可谓至矣。独惊艳之一日，张生自见双文，双文或未见张生耳。过此以往，我亲睹其酬韵之夜，绝叹清才，既又观其闹斋之日，极赏神俊。此其胸中一片珠玉之心，真于隔墙，乃不啻如钩锁绵缠，而况无何又重之以破贼，而况无何又重之以赖婚，此诚不得一屏人之地，与之私一握手，低一致问也。诚得一屏人之地，与之私一握手，低一致问，此其时，此其际，我亦以世间儿女之心，平断世间儿女之事。古今人其未相远，即亦何待必至于酬简之夕，而后乃令微闻芗泽哉。何则？感其才，一也；感其容，二也；感其恩，三也；感其怨，四也。以彼极娇小、极聪慧、极淳厚之一寸之心，而一时容此多感，其必万万无已，而不自觉忽然溢而至于闲之外焉。此亦人之恒情恒理，无足为多怪也。夫然则红娘以听琴走复，而张生以折简为寄，我谓双文此日真如天边朵云，忽堕纤手，其惊其喜，快不可喻，固其所耳。即如之何而忽大怒？果大怒矣，何不闭关绝客，命红娘胥疏前庭，与之杳不复通？即如之何而复以手书回之[①]，而书中又皆郾靡之辞，而致张生惑之，而至于感悦惊厖，而后始以端服俨容，大数责之，而后拒之？如是者，我甚惑焉。如曰相国之女也，春风之所未得吹，春日之所未得晒也，不祥之言，胡为来哉，是安得不惊？惊矣，安得不怒？则夫张生之简之于双文，其非胡为之来也明甚。此红娘于前夜听琴之隔窗而实亲闻之者也。如曰：听琴之隔窗之眷眷于张生也，内戢其恩也，外惭其负也。人实肉骨予，而道旁置之，我何以为心？若其忽以不祥之言来加于我，则是无礼于我。无礼于我，则是以乱易乱也。其相去也，真几何矣！是安得而不怒？则我以为诚怒之而不能复与顾之，则执书以鸣于高堂，先痛惩其不令之婢，而后厚酬以立遣之，彼必亦以丑辞之唐突也，而不能以觍颜更留，此其策之上也。若犹未忍其德也者，则毁书而掩闺薄治其婢，而其事

① “即”，贯华堂本作墨钉，据芥子园本、金谷园本改。

则且容隐而寝阁之。《诗》亦有之:“无忘大德,而思小怨。”此亦策之万无奈何者也。如之何而顾乃有复寄手书之事?如曰:必欲数之,则能绝之;不数之,其终未必能绝之;必欲面数之,则能绝之;不面数之,彼婢之肯为彼持书以来者,必不肯为我痛切而陈也。则天下固无中表之兄,又属异派,又新有其婚姻之言,又其间连日正多参差[1],又彼方以淫泆之语来相勾引,而我则反复招之,夤夜深入,以受我之面数者也。且语有之,曰“言为心声”。我今观其盛怒之时,而又能为婉丽之章,其声啴以缓,是果为何心之所感哉。抑我徒以人之无礼,故不得不一数之焉耳,而今我则命之逾墙以入以就数,数毕而仍命之逾墙以出以改过,天下之有礼,又新有如是之事乎哉?曰:然则双文之有是举也,其奈何?曰:双文,天下之至尊贵女子也;双文,天下之至有情女子也;双文,天下之至灵慧女子也;双文,天下之至矜尚女子也。双文先以尊贵之故,而于大族所有之群从昆弟,以至戚党僚吏之间之所往来,而既见之伙矣。如昔王氏所称“阿大、中郎”、“封胡、遏末”之徒,是即不无一二,然初未有如张生其人焉者。一旦忽睹天壤之间,而又有张生其人,此其照眼动心,方极不可奈何,诚亦何意出于慈母之口,入于娇女之耳,即又宛然同车携手、从心适愿之言也乎?此天为之,为人为之?此时双文有情,真将梳新髻,试新裙,唧唧消息,已谓旦暮佳期。盖自古至今,女儿之快,无有更快于双文者。而忽然开宴,而忽然赖婚,此则何为也?此真不必张生之以简来也[2]。即使张生读书学礼,过为拘谨,终亦不以简来,而双文实且欲以简往。我于何知之?我于听琴之夜知之。不闻其有【绵搭絮】之辞曰:“一层红纸,几眼疏棂,又不隔云山万重,怎得人来信息通?”此岂非欲寄简之言哉!抑不宁惟是而已。前此犹为初酬韵之后,未许婚之前也。不闻其有【鹊踏枝】之辞曰:“两首新诗,一段回文,谁做针儿将线引,向东邻通一般勤?”此已非欲寄简之言哉!夫双文而方将自欲寄简,而适犹未及,然则其于张生今日之简之寄,是最乐也,是日夜之所望而不得见也,是开而读,读而卷,卷而又开,开而又卷,至于纸敝字灭,犹不能以释然于手者也。其如之何而有勃然大怒之事?夫双文之勃然

① “间”,贯华堂本作“问”,据芥子园本、金谷园本改。
② “简”,贯华堂本作“间”,据芥子园本、金谷园本改。

大怒，则又双文之灵慧为之也。其心以为张生真天下之才子，夫使张生非真天下之才子，而我奈之何于彼乎倾倒，则至于如是之甚哉？然而其心默又以为身为相国千金贵女，其未可以才子之故，而一时倾倒遂至于是也。即我自以才子之故，而一时倾倒不免遂至于是，其未可令馀一人，得闻我则遂至于是也。是故双文之欲简张生，何止一日之心？然而目顾红娘，则遂已焉；又目顾红娘，则又遂已焉；乃至屡屡目顾红娘，则屡屡皆遂已焉。此无他，天下亦惟有我之心，则张生之心也；张生之心，则我之心也。若夫红娘之心，则何故而能为张生之心？红娘之心，既无故而不能为张生之心；然则红娘之心，何故而能为我之心？故夫双文之久欲寄简，而终于红娘难之者，彼诚不欲以两人一心之心，旁吐于别自一心之人也。故夫双文之久欲寄简，而独于红娘碍之者，彼诚不欲令窃窥两人之人，忽地得其间一人之心也。无何一朝而深闺之中，妆盒之侧，而宛然简在，此则非红娘为之而谁为之？夫红娘而既为之，则是张生而既言之矣。夫张生而既言之，则是张生不惜于红娘之前，遂取我而罄尽言之矣。我固疑之也，其归而如行不行以行也，如笑不笑以笑也，如言不言以言也。昔曾未敢弹帐，而今舒手而弹也；昔曾未敢偷看，而今揭帘而看也；昔曾未敢于我乎轻言，而今俨然谓我"懒懒"也。凡此悉是张生罄尽言之之后之态，甚明明也。夫以我为千金贵人，下临一小弱青衣，顾独不能遂示之以我之心哉。我亦徒以此态之不可以堪，故且自忍而直至于今日。至于今日，而不谓此小弱青衣乃遂敢以至是。然则我宁于张生焉便付决绝，都无不可，我其谁能以千金贵人，而顾甘心于是也耶！盖双文之天性矜尚又有如此，然而其于张生，则必不能以真遂付之决绝也。岂惟不能付之决绝而已，乃至必不能以更迟一日二日不见之也。取笔力疾而书之，而题之，而封之，而手自授之，谩之曰"我欲其勿更出此"，则固并非欲其不更出此者也。其诗具在，诗曰："待月西厢下，迎风户半开。拂墙花影动①，疑是玉人来。"欲人勿更出此，则其语固当如是者乎？且一诗之不足，而又有其题，题曰"月明三五夜"。欲人勿更出此，则固当诗之不足，而又题之者乎？盖双文有情，则既谓人之有情皆如我也；而双文灵慧，则又谓人之灵慧皆如我也。夫我之大怒，顷

① "动"，贯华堂本作墨钉，据芥子园本、金谷园本改。

者实惟不可向迩，我则计红娘是必诉之者也。又我授书之言，顷者实惟致再致三，嘱云“勿更出此”，我则又计红娘是必又述之者也。夫张生而知我之大怒，至于不可向迩且如此，又闻我授书之言，致再致三嘱云“勿更出此”又如此，然则启书而读，而又见其中云云。我意其骤焉虽惊，少焉虽疑，姑再思焉，其谁有不快然大悟也者？夫张生快然大悟，而疾卷书而袖之，更多诡作咨嗟而漫付之，敬谢红娘而遣还之，然后或坐或卧而徐待之，待至深更而悄焉赴之。彼为天下才子，何至独不能作三翻手、三竖指，如崔千牛之于红绡妓之事哉？今也不然，更未深，人未静，我方烧香，红娘方在侧，而突如一人则已至前。夫更未深，人未静，我方烧香，红娘方在侧，而突如一人则已至前，则是又取我诗于红娘前，不惜罄尽而言之也。此真双文之所决不料也，此真双文之所决不肯也，此真双文之所决不能以少耐也。盖双文之尊贵矜尚，其天性既有如此，则终不得而或以少贬损也。由斯以言，而闹简岂双文之心，而赖简尤岂双文之心？而读《西厢》者不察，而总漫然置之。夫天下百曲千曲万曲、百折千折万折之文，即孰有过于《西厢·赖简》之一篇，而奈何不纵心寻其起尽，以自容与其间也哉？《西厢》如此写双文，便真是不惯此事女儿也。夫天下安有既约张生而尚瞒红娘者哉？真写尽又娇稚、又矜贵、又多情、又灵慧千金女儿，不是洛阳对门女儿也。

（红娘上云）今日小姐着俺寄书与张生，当面偌多假意儿，诗内却暗约着他来。小姐既不对俺说，俺也不要说破他，只请他烧香，看他到其间怎生瞒俺！

（红娘请云）小姐，俺烧香去来。（莺莺上云）花香重叠晚风细，庭院深沉早月明。

〔**双调**〕【**新水令**】（红娘唱）晚风寒峭透窗纱，从闺中行出来，未开窗也。控金钩绣帘不挂。方开窗见帘垂也。门阑凝暮霭，临阶正望也。楼阁抹残霞。下阶回望也。恰对菱花，楼上晚妆罢。已上四句皆写景，然景中则有人。此一句写人，然人中又有景也。〇吾吴唐伯虎写双文小影，贵如拱璧，又岂能有如是之妙丽耶？

右第一节。写双文乍从闺中行出来。〇前篇【粉蝶儿】，是红娘从外行入闺中来，故先写帘外之风，次写窗内之香。此是双文从内行出闺外来，故先写深闭之窗，次写不卷之帘。夫帘之与窗，只争一层内外，而必不得错写者，此非作者笔墨之精致而已，正即《观世音菩萨经》所云，应以闺中女儿"身得度者"，即现闺中女儿"身而为说法"。盖作者当提笔临纸之时，真遂现身于双文闺中也。

【驻马听】不近喧哗，嫩绿池塘藏睡鸭。想见双文低头而行。自然幽雅，淡黄杨柳带栖鸦。想见双文抬头而行。金莲蹴损牡丹芽，想见双文一直而行。玉簪儿抓住荼蘼架。想见双文回顾而行。苔径滑，露珠儿湿透凌波袜。想见双文行而忽停，停而又行也。妙绝。

右第二节。写双文渐渐行出花园来。〇是好园亭，是好夜色，是好女儿；是境中人，是人中境，是境中情。写来色色都有，色色入妙。

俺看我小姐和张生，巴不得到晚哩。正说小姐，带说张生，其妙可想。

【乔牌儿】自从那日初时何太早生，写成一笑。想月华，捱一刻似一夏，见柳梢斜日迟迟下。自从日初，以至日斜，可谓遥矣，而必又于"柳梢"下"迟迟"字者，庄生固云"适百里者半九十"也。道"好教圣贤打"。

右第三节。已行至花园矣，更无可写，遂复追写其未来花园时。〇问：此未来花园时语，亦得先写在前耶？答曰：不得先写在前也。夫先写在前，则必累坠笔墨。从所谓日初时莺莺便千吁万嗟，又安得泠泠然有上【新水令】之轻笔妙辞哉。

【搅筝琶】打扮得身子儿乍，准备来云雨会巫峡。《西厢》最淫是此二句。为那燕侣莺俦，扯杀心猿意马。

右第四节。上忽振笔写至未来花园以前，此仍转笔写入花园来也。

他水米不沾牙，越越的闭月羞花。"水米不沾"，则似有情；"闭月羞花"，则又似无情。只二句，写尽红娘贼。真假，妙妙。夫真耶？则胡为越越丰艳；假耶？则又胡为"水米不沾牙"哉！这其间性儿难按捺，分明从前篇毒心中生出毒眼来也。我一地胡拿。言亦更不反复相猜，只待下文做出便见也。

右第五节。此节之妙，莫可以言。据文乃是红娘描尽双文；而细察文外之意，却是作《西厢记》人描尽红娘也。盖作《西厢记》人细思红娘从上篇来，此其心头虽说一半全是怨毒，然亦一半毕竟还是狐疑："岂有昨日于我綮起面皮，既已至于此极，而今夜携我并行，忽然又有他事者？我亦独不解张生所诵之诗，则何故而明明又若有其事耳。”只此一点委决不下，自不免有无数猜测，然而此时又用直笔反复再写，则彼红娘于上篇，已不啻作数十反复者。今至此篇犹尚呶呶不休，岂不可厌之极也。今看其轻轻只换作双文身上，左推右敲，似真还假，一样用笔，而别样用墨。文章乃如具茨之山，便使七圣入之皆迷，真异事也。

小姐，这湖山下立地，我闭了角门儿，怕有人听咱说话。一面是打探，一面是抽身。（红娘瞧门外科）

（张生上云）此时正好过去也。（张生瞧门内科）

【沉醉东风】是槐影风摇暮鸦，斫山云：从来只谓人有魂，今而后知文亦有魂也。如此句七字，乃是下句七字之魂，被妙笔文人摄出来也。是玉人帽侧乌纱。

右第六节。槐影乌纱，写张生来，却作两句；只写两句，却有三事。何谓三事？红娘吃惊，一也；张生胆怯，二也；月色迷离，三也。妙绝妙绝！

你且潜身曲槛边，他今背立湖山下。

右第七节。妙绝妙绝！昨与一友初看，谓此句是红娘放好张生。此友人便大赏叹，谓真是妙事、妙人、妙情、妙态也。今日圣叹偶尔又复细看，却悟此句乃是红娘放好自家。盖昨日止因一简，便受无边毒害，今若适来关门，而反放入一人，安保双文变诈多端，不又将捉生替死、别起波澜乎？故因特命张生且复少停。得张生少停，而红娘早已抽身远去。便如耸身云端，看人厮杀者，成败总不相干矣。谚云：“千年被蛇咬，万年怕麻绳。”真是写绝红娘也。瞧门，而红娘不在双文边；且停，而红娘又不在张生边，红娘贼哉。

那里叙寒温，打话。

（张生搂红娘云）我的小姐！（红云）是俺也！早是差到俺，若差到夫人，怎了也！痴句，妙句，得未曾有。

便做道搂得慌，也索觑咱，多管是饿得你穷神眼花。

我且问你：真个着你来么？妙妙！此方是红娘也。世间俗笔不写到也。（张生云）小生是猜诗谜杜家，风流随何，浪子陆贾，准定扢扢帮便倒地。妙妙，偏要又写一遍。

右第八节。红娘安插张生，而张生不辨，竟直来搂之。此虽写傻角急色，然是夜一片月色迷离，亦复如画。

你却休从门里去，只道我接你来。你跳过这墙去。张生，你见么？今夜一弄儿风景，分明助你两个成亲也。

【乔牌儿】你看淡云笼月华，便是红纸护银蜡。实是丽句。柳丝花朵便是垂帘下，实是丽句。○“下”上声。绿莎便是宽绣榻。实是丽句。【甜水令】良夜又迢遥，实是妙句。闲庭又寂静，实是妙句。花枝又低亚。实是妙句。

右第九节。才子佳人向花烛底下定情，是一片妙丽；才子佳人向花月底下定情，又是一片妙丽。今却将两片妙丽合作一片妙丽，便是异样妙丽也。○“良夜”云云，是三句，是一句，是无数句。若解作“迢遥”是迢遥，“寂静”是寂静，“低亚”是低亚，则是三句；若解作迢遥之夜何其寂静，寂静之庭何其低亚，低亚之影何其迢遥，则是一句；若解作尽人寂静以受用其迢遥，尽人迢遥而暗藏于寂静，尽人迢遥、寂静以颠之倒之于低亚之中，则是无数句。普天下锦绣才子，必皆能想到其事也。

只是他女孩儿家，你索意儿温存，话儿摩弄，性儿浃洽；“温存”、“摩弄”，人所习闻，固莫妙于“性儿浃洽”四字也。休猜做路柳墙花。【折桂令】他娇滴滴美玉无瑕，莫单看粉脸生春，云鬓堆鸦。此之谓深深语，密密意，未经第二人道也。

右第十节。写红娘前篇之饮恨双文实惟不浅，至此而忽然又作千怜万惜之文者，不惟此人实足使人千怜万惜，实则此事亦真不得不作千怜万惜也。○双文之去我也，已不知几百千年矣，乃我于今夜读之，而犹尚为之千怜万惜也，曰：双文尔奈何，双文尔奈何！

我也不去受怕担惊，我也不图浪酒闲茶。妙妙！言悉与我无干也。总是昨日芥蒂未平。

右第十一节。幼读《论语》孟之反入门策马之文①，以为无大难事者，直以有功不伐，固学者应然之事也。兹读《西厢》崔、张临欲定情之时，红娘乃忽自诿无功于其间，以为真大难事者，此自是作《西厢

① “孟之”，贯华堂本作“孟子”，据金谷园本改。

记》人笔墨精细，意便专写红娘昨日创巨，至今痛深。盖圣叹则一生无此精细故也。

是你夹被儿时当奋发，指头儿告了消乏[1]。“消乏”之为言，得替也。此固极猥亵语也，然而不嫌竟写之者，盖佛经亦曾直说其事，谓之“以手出精”，非法淫也。打叠起嗟呀，毕罢了牵挂，收拾过忧愁，准备着撑达。

右第十二节。自【乔牌儿】至此，如引弓至满，快作十成语也。

（张生跳墙科）

（莺莺云）是谁？（张生云）是小生。

（莺莺唤云）红娘！（红娘不应科）

（莺莺怒云）哎哟，张生，你是何等之人！我在这里烧香，你无故至此，你有何说！（张生云）哎哟！

便如无简招之者然，且又直至后止，另数其今夜之来，不闻数其前日之简。作者用意之妙，真孤行于笔墨之外，全非近伧之所得知也。

【锦上花】为甚媒人心无惊怕？赤紧夫妻意不争差。

右第十三节。上文双文已来花园矣，红娘犹不信其真肯也，不信得最妙；此文双文已自发作矣，红娘犹不信其真不肯也，不信得又最妙。○“赤紧”二句，犹言贴肉夫妻，有何闲话。

我蹑足潜踪，去悄地听他。一个羞惭，一个怒发。**【后】**一个无一言，一个变了卦。一个悄悄冥冥，一个絮絮答答。

右第十四节。此虽双写二人之文，然妙于第一、二句也。笔下纸上，便明明白白共见红娘抽身另住一边，自称局外闲人，以谨避双文之波及。○明是第三篇文字矣，却偏能使第二篇文字尸尸闪闪，重欲出现，真是奇绝。

（红娘远立，低叫云）张生，你背地里硬嘴那里去了？你向前呵！告到官司，怕羞了你？

为甚迸定隋何，禁住陆贾，叉手躬身，如聋似哑？**【清江引】**你无人处且会闲嗑牙，就里空奸诈。怎想湖山边，不似西厢下。

右第十五节。此翻跌前文成趣也。不知是前文特为翻此文，故有前

---

① “乏”，贯华堂本作“之”，据芥子园本、金谷园本改。

文；不知是此文特为翻前文，故有此文：总之文文相生，莫测其理。

(莺莺云)红娘，有贼！(红云)小姐，是谁？妙妙！贼也，而又问"谁"哉？(张生云)红娘，是小生。妙妙！问小姐也，而张生答哉。○三句，三人，三心，三样，分明是三幅画。

《西厢》中如此白，真是并不费笔墨，一何如花如锦。看他双文唤红娘，红娘唤小姐，张生唤红娘，三个人各自胸前一片心事，各自口中一样声唤，真是写来好看煞人也！

(红云)张生，这是谁着你来？妙绝，妙绝！须知其不是指扳小姐，只图脱卸自身。你来此有甚么的勾当？(张生不语科)

(莺莺云)快扯去夫人那里去！(张生不语科)

(红云)扯去夫人那里，便坏了他行止。我与小姐处分罢：张生，你过来跪者！你既读孔圣之书，必达周公之礼，你夤夜来此何干？

香美娘，处分花木瓜。**【雁儿落】**不是一家儿乔坐衙，千载奇事，煞是好看。被人搬熟，遂不觉耳。要说一句儿衷肠话。只道你文学海样深，谁道你色胆天来大！**【得胜令】**你夤夜入人家，我非奸做盗拿。你折桂客，做了偷花汉，不去跳龙门，来学骗马。

右第十六节。坐堂是小姐，听勘是解元，科罪是红娘。昨往僧舍，看睒摩变相，归而竟日不怡，忽睹此文，如花奴鼓声也。

小姐，且看红娘面，饶过这生者！(莺莺云)先生活命之恩，恩则当报。既为兄妹，何生此心？万一夫人知之，先生何以自安？今看红娘面，便饶过这次。若更如此，扯去夫人那里，决不干休！

谢小姐贤达，看我面做情罢。若到官司详察，先生整备精皮肤一顿打。可儿，可儿！

右第十七节。写红娘既不失轻，又不失重，分明一位极滑脱问官，最是松快之笔。○红娘此时，一边出豁张生，正是一边出豁双文也。极似当时玄宗皇帝，花萼楼下与宁王对局，太真手抱白雪猧儿，从旁审看良久，知皇帝已失数道，便斗然放猧儿蹂乱其子，于是天颜大悦也。

(莺莺云)红娘，收了香桌儿，你进来波！(莺莺下)

(红娘羞张生云)羞也吒，羞也吒！却不道"猜诗谜杜家，风流随何，浪子陆贾"，今日便早死心塌地也！

【离亭宴带歇拍煞】再休题“春宵一刻千金价”，准备去“寒窗重守十年寡”。

右第十八节。结文。

猜诗谜的杜家，袶拍了“迎风户半开”，山障了“隔墙花影动”，云罨了“待月西厢下”。极尽淋漓。一任你将何郎粉去搽，他已自把张敞眉来画。极尽淋漓。强风情措大，晴干了尤云殢雨心，忏悔了窃玉偷香胆，涂抹了倚翠偎红话。极尽淋漓。淫词儿早则休，简帖儿从今罢。犹古自参不透风流调法。极尽淋漓。

右第十九节。于既结后忽然重放笔，作极尽淋漓之文，使我想“皓布裩，昨夜雨滂烹，打倒葡萄棚”一颂，不觉遍身快乐。

小姐，你息怒嗔波卓文君，重作结。○又妙于作双结。

右第二十节。此重作双结也。此结双文，请大人打鼓退堂。妙妙！

张生，你游学去波渴司马。

右第二十一节。此结张生，犯人免供逐出。妙妙！○于红娘口中，我亦细思必应作双结。作者真乃极尽能事。

三之四　后　候

三之四 后候

伧近日所作传奇，例必用四十折。吾真不知其何故不可多，不可少，必用四十折也。盖南华老人言之也，曰：鹏之飞于南溟也，绝云气，负青天。其去地既九万里，则其视地，犹如地上之人之视之苍苍也，不知其为正色耶，抑为远而无所至极之色耶？以言诸王贵人，生于后宫，气体高妙，则不知白屋之下寒乞之士，何故终日竟夜，嚄嚄唶唶其声不绝也。诸葛忠武以一身任天下之重，统百万之军，兵马粮糗，器仗图籍，天文地形，宾客刑狱，无不独经于心，则不知傲然野生，疏巾单衣，步行来前，抵掌言事，其胸中有何等陈乞也。十住菩萨于佛性义，能了了见，则不知一切众生于生死海，没已得出，出已还没，虽经千佛世尊，云兴于世，出家成道，说法度生，乃至入于涅槃，甚久甚久，而彼方复出没如故，此是取何快乐也。盖诸王贵人之不知，真犹如嚄唶寒士之不知诸王者也；诸葛忠武之不知，真犹如徒步野生之不知忠武者也；十住菩萨之不知，真犹如没海众生之不知菩萨者也。故曰："亦若是则已矣。"惟孔子亦曰："道不同，不相为谋。"马牛风于泽，理岂互及哉，而独不谓文章之事亦复有然。昨读《西厢》，因而谛思伧所作传奇，其不可多，不可少，必用四十折，吾则真不知其遵何术而必如此。若夫《西厢》之为文一十六篇，则吾实得而言之矣：有生有扫，生如生叶生花，扫如扫花扫叶。何谓生？何谓扫？何谓生如生叶生花？何谓扫如扫花扫叶？今夫一切世间太虚空中，本无有事，而忽然有之。如方春本无有叶与花，而忽然有叶与花，曰生。既而一切世间妄想颠倒有若干事，而忽然还无。如残春花落，即扫花；穷秋叶落，即扫叶，曰扫。然则如《西厢》，何谓生？何谓扫？最前《惊艳》一篇谓之生，最后《哭宴》一篇谓之扫。盖《惊艳》已前，无有《西厢》，无有《西厢》则是太虚空也；若《哭宴》已后，亦复无有《西厢》，无有《西厢》则仍太虚空也。此其最大之章法也，而后于其中间，则有此来、彼来。何谓此来？如《借厢》一篇是张生来，谓之此来；何谓彼来？如《酬韵》一篇是莺莺来，谓之彼来。盖昔者莺莺在深闺中，实不图墙外乃有张生借厢来；是夜张生在西厢中，亦实不图墙内遂有莺莺酬韵来。设使张生不借厢，是张生不来，张生不来，此事不生；即使张生借厢，而莺莺不酬韵，是莺莺不来，莺莺不来，此事亦不生。今既张生慕色而来，莺莺又慕才而来，如是谓之两来。两来则南海之人已不在南海，北海之人已不在北海也。虽其事殊未然，然而于其中间，已有轻丝暗萦，微息默度，人自不觉，势已无奈也。而后则有三渐。何谓三渐？《闹斋》第一渐，《寺警》第二渐，今此一篇《后候》第三渐。第一渐者，莺莺始见张生也；第二渐者，莺莺始与张生相关也；第三渐者，莺莺始许张生定情也。此三渐，又谓之三得。何谓三得？自非《闹斋》之一篇，则莺莺不得而见张生也；自非《寺警》之一篇，则莺莺不得而与张生相关也；自非《后候》之一篇，则莺莺不得而许张生定情也。何也？无遮道场，故得微露春妍；讳日营斋，故得亲举玉趾。舍是则尚且不得来，岂直不得见也。变起仓卒，故得受保护备至之恩；母有成言，故得援一醮不改之义。舍是则于何而得有恩，于何而得有义也。听琴之夕，莺莺心头之言，红娘而既闻之；赖简之夕，张生承诗之来，红娘而又见之。今则不惟闻之见之，彼已且将死之。细思彼已且将死之[1]，而红娘又闻之见之，而莺莺尚安得不悲之，尚安得复忌之，尚安得再忍之，尚安得不许之？舍是则不惟红娘所见不得令红娘见，乃至红娘所闻乌得令红娘闻也。而后则又有二近三纵。何谓二近？《请宴》一近，《前候》一近。盖"近"之为言，几几乎如将得之也。几几乎如将得之之为言，终于不得也。终于不得，而又为此几几乎如将得之之言者，文章起倒变动之法也。三纵者，《赖婚》一纵，《赖简》一纵，《拷艳》一纵。盖有近则有纵也，欲纵之故近之，亦欲近之故纵之。"纵"之为言，几几乎如将失之也。几几乎如将失之之为言，终于不失也。终于不失，而又为此几几乎如将失之之言者，文章起倒变动之法既已如彼，则必又如此也。而后则有两不得不然。何谓两不得不然？听琴不得不然，闹简不得不然。听琴者，红娘不得不然；闹简者，莺莺不得不然。设使听琴不然，则是不成其为红娘；不成其为红娘，即不成其为莺莺。何则？嫌其如机中女儿当户叹息，阿婆得问今年消息也。闹简不然，则是不成其为莺莺；不成其为莺莺，即不成其为张生。何则？嫌其如碧玉小家，回身便抱，瑯瑘不疑，登徒大喜也。而后则有

① "已"，金谷园本作"既"。

实写一篇。实写者，一部大书，无数文字，七曲八折，千头万绪，至此而一齐结穴，如众水之毕赴大海，如群真之咸会天阙，如万方捷书齐到甘泉，如五夜火符亲会流珠。此不知于何年月日，发愿动手欲造此书，而今于此年此月此日，遂得快然而已阁笔，如后文《酬简》之一篇是也。又有空写一篇。空写者，一部大书，无数文字，七曲八折，千头万绪，至此而一无所用，如楚人之火烧阿房，如庄惠之快辨儵鱼，如临济大师肋下三拳，如成连先生刺船径去。此亦不知于何年月日，发愿动手造得一书，而即于此年此月此日，立地快然其便裂坏，如最后《惊梦》之一篇是也。凡此，皆所谓《西厢》之文一十六篇，吾实得而言之者也。谓之十六篇可也，谓之一篇可也；谓之百千万亿文字，总持悉归于是可也，谓之空无点墨可也。若伧近日所作传奇，不可多，不可少，必用四十折，吾则诚不能知其遵何术而必如此也。彼视《西厢》，苍苍然正色耶？远而无所至极耶？《西厢》视彼，亦苍苍然正色耶？远而无所至极耶？盖南华老人言之也，曰："亦若是则已矣。"

(夫人上云)早间长老使人来说，张生病重。俺着人去请太医，一壁分付红娘看去，问太医下什么药，是何证候，脉息如何，便来回话者。(夫人下)

(红娘上云)夫人使俺去看张生。夫人呵，你只知张生病重，那知他昨夜受这场气呵，怕不送了性命也！(红娘下)

(莺莺上云)张生病重，俺写一简，只说道药方，着红娘将去，与他做个道理。(唤科)(红应云)小姐，红娘来也。(莺莺云)张生病重，我有一个好药方儿，与我将去咱。(红云)小姐呵，你又来也。也罢，夫人正使我去，我就与你将去波。(莺莺云)我专等你回话者。(莺莺下)(红娘下)

(张生上云)昨夜花园中，我吃这场气，投着旧证候，眼见得休了也。夫人着长老请太医来看我，我这恶证候，非是太医所治。除非小姐有甚好药方儿，这病便可了。

(红娘上云)俺小姐害得人一病郎当，如今又着俺送甚药方儿。俺去则去，只恐越着他沉重也。异乡最有离愁病，妙药难医肠断人。

〔**越调**〕【**斗鹌鹑**】(红娘唱)先是你彩笔题诗，回文织锦；"先是你"，妙妙！引得人卧枕着床，忘餐废寝。"引得人"，妙妙！到如今鬓似愁潘，腰如病沈。恨已深，病已沉。“到如今”，妙妙！多谢你热劫儿对面抢白，冷句儿将人厮侵。“多谢你”，妙妙！

右第一节。“先是你”、“引得人”，言病之所由起也；“到如今”、“多谢你”，言病之所由剧也。如此望闻问切，真乃神圣巧功矣。○“先是你”句，便放过张生者，红娘只知莺莺酬韵，不知张生借厢也；“多谢你”句，又放过夫人者，张生深恨莺莺赖简，过于夫人赖婚也。此皆写红娘细心切脉、洞见脏腑处，非等闲下笔也。《西厢》笔笔不等闲，《西厢》篇篇起笔尤不等闲。

【紫花儿序】你倚着栊门儿待月，依着韵脚儿联诗，侧着耳朵儿听琴。

昨夜忽然撇假偌多，说：“张生，我与你兄妹之礼，甚么勾当！”

忽把个书生来跌窨，

今日又是：“红娘，我有个好药方儿，你将去与了他。”

又将我侍妾来逼凌。难禁，倒教俺似线脚儿般殷勤，不离了针。真为可恼，真为可笑。

右第二节。凡作三折，折到题，写红娘心头全无捉摸，最为清辨之笔。○犹言如此，则不应如彼；如彼，则不应又如此也。一、二、三、四句，似与第一节复者。第一节是叙张生病源，此是叙莺莺药方，两节固各不相蒙也。○“难禁”者，自言难熬。莺莺自前候至此，凡三遣红娘到书房矣，不迸一缝，不通一风，真何以堪之哉！

从今后由他一任。妙绝，妙绝！

右第三节。既多番遣到书房，而终于不迸一缝，不通一风，则我亦惟有袖手旁立[1]，任君自为，谁能尚有眷眷不释也耶！○观此言，则前两番遣到书房，红娘之喜，红娘之怒，不言可知。

甚么义海恩山，无非远水遥岑。真是精绝之句。

右第四节。不觉为“好药方儿”四字哑地失笑也。

（见张生问云）先生，可怜呵，你今日病体如何？（张生云）害杀小生也！我若是死呵，红娘姐，阎罗王殿前，少不得你是干连人。（红云）普天下害相思，不像你害得忒煞也。小姐，你那里知道呵！

① “袖”，贯华堂本作“抽”，据芥子园本改。

真正妙白。不是写红娘怜张生，乃是写张生病至重也。写张生病至重者，写莺莺之得以回心转意也。盖张生病至重而犹不回心转意，则是豺虎之不如也。若张生病不至于至重，而早便回心转意，则又为雀鸽之类也。作文实难，知文亦甚不易，于此可见。

【天净沙】你心不存学海文林，梦不离柳影花阴，只去窃玉偷香上用心。又不曾有甚，我见你海棠开想到如今。"又不曾有甚"五字，妙绝。便将夫人许婚、小姐传简，一齐赖过。○前夫人赖、小姐赖，此红娘又赖，妙妙！

右第五节。总批后节下。

你因甚便害到这般了？（张生云）你行我敢说谎？我只因小姐来！昨夜回书房，一气一个死。我救了人，反被人害。古云"痴心女子负心汉"，今日反其事了。（红云）这个与他无干。

真是妙白，写来便真是气尽喘急、逐口断续之声。至于红答之奇妙绝世，又反不论矣。

【调笑令】你自审，这邪淫；看尸骨岩岩是鬼病侵。"自审"妙，"邪淫"妙，"是鬼"妙，看他便一毫不提及莺莺。便道秀才们从来恁，看他纯是扯过一边语，便不欲提及莺莺。似这般单相思好教撒吞！"单相思"妙。既"单"矣，犹自称"相思"耶？"撒吞"之为言，撒而吞之。吴音言"吃屁"，盖云"不成"其为相思也。功名早则不遂心，扯到功名，一何无谓！婚姻又反吟伏吟。此亦扯语也，竟如张生命宫填注，全与莺莺无涉也。○前张生告红娘生辰八字，至此忽推成命书，笑绝。

右第六节。此二节之妙，都在字句之外。何以言之？只看其各用一"你"字起，便是藏过莺莺更不道及，为弃绝之至也。若更道及者，即不独莺莺羞，红娘先自羞也。○前《闹简》一篇，既作如许尽情极致之文，此如再作一篇，世安得崔颢诗下又有诗耶？看他只用两"你"字，纯责张生，便将莺莺直置之不足又道，而其尽情极致，不觉遂转过于前文。天下真有除却死法，别是活法之理也。前"你"，是说张生病源；后"你"，是说张生病证。

夫人着俺来看先生，吃甚么汤药。这另是一个甚么好药方儿，送来与先生。

真正妙白。盖"另是一个甚么"者，甚不满之辞也。不言谁送来与先生者，深恶而痛绝之之至也。○前一简出之何其迟，迟得妙绝；

此一简出之何其速，速得又妙绝。唐人作画，多称变相，以言番番不同。今如此两篇出简，真可谓之变相矣。

(张生云)在那里？(红授简云)在这里。(张生开读，立起笑云)我好喜也！是一首诗。(揖云)早知小姐诗来，礼合跪接。红娘姐，小生贱体不觉顿好也。(红云)你又来也！不要又差了一些儿。(张生云)我那有差的事？前日原不得差，得失亦事之偶然耳。妙妙！绝世聪明人语也。(红云)我不信！你念与我听呵。

(张生云)你欲闻好语，必须致诚敛衽而前。(张生整冠带，双手执简科)科白俱好。

(念诗云)“休将闲事苦萦怀，取次摧残天赋才。不意当时完妄行，岂防今日作君灾？仰酬厚德难从礼，谨奉新诗可当媒。寄语高唐休咏赋，今宵端的雨云来。”诗丑绝！红娘姐，此诗又非前日之比。(红低头沉吟云)哦，有之，我知之矣。妙妙！绝世聪明人语也。小姐，你真个好药方儿也！

【小桃红】“桂花”摇影夜深沉，酸醋“当归”浸。真好药方。紧靠湖山背阴，里窨最难寻。真好修合。一服两服令人恁。真好效验。忌的是“知母”未寝，怕的是红娘撒沁。真好避忌。这其间“使君子”一星儿“参”。人参也。人参“参”字，应作“葠”字，俗通作“参”。此又借作“参”字用也，妙绝！

右第七节。便撰成一药方，其才之狡狯如此。

【鬼三台】只是你其实咻，休妆唔。真是风魔翰林，无投处问佳音，向简帖上计稟。“稟”从禾，不从示，力锦切。得了个纸条儿恁般绵里针，若见了玉天仙怎生软厮禁？

右第八节。又非笑之。细思此时，真有得红娘非笑也。

俺小姐正合忘恩，偻人负心。

右第九节。又唬吓之。细思此时，真有得红娘唬吓也。

【秃厮儿】你身卧一条布衾，头枕三尺瑶琴，他来怎生一处寝？冻得他战兢兢！

右第十节。又奚落之。细思此时，真有得红娘奚落也。

知音？**【圣药王】**果若你有心，他有心，昨宵秋千院宇夜深沉；花有阴，月有阴，便该“春宵一刻抵千金”，何须又“诗对会家吟”？

真乃笔舌互用。

右第十一节。又辨驳之。细思此时,真有得红娘辨驳也。

【东原乐】我有鸳鸯枕,翡翠衾,便遂杀人心,只是如何赁?此等花色,真是凭空蹴起。

右第十二节。又骄奢之。细思此时,真有得红娘骄奢也。

你便不脱和衣更待甚?不强如指头儿恁。即佛所云"非法出精"也。你成亲,已大福荫。纯是凭空蹴起。

右第十三节。又欺诋之。细思此时,真有得红娘欺诋也。○右自第八节至此,皆极写红娘满心欢喜之文。

先生,不瞒你说,俺的小姐呵,你道怎么来?

【绵搭絮】他眉是远山浮翠,眼是秋水无尘,肤是凝酥,腰是弱柳,俊是庞儿俏是心,体态是温柔性格是沉。他不用法灸神针,他是一尊救苦观世音。

右第十四节。描画莺莺一通,乃是断不可少。○如看李龙眠白描观音也,又不似脱候病语,妙绝。

然虽如此,我终是不敢信来。

妙妙!其事本不易信,何况其人又最难信。殷鉴不远,便在前夜。

【后】我慢沉吟,你再思寻。妙绝,妙绝!

(张生云)红娘姐,今日不比往日。(红云)呀,先生不然。

你往事已沉,我只言目今,妙绝,妙绝!

不信小姐今夜却来。

今夜三更他来恁。妙绝,妙绝!

右第十五节。上文一路都作满心欢喜之文,至此忽又移宫换羽,一变而为惊疑不定之文,真乃一唱三叹,千回万转矣。○世间有如此一气清转却万变无方,万变无方又一气清转之文哉?普天下后世锦绣才子,读至此处,谁复能不心死哉?

(张生云)红娘姐,小生吩咐你,来与不来你不要管,总之其间望你用心。妙白。

我是不曾不用心。俗本失此一句。怎说白璧黄金,满头花,拖地锦。

【煞尾】夫人若是将门禁,早共晚我能教称心。

右第十六节。真心实意，代人担忧，而反遭人疑，于是满口分说，急不得明。世间多有此事，又何独一红娘哉。只是笔墨之下，不知如何却写到。

先生，我也要分付你，总之其间你自用心，来与不来我都不管。妙白。可谓行文如戏。

来时节，肯不肯怎由他；见时节，亲不亲尽在您。

右第十七节。一句刚克，一句柔克，天下之能事毕矣。

贯华堂第六才子书西厢记卷之六终

第四之四章题目正名

小红娘成好事
老夫人问由情
短长亭斟别酒
草桥店梦莺莺

四之一 酬 简

四之一　酬简

古之人有言曰“《国风》好色而不淫”。比者圣叹读之而疑焉，曰：嘻，异哉！好色与淫相去则又有几何也耶？若以为发乎情止乎礼，发乎情之谓好色，止乎礼之谓不淫。如是解者，则吾十岁初受《毛诗》，乡塾之师早既言之，吾亦岂未之闻，亦岂闻之而遽忘之？吾固殊不能解，好色必如之何者谓之好色？好色又必如之何者谓之淫？好色又如之何谓之几于淫，而卒赖有礼而得以不至于淫？好色又如之何谓之赖有礼得以不至于淫，而遂不妨其好色？夫好色而曰吾不淫，是必其未尝好色者也；好色而曰吾大畏乎礼而不敢淫，是必其并不敢好色者也；好色而大畏乎礼而不敢淫而犹敢好色，则吾不知礼之为礼将何等也；好色而大畏乎礼而犹敢好色而独不敢淫，则吾不知淫之为淫必何等也。且《国风》之文具在，固不必其皆好色，而好色者往往有之矣；抑《国风》之文具在，反不必其皆好色而淫者往往有之矣。信如《国风》之文之淫，而犹谓之不淫，则必如之何而后谓之淫乎？信如《国风》之文之淫，而犹望其昭示来许为大鉴戒，而因谓之不淫，则又何文不可昭示来许为大鉴戒，而皆谓之不淫乎？凡此，吾比者读之而实疑焉。人未有不好色者也，人好色未有不淫者也，人淫未有不以好色自解者也。此其事，内关性情，外关风化，其伏至细，其发至巨。故吾得因论《西厢》之次而欲一问之[①]：夫好色与淫，相去则真有几何也耶？

《国风》之淫者不可以悉举，吾今独摘其尤者，曰：“以尔车来，以我贿迁。”嘻，何其甚哉！则更有尤之尤者，曰：“子不我思，岂无他人！”嘻，此岂复人口中之言哉！夫《国风》采于初周，则是三代之盛音也；又经先师仲尼氏之所删改，则是大圣人之文笔也。而其语有如此，真将使后之学者奈之何措心也哉！

自古至今，有韵之文，吾见大抵十七皆儿女此事。此非以此事真是妙事，故中心爱之，而定欲为文也；亦诚以为文必为妙文，而非此一事则文不能妙也。夫为文必为妙文，而妙文必借此事，然则此事其真

① “得”，贯华堂本作“待”，据芥子园本、金谷园本改。

妙事也。何也？事妙，故文妙；今文妙，必事妙也。若此事真为妙事，而为文竟非妙文，然则此事亦不必其定妙事也。何也？文不妙，必事不妙；今事不妙，故文不妙也。甚矣！人之相去，不可常理计也。同此一手，手中同此一笔，而或能为妙文焉，或不能为妙文焉。今而又知岂独是哉，乃至同此一男一女，而或能为妙事焉，或不能为妙事焉。曰：何用知其同此一男一女，而独不能为妙事？曰：吾读其文而知之矣。曰：彼其必争吾亦妙事也。曰：彼犹必争吾亦妙文也。书竟，不觉大笑。

有人谓《西厢》此篇最鄙秽者，此三家村中冬烘先生之言也。夫论此事，则自从盘古至于今日，谁人家中无此事者乎？若论此文，则亦自从盘古至于今日，谁人手下有此文者乎？谁人家中无此事，而何鄙秽之与有？谁人手下有此文，而敢谓其有一句一字之鄙秽哉？曰：一句一字都不鄙秽，然则自【元和令】起，直至【青歌儿】尽，如是若干，皆何等言语耶？曰：固也，我正谓如使真成鄙秽，则只须一句一字而其言已尽，决不用如是若干言语者也。今自【元和令】起，直至【青歌儿】尽，乃用如是若干言语，吾是以绝叹其真不是鄙秽也。盖事则家家家中之事也，文乃一人手下之文也。借家家家中之事，写吾一人手下之文者，意在于文，意不在于事也。意不在事，故不避鄙秽；意在于文，故吾真曾不见其鄙秽。而彼三家村中冬烘先生，犹呶呶不休，詈之曰鄙秽，此岂非先生不惟不解其文，又独甚解其事故耶？然则天下之鄙秽殆莫过先生，而又何敢呶呶为！

（莺莺上云）红娘传简帖儿去，约张生今夕与他相会。等红娘来，做个商量。

（红娘上云）小姐着俺送简帖儿与张生，约他今夕相会。俺怕又变卦，送了他性命，不是耍。俺见小姐去，看他说甚的。（莺莺云）红娘，收拾卧房，我去睡。（红云）不争你睡呵，那里发付那人？（莺莺云）甚么那人？（红云）小姐，你又来也！送了人性命不是耍。你若又翻悔，我出首与夫人："小姐着我将简帖儿约下张生来。"（莺莺云）这小妮子倒会放刁。（红云）不是红娘放刁，其实小姐切不可又如此。（莺莺云）只是羞人答答的。（红云）谁见来？除却红娘，并无第三个人。斫山云：天下事之最易最易者，莫如偷期。圣叹问：何故？斫山云：一事止用二人做，而一人却是我，我之肯已是千肯万肯，则是先抵过一半功程也。

（红娘催云）去来！去来！（莺莺不语科）好。

（红娘催云）小姐，没奈何，去来！去来！（莺莺不语，做意科）好。

（红娘催云）小姐，我们去来！去来！（莺莺不语，行又住科）好。

（红娘催云）小姐，又立住怎么？去来！去来！（莺莺不语，行科）好。

（红娘云）我小姐语言虽是强，脚步儿早已行也。

〔**正宫**〕【**端正好**】（红娘唱）因小姐玉精神，花模样，无倒断晓夜思量。今夜出个至诚心，改抹咱瞒天谎。出画阁，向书房，离楚岫，赴高唐，学窃玉，试偷香，巫娥女，楚襄王；楚襄王，敢先在阳台上。

（莺莺随红娘下）

（张生上云）小姐着红娘，将简帖儿约小生，今夕相会。这早晚初更尽呵，怎不见来？更不可早，然实不迟。人间良夜静复静，天上美人来不来？

〔**仙吕**〕【**点绛唇**】（张生唱）伫立闲阶，只用四字，便避过三之三【乔牌儿】"日初时想月华，捱一刻似一夏"等文。

右第一节。下文皆极写双文不来，张生久待。而此于第一句先写"伫立"字，便是待已甚久，而下文乃久而又久也。盖下文极写久待固久，而此又先写甚久，使下文久而又久，则久遂至于不可说也。谓之只用一层笔墨，而有两层笔墨，此固文章秘法也。

夜深香霭横金界。潇洒书斋，闷杀读书客。

右第二节。夜深矣，而书斋犹潇洒，盖"潇洒"之为言，寂无人来也。此其闷可想也。○书斋寂无人来，此真读书之客之所甚乐也。书斋寂无人来，而客不乐而反闷，然则客之不读书可知也。客既不读书，而犹自名其屋曰书斋，甚矣，天下之无人无书斋也！连用两"书"字，最有风刺。○"潇洒书斋"四字，作"闷"用，真奇事也。杜诗亦有之，曰："卷帘惟白水，隐几亦青山。"自为"白水""青山"字，亦未遭如是用也。

【**混江龙**】彩云何在，每叹李夫人歌真是绝世妙笔，只看其第一句之四字曰："是耶，非耶？"便写得刘彻通身出神。今此"彩云何在"四字，亦真写得张生通身出神也。

右第三节。忽然欲其天上下来。○已下皆作翻床倒席、爬起跌落之文。应接连处忽然不接连，不应重沓处忽然又重沓，皆极写双文不来、张生久待神理。

月明如水浸楼台。僧居禅室，鸦噪庭槐。

右第四节。"月明如水"，天上不见下来也；"僧居禅室"，静又不是也；"鸦噪庭槐"，动又不是也。皆写张生搔爬不着之情也，非写景也。细思写此时张生，真何暇写到景？

风弄竹声，只道金珮响；月移花影，疑是玉人来。一片搔爬不着神理。

右第五节。忽然又欲其四面八方来。〇"溪声便是广长舌，山色岂非清净身"，悟时便有如此境界。"风弄竹声金珮响，月移花影玉人来"，迷时便又有如此境界。斫山则不然："风弄竹声"风弄竹，"月移花影"月移花，又何处气嘘嘘地学得"广长舌"、"清净身"两句哉？斫山语。

意悬悬业眼，急攘攘情怀。身心一片，无处安排，呆打孩倚定门儿待。昔人谓"科头箕踞长松下，白眼看他世上人"不是冷极语，正是热极语，此真知言也。"呆打孩倚定门儿待"，此不是倚得定语，正是倚不定语也。一片搔爬不着神理。

右第六节。倚在门，妙绝，妙绝！

越越的青鸾信杳，黄犬音乖。【油葫芦】我情思昏昏眼倦开，单枕侧，梦魂几入楚阳台。"几入"者，欲入而惊觉不入之辞也。《小弁》之诗曰"假寐永叹"，盖心忧无聊，只得且寐，既寐不寐，叹声彻夜。此用其句也。

右第七节。倚在枕，妙绝，妙绝！〇上文方倚在门，此文忽倚在枕，所谓应接连处忽然不接连也。一片搔爬不着神理。

早知恁无明无夜因他害，想当初不如不遇倾城色。人有过，必自责，勿惮改，一片搔爬不着，直搔爬向这里去。奇奇妙妙，一至于此。

右第八节。倚枕静思，不如改过，真胡思乱想之极也。〇道学先生闻张生欲改过，则必加手于额曰：赖有是也，一部《西厢》只此一句，是非乃不谬于圣人也。而殊不知正不然也，不惟张生欲改过是胡思乱想，凡天下欲改过者，一切悉是胡思乱想必也。如《圆觉经》之于诸妄心亦不息灭，是则真我先师"五十学《易》可无大过"之道也矣。〇搔爬不着，横躺在床，胡思乱想，急写不尽。看其轻轻只写一句云"我欲改过"，却不觉无数胡思乱想，早已不写都尽也。盖改过，正是胡思乱想之天尽底头语也。吾幼读《会真记》，至后半改过之文，几欲拔刀而起，不图此却翻成异样奇妙，真乃咄咄怪事。

我却待"贤贤易色"将心戒，怎当他兜的上心来。【天下乐】我倚定门儿手托腮，一片搔爬不着神理。

右第九节。忽然又倚在门，妙绝妙绝！○前倚在门，顷忽倚在枕，此忽又倚在门，所谓不应重沓处忽然又重沓也。

好着我难猜：来也那不来？

右第十节。恨之。

夫人行料应难离侧。

右第十一节。谅之。○忽然恨之，忽然又谅之，应接连处不接连也。一片搔爬不着神理。

望得人眼欲穿，想得人心越窄。

右第十二节。忽然又恨之。

多管是冤家不自在。

右第十三节。忽然又谅之。○忽然又恨之，忽然又谅之，不应重沓处又重沓也。

偌早晚不来，莫不又是谎？

【那吒令[1]】他若是肯来，早身离贵宅。

右第十四节。肯来。

他若是到来，便春生敝斋。

右第十五节。到来。○"贵宅""贵"字，"敝斋""敝"字，都有神理，不止作寻常称呼用也。

他若是不来，似石沉大海。

右第十六节。不来。○须知来句是不来句，不来句是来句也。口中说此句，心中反是彼句，一片全是搔爬不着神理也。

数着他脚步儿行，靠着这窗楹儿待。

右第十七节。倚在门，倚在枕；又倚在门，又倚在窗。妙绝，妙绝！

寄语多才：【鹊踏枝】恁的般恶抢白，并不曾记心怀；博得个意转

① "吒"，贯华堂本作"咤"，据芥子园本、金谷园本改。

心回，许我夜去明来。

右第十八节。真乃滴泪滴血之文也。昊天上帝，亦当降庭；诸佛世尊，亦当出定。何物双文，犹未出来耶！

调眼色已经半载，这其间委实难捱。

右第十九节。一路搔爬不着，至此真心尽气绝时也。

【寄生草】安排着害，准备着抬。

右第二十节。心尽气绝，更无活理，只有死也。

想着这异乡身，强把茶汤捱。只为你可憎才，熬定心肠耐。办一片至诚心，留得形骸在。试教司天台打算半年愁，端的太平车敢有十馀载。

右第二十一节。又放透笔尖再写一句，言今日之死，永无活理。盖死原不到今日，到今日而仍死，则其死真更不活也。世间何意有如此二十成笔法。

（红娘上云）小姐，我过去，你只在这里。（敲门科）（张生云）小姐来也！（红云）小姐来也，你接了衾枕者。（张生揖云）红娘姐，小生此时一言难尽，惟天可表！（红云）你放轻者，休唬了他！你只在这里，我迎他去。（红娘推莺莺上云）小姐，你进去，我在窗儿外等你。（张生见莺莺，跪抱云）张珙有多少福，敢劳小姐下降。

【村里迓鼓】猛见了可憎模样，早医可九分不快。

右第二十二节。紧承前患病一篇，妙。

先前见责，谁承望今宵相待！

右第二十三节。紧承前前《赖简》一篇，妙。〇细思张生初接双文时，真乃一部十七史从何句说起好。今看其第一句紧承前篇，第二句紧承前前篇，譬如眉目鼻口，天生位置，果非人工之得与也。

教小姐这般用心，不才珙，合跪拜。小生无宋玉般情，潘安般貌，子建般才；小姐，你只可怜我为人在客。

右第二十四节。感激谦谢，正文不可少。

（莺莺不语）（张生起，捱莺莺坐科）

【元和令】绣鞋儿刚半折。

右第二十五节。此时双文安可不看哉，然必从下渐看而后至上者，不惟双文羞颜不许便看，惟张生亦羞颜不敢便看也。此是小儿女新房中真正神理也。

柳腰儿恰一搦。

右第二十六节。自下渐看而至上也。如观如来三十二相，有顺有逆，此为逆观也。

羞答答不肯把头抬，只将鸳枕捱。

右第二十七节。夫看双文，止为欲看其面也。今为不敢便看，故且看其脚，故且看其腰。乃既看其脚，既看其腰，渐渐来看其面，而其面则急切不可得看。此真如观如来者，不见顶相，正是如来顶相也。不然，而使写出欲看便看，此岂复成双文娇面哉。文真妙文，批亦真妙批。

云鬟仿佛坠金钗，给之也。偏宜鬏髻儿歪。又给之也。【上马娇】我将你纽扣儿松，又给之也。上给轻，此给猛①。我将你罗带儿解。又猛给之也。兰麝散幽斋，不良会把人禁害。咍，怎不回过脸儿来？上数句，全为此句，总必欲见其面也。

右第二十八节。看其钗，看其髻，则知独不得看其面也。看其钗，钗不坠，看其髻，髻不歪，而给之曰"钗坠""髻歪"者，其心必欲得一看其面也。给之曰"钗坠"，给之曰"髻歪"，而终不得一看其面，于是不免换作重语，猛再给之，而何意终不可得而看哉？真写尽双文神理也。〇双文之面虽终不得而看，而双文之扣、双文之带，则趁势已解矣。夫双文之扣、双文之带，此真非轻易可得而解也。今用"明修栈道，暗度陈仓"之法，轻轻遂已解得，世间真乃无第二手也。"但应报道金钗坠，仿佛还应露指尖"，正是此一法也。

（张生抱莺莺，莺莺不语科）

【胜葫芦】软玉温香抱满怀。

右第二十九节。抱之。〇已下看其逐一句，逐一句，节节次次，不可明言也。

呀，刘阮到天台。

右第三十节。初动之。

---

① "猛"，金谷园本作"重"。

春至人间花弄色。

右第三十一节。玩其忍之。

柳腰款摆，花心轻拆，露滴牡丹开。【后】蘸着些儿麻上来。

右第三十二节。更复连动之。

鱼水得和谐。

右第三十三节。知其稍已安之。

嫩蕊娇香蝶恣采。你半推半就，我又惊又爱。

右第三十四节。遂大动之。

檀口揾香腮。

右第三十五节。毕之。○写毕作此五字，真写尽毕也。

【柳叶儿】我把你做心肝般看待，点污了小姐清白。

右第三十六节。伏而惭谢之。○圣叹欲问普天下锦绣才子：此“伏而惭谢之”五字，可是圣叹出力批得出来？○“点污了小姐清白”，此其语可知也。圣叹更不说也。

我忘餐废寝舒心害，若不真心耐，至心捱，怎能勾这相思苦尽甘来。【青歌儿】成就了今宵欢爱，魂飞在九霄云外。

右第三十七节。此真如堂头大和尚说行脚时事，状元及第归来思量做秀才日，其一片眼泪，正是一片快活也。定不可少。

投至得见你个多情小奶奶，你看憔悴形骸，瘦如麻秸！

右第三十八节。将一片眼泪、一片快活，又复说一遍也。上是先说苦，次说快；此是先说快，次说苦。便于言外想见其脱衣并卧，其事既毕，犹不起来。

今夜和谐，犹是疑猜。“疑猜”者，快活之至也。露滴香埃，明明是露。○一。风静闲阶，明明是风。○二。月射书斋，明明是月。○三。则不必疑猜也。云锁阳台。上三句是景①，此一句是景中人。夫景是景，人是人，然则不必疑猜也。我审视明白，难道是昨夜梦中来？妙绝。

右第三十九节。偏是决无疑猜之事，偏有决定疑猜之理。盖不快活即不疑猜，而不疑猜亦不快活；越快活越要疑猜，而越疑猜亦越

① “上”，贯华堂本是墨钉，据芥子园本、金谷园本补。

见快活也。真是写杀。

(张生起,跪谢云)张珙今夕得侍小姐,终身犬马之报。(莺莺不语科)

(红娘请云)小姐,回去波,怕夫人觉来。(莺莺起行,不语科)(张生携莺莺手,再看科)

愁无奈。【寄生草】多丰韵,忒稔色。乍时相见教人害,霎时不见教人怪,些时得见教人爱。如此写出,真是妙手空空。今宵同会碧纱幮,何时重解香罗带?

右第四十节。订后期,文自明。

(红娘催云)小姐,快回去波,怕夫人觉来。(莺莺不语,行下阶科)(张生双携莺莺手,再看科)

【赚煞尾】春意透酥胸,看其胸。春色横眉黛,看其眉。此两看毒极,正是看新破瓜女郎法也。贱却那人间玉帛。奇句,妙句,清绝句,入化句[①]。杏脸桃腮,乘月色,娇滴滴越显红白。从来丽句不清,清句不丽。如此清丽之句,真无第二手也。

右第四十一节。写张生越看越爱,越爱越看,临行抱持,不忍释手,固也。然此正是巧递后篇夫人疑问之根,最为入化出神之笔。

下香阶,懒步苍苔,非关弓鞋凤头窄。叹鲰生不才,谢多娇错爱。

右第四十二节。欲写张生订其再来,反写双文今已不去。文章入化出神,一至于此哉!从来异样妙文,只是看熟了便不觉。《西厢》中如此等,真是异样妙文也,切思不得看熟了[②]。

你破工夫今夜早些来。

右第四十三节。伧读之,谓是要其来;锦绣才子读之,知是要其去也。若说要其来,则是止写张生,其文浅;必说要其去,则直写出双文,其文甚深也。诗云:"最是五更留不住,向人枕畔着衣裳。"此最是不可奈何时节也。〇圣叹自幼学佛,而往往如汤惠休绮语未除。记曾有一诗云:"星河将半夜,云雨定微寒。屧响私行怯,窗明欲度难。一双金屈戌,十二玉栏干。纤手亲扪遍,明朝无迹看。"亦最是不可奈何时节也。

① "入化",贯华堂本作"夫人",据芥子园本、金谷园本改。

② "思",贯华堂本作"忌",据芥子园本改。

四之二　拷　艳

四之二　拷　艳

昔与斫山同客共住，霖雨十日，对床无聊，因约赌说快事，以破积闷。至今相距既二十年，亦都不自记忆。偶因读《西厢》至《拷艳》一篇，见红娘口中作如许快文，恨当时何不检取共读，何积闷之不破？于是反自追索，犹忆得数则，附之左方，并不能辨何句是斫山语，何句是圣叹语矣。

其一，夏七月，赤日停天，亦无风，亦无云。前后庭赫然如洪炉，无一鸟敢来飞。汗出遍身，纵横成渠，置饭于前，不可得吃。呼簟欲卧地上，则地湿如膏，苍蝇又来，缘颈附鼻，驱之不去。正莫可如何，忽然大黑，车轴疾澍，澎湃之声如数百万金鼓，檐溜浩于瀑布。身汗顿收，地燥如扫，苍蝇尽去，饭便得吃，不亦快哉！

其一，十年别友，抵暮忽至。开门一揖毕，不及问其船来陆来，并不及命其坐床坐榻，便自疾趋入内，卑辞叩内子："君岂有斗酒，如东坡妇乎？"内子欣然拔金簪相付，计之可作三日供也，不亦快哉！

其一，空斋独坐，正思夜来床头鼠耗可恼。不知其"戛戛"者是损我何器，"嗤嗤"者是裂我何书。中心回惑，其理莫措。忽见一俊猫注目摇尾，似有所睹。敛声屏息，少复待之，则疾趋如风，"撤"然一声，而此物竟去矣，不亦快哉！

其一，于书斋前拔去垂丝海棠、紫荆等树，多种芭蕉一二十本，不亦快哉！

其一，春夜与诸豪士快饮至半醉，住本难住，进则难进。旁一解意童子忽送大纸炮可十馀枚，便自起身出席，取火放之。硫黄之香，自鼻入脑，通身怡然，不亦快哉！

其一，街行见两措大执争一理，既皆目裂颈赤，如不戴天；而又高拱手，低曲腰，满口仍用"者也之乎"等字。其语刺刺，势将连年不休。忽有壮夫掉臂行来，振威从中一喝而解，不亦快哉！

其一，子弟背诵书烂熟，如瓶中泻水，不亦快哉！

其一，饭后无事，入市闲行，见有小物，戏复买之。买亦已成矣，所差者至鲜，而市儿苦争，必不相饶。便掏袖中一件，其轻重与前直相上下者，掷而与之。市儿忽改笑容，拱手连称不敢，不亦快哉！

其一，饭后无事，翻倒敝箧，则见新旧逋欠文契，不下数十百通。其人或存或亡，总之无有还理。背人取火，拉杂烧净，仰看高天，萧然无云，不亦快哉！

其一，夏月科头赤脚，自持凉伞遮日，看壮夫唱吴歌，踏桔槔。水一时涩涌而上，譬如翻银滚雪，不亦快哉！

其一，朝眠初觉，似闻家人叹息之声，言某人夜来已死。急呼而讯之，正是一城中第一绝有心计人，不亦快哉！

其一，夏月早起，看人于松棚下锯大竹作筒用，不亦快哉！

其一，重阴匝月，如醉如病，朝眠不起，忽闻众鸟毕作弄晴之声。急引手搴帷，推窗视之，日光晶荧，林木如洗，不亦快哉！

其一，夜来似闻某人素心，明日试往看之。入其门，窥其闺，见所谓某人，方据案面南看一文书。顾客入来，默然一揖，便拉袖命坐曰："君既来，可亦试看此书。"相与欢笑，日影尽去，既已自饥，徐问客曰："君亦饥耶？"不亦快哉！

其一，本不欲造屋，偶得闲钱，试造一屋。自此日为始，需木需石，需瓦需砖，需灰需钉，无晨无夕，不来聒于两耳。乃至罗雀掘鼠，无非为屋校计，而又都不得屋住。既已安之如命矣。忽然一日，屋竟落成，刷墙扫地，糊窗挂画。一切匠作出门毕去，同人乃来分榻列坐，不亦快哉！

其一，冬夜饮酒，转复寒甚，推窗试看，雪大如手，已积三四寸矣，不亦快哉！

其一，夏日于朱红盘中自拔快刀，切绿沉西瓜，不亦快哉！

其一，久欲为比丘，苦不得公然吃肉。若许为比丘，又得公然吃肉，则夏月以热汤快刀净刮头发，不亦快哉！

其一，存得三四癞疮于私处，时呼热汤，关门澡之，不亦快哉！

其一，箧中无意忽检得故人手迹，不亦快哉！

其一，寒士来借银，谓不可启齿，于是唯唯亦说他事。我窥见其苦意，拉向无人处，问所需多少，急趋入内，如数给与。然后问其必当速归料理是事耶，为尚得少留共饮酒耶[1]，不亦快哉！

---

① "共"，金谷园本作"其"。

其一，坐小船，遇利风，苦不得张帆，一快其心。忽逢艑舸疾行如风，试伸挽钩，聊复挽之，不意挽之便着。因取缆，缆向其尾。口中高吟老杜“青惜峰峦”、“黄知橘柚”之句，极大笑乐，不亦快哉！

其一，久欲觅别居，与友人共住，而苦无善地。忽一人传来云，有屋不多，可十馀间，而门临大河，嘉树葱然。便与此人共吃饭毕，试走看之，都未知屋如何。入门先见空地一片，大可六七亩许，异日瓜菜不足复虑，不亦快哉！

其一，久客得归，望见郭门，两岸童妇，皆作故乡之声，不亦快哉！

其一，佳磁既损，必无完理，反复多看，徒乱人意。因宣付厨人，作杂器充用，永不更令到眼，不亦快哉！

其一，身非圣人，安能无过。夜来不觉私作一事，早起怦怦，实不自安。忽然想得佛家有布萨之法，不自复藏，便成忏悔。因明对生熟众客，快然自陈其失，不亦快哉！

其一，看人作擘窠大书，不亦快哉！

其一，推纸窗放蜂出去，不亦快哉！

其一，作县官，每日打鼓退堂时，不亦快哉！

其一，看人风筝断，不亦快哉！

其一，看野烧，不亦快哉！

其一，还债毕，不亦快哉！

其一，读《虬髯客传》，不亦快哉！

而实不图《西厢记》之《拷艳》一篇，红娘口中则有如是之快文也。不图其【金蕉叶】之便认知情犯由也，不图其【鬼三台】之竟说“权时落后”也，不图其【秃厮儿】之反供“月馀一处”也，不图其【圣药王】之快讲“女大难留”也，不图其【麻郎儿】之切陈大恩未报也，不图其【络丝娘】之痛惜相国家声也。夫枚乘之七治病，陈琳之檄愈风，文章真有移换性情之力。我今深恨二十年前赌说快事，如女儿之斗百草，而竟不曾举此向斫山也。

（夫人引欢郎上云）这几日见莺莺语言恍惚，神思加倍，腰肢体态别又不同，心中甚是委决不下。（欢云）前日晚夕，夫人睡了，我见小姐和红娘去花园里烧香，半夜等不得回来。（夫人云）你去唤红娘来！（欢唤红娘科)(红云)哥儿,唤我怎么?(欢云)夫人知道你和小姐花园里去,如今要问你哩!(红惊云)呀,小姐,你连累我也!哥儿,你先去,我便来也。金塘水满鸳鸯睡,绣户风开鹦鹉知。丽句。

〔越调〕【斗鹌鹑】(红娘唱)止若是夜去明来,倒有个天长地久。真有是理。不争你握雨携云,常使我提心在口。真有是理。你止合带月披星,谁许你停眠整宿。真有是理。

右第一节。虽为追怨莺莺之辞,然《西厢》每写一事,必中其中窾会。何则?如世间男女之事,固所谓"夜去明来"之事也。夜去明来之事,则必须分外加意"带月披星";如果分外加意"带月披星",则虽至于"天长地久",亦岂复劳"提心在口"也哉。独无奈世之痴男痴女,其心亦明知此为"夜去明来"之事,必当分外加意"带月披星",而往往至于其间,则不觉不知,自然都必至于"停眠整宿"焉。岂惟至于其间之"停眠整宿"而已,乃至不觉不知,自然偏向人面前"握雨携云"焉。呜呼!只此平平六句,而一切痴男痴女,狂淫颠倒,无不写尽。作《西厢记》人,定是第八童真住菩萨,又岂顾问哉?

夫人他心数多,情性㑇;还要巧语花言,将没作有。【紫花儿序】猜他穷酸做了新婿,猜你小姐做了娇妻,猜我红娘做的牵头。"猜他"、"猜你"、"猜我",妙妙!

右第二节。忽故作翻跌,言我三人即使并无其事,渠一人还要猜说或有其事。一节只作一句读也。

况你这春山低翠,秋水凝眸,都休。妙妙!行文乃如洛水神妃,乘月凌波,欲行又住,欲住又行,何其如意自在。只把你裙带儿拴,纽门儿扣,比旧时肥瘦;出落得精神,别样的风流。芙蕖出水,未有如是清绝,如是艳绝,如是亭亭,如是袅袅矣。

右第三节。"况你"妙,"都休"妙,"只把"妙,与上节成翻跌,真乃异样姿致也。○细思若不作此翻跌,便总无落笔处;才落笔,便是唐突莺莺。

我算将来,我到夫人那里,夫人必问道:"兀那小贱人!

【金蕉叶】我着你但去处行监坐守,谁教你迤逗他胡行乱走?"这般问,如何诉休?

右第四节。先拟一遍,真是可儿。

我便只道:"夫人在上,红娘自幼不敢欺心。"

便与他个知情的犯由。

右第五节。此即下去一篇大文认定之题目也。稍复推诿,便成钝置。《西厢记》从前至后,誓不肯作一笔钝置也。

只是我图着什么来? 妙妙! 真有此事,真有此情,真有此理。大则立朝,小则做家,至临命时,回首自思,真成一哭耳!

【调笑令】他那里效绸缪,倒凤颠鸾百事有。我独在窗儿外,几曾敢轻咳嗽? 妙妙! "轻咳嗽"便不免也[①]。立苍苔只把绣鞋儿冰透。【调笑令】第一句,二字押韵。

右第六节。上既算定登对,此便忽然转笔,作深深埋怨语。而凡前篇所有不及用之笔,不及画之画,不觉都补出来。前于《酬简》篇中,真是何暇写到红娘;然而《酬简》篇中之红娘,则岂可以不写哉? 此特补之。

如今嫩皮肤去受粗棍儿抽,我这通殷勤的着甚来由?

右第七节。岂独红娘,便唤醒天下万世一辈热血任事人,真乃痛哉、痛哉!

咳,小姐,我过去呵。说得过,你休欢喜;说不过,你休烦恼。你只在这里打听波。

(红娘见夫人科)(夫人云)小贱人,怎么不跪下! 你知罪么? (红云)红娘不知罪。(夫人云)你还自口强哩。若实说呵,饶你;若不实说呵,我只打死你个小贱人! 谁着你和小姐半夜花园里去? (红云)不曾去,谁见来? (夫人云)欢郎见来,尚兀自推哩。(打科)只略推耳,不力推也。力推便成钝置,岂复是红娘人物,岂复是《西厢》笔法哉? 可想。(红云)夫人,不要闪了贵手,且请息怒,听红娘说。

不惟夫人"且请息怒","听红娘说",惟读者至此,亦且请掩卷,算红娘如何说。盖天下最可惜是迢迢长夜,轰饮先醉;一。见绝世佳人,疾促其解衣上床;二。夹取江瑶柱,满口大嚼;三。轻将古人妙文,成片诵过。四。此皆上犯天条,下遭鬼僇之事,必宜有则改之,无则加勉者也。

【鬼三台】夜坐时停了针绣,先停绣,犹未说话,妙妙! 看其逐句渐渐而出,恰

① "免",贯华堂本作"见",据芥子园本、金谷园本改。

如春山吐云相似。〇分明一幅双仕女图。和小姐闲穷究，说闲话，犹未说张生，妙妙！看其逐句渐渐而出。〇因此句忽然想得，男儿十五六岁，与其同砚席人，南天北地，无事不说。彼女儿在深闺中，亦必无事不说也，特吾等不与闻耳。说哥哥病久。说张生，犹未候张生，妙妙！看其渐渐而出。〇不称张生，却称"哥哥"，憨便憨杀人，乖又乖杀人。咱两个背着夫人，向书房问候。偏能下"背着夫人"四字，使夫人失惊。妙妙！

右第八节。更不力推，他便自招，已为妙绝；而尤妙于作当厅招承语，而闲闲然只如叙情也，只如写画也，只如述一好事也，只如谈一他人也。嘻，异哉！技盖至此乎！〇细思若一作力推语，笔下便自忙，此正为更不复推，因转得闲耳。

（夫人云）问候呵，他说甚么？妙妙！看他下文问出三个"他说"来。

他说"夫人近来恩做仇，教小生半途喜变忧"。

此一"他说"可也，犹夫人意中之说也。

他说"红娘你且先行"，他说"小姐权时落后"。

此两"他说"不可也，乃夫人意外之说也。

右第九节。红娘之招承可也，但红娘招承至于此际，则将如何措辞？忽然只就夫人口中"他说甚么"之一句，轻轻接出三个"他说"，而其事遂已宛然。此虽天仙化人，乘云御风，不足为喻矣。

（夫人云）哎哟，小贱人！他是个女孩儿家，着他落后怎么？读至此句时，不得笑夫人呆。盖从来事至于此，定不得不作如此问耳。

【秃厮儿】定然是神针法炙，难道是燕侣莺俦？俗本之钝置①，真乃不足道也。

右第十节。普天下锦绣才子齐来看其反又如此用笔，真乃天仙化人，通身云雾，通身冰雪，圣叹惟有倒地百拜而已。〇既有夫人"哎哟"之句，则其事已自了然，便定应向万难万难中，轻轻描出笔来也，再说便不是说话也。妙批！

他两个经今月馀，只是一处宿。

右第十一节。夫人疑有这一夕，便偏不说这一夕；夫人疑只有这一夕，便偏要说不止这一夕。纯作天仙化人，明灭不定之文。王龙标

① "钝"，贯华堂本作"针"，据芥子园本改。

有"云英化水"、"光采与同"之诗，我欲取以赠之。

何须你一一搜缘由？【圣药王】他们不识忧，不识愁，一双心意两相投。夫人你得好休，便好休，其间何必苦追求！

右第十二节。已上是招承，已下是排解，忽然过接，疾如鹰隼。人生有如此笔墨，真是百年快事。

（夫人云）这事，都是你个小贱人！（红云）非干张生、小姐、红娘之事，乃夫人之过也。

快文，妙文，奇文，至文。○夫人云"都是小贱人"，乃红娘忽然添出"张生、小姐"四字者，明是为张生、小姐推夫人，而暗是为自家推张生、小姐也，可想。

（夫人云）这小贱人倒拖下我来，怎么是我之过？（红云）信者，人之根本。人而无信，大不可也。当日军围普救，夫人许退得军者，以女妻之。张生非慕小姐颜色，何故无干建策？夫人兵退身安，悔却前言，岂不为失信乎？既不允其亲事，便当酬以金帛，令其舍此远去。却不合留于书院，相近咫尺，使怨女旷夫各相窥伺，因而有此一端。夫人若不遮盖此事，一来辱没相国家谱；二来张生施恩于人，反受其辱；三来告到官司，夫人先有治家不严之罪。依红娘愚见，莫若恕其小过，完其大事，实为长便。

常言女大不中留。【麻郎儿】又是一个文章魁首，一个仕女班头；一个通彻三教九流，一个晓尽描鸾刺绣。【后】世有、便休、罢手，

右第十三节。快然泻出，更无留难。人若胸膈有疾，只须朗吟《拷艳》十过，便当开豁清利，永无宿物。

大恩人怎做敌头？启白马将军故友，斩飞虎幺幺草寇。

右第十四节。再申说彼。

【络丝娘】不争和张解元参辰卯酉，便是与崔相国出乖弄丑，到底干连着自己皮肉。

右第十五节。再申说此。

夫人你体究。

右第十六节。总结之。○读竟请浮一大白。

(夫人云)[①]这小贱人倒也说得是。我不合养了这个不肖之女。经官呵,其实辱没家门。罢罢!俺家无犯法之男,再婚之女,便与了这禽兽罢。红娘,先与我唤那贱人过来!

(红娘请云)小姐,那棍子儿只是滴溜溜在我身上转,吃我直说过了。如今夫人请你过去。(莺莺云)羞人答答的,怎么见我母亲?(红云)哎哟,小姐,你又来,娘跟前有甚么羞?羞时休做!

都是清绝丽极之文。

【小桃红】你个月明才上柳梢头,却早人约黄昏后。羞得我脑背后,将牙儿衬着衫儿袖。怎凝眸,只见你鞋底尖儿瘦。一个恣情的不休,一个哑声儿厮耨。其淫至于使年老人尚不可卒读,真是异事[②]。○哑,音轭。那时不曾害半星儿羞!

右第十七节。忽又接双文口中"羞"字,另作一篇沉郁顿挫之文。伧读之,谓是点染戏笔,不知正是纷披老笔也。○我又忽想《酬简》一篇,只是写定情初夕,然则此处真不可不补写此节也。此方是一月以来张生、双文也,然而遂成虐谑矣。

(莺莺见夫人科)(夫人云)我的孩儿……只得四字。(夫人哭科)(莺莺哭科)(红娘哭科)写红娘亦哭,便写尽女儿心性也。妙绝,妙绝!○记幼时曾见一《打枣竿歌》云:"送情人直送到丹阳路,你也哭,我也哭,赶脚的也来哭。赶脚的你哭是因何故?去的不肯去,哭的只管哭。你两下里调情也,我的驴儿受了苦。"此天地间至文也。

《西厢》科白之妙至于如此,俗本皆失,一何可恨!

(夫人云)我的孩儿,你今日被人欺负,四字奇奇妙妙!做下这等之事。都是我的业障,待怨谁来?

真好夫人,真好《西厢》!我读之,一点酸直从脚底透至顶心,盖十数日不可自解也。

我待经官呵,辱没了你父亲。这等事,不是俺相国人家做出来的!(莺莺大哭科)(夫人云)红娘,你扶住小姐,罢罢!都是俺养女儿不长进。你去书房里,唤那禽兽来!

《西厢》科白之妙,至于如此。

---

① "(夫人云)",各本均无,据"因百藏曲"写刻《贯华堂注释第六才子书》本补。
② "异",贯华堂本是墨钉,据芥子园本、金谷园本补。

（红娘唤张生科）（张生云）谁唤小生？真乃睡里梦里。○试绐之云："小姐唤你哩。"看他又如何？（红云）你的事发了也！夫人唤你哩。（张生云）红娘姐，没奈何你与我遮盖些。不知谁在夫人行说来？小生惶恐，怎好过去？（红云）你休佯小心，老着脸儿，快些过去。

【后】既然泄漏怎干休？破其"与我遮盖"及"怎好过去"之语也。

右第十八节。写红娘只是一味快，真乃可儿。

是我先投首。破其"不知谁说"之语也，妙妙！

右第十九节。昔曹公既杀德祖，内不自安，因命夫人通候其母，兼送奇货若干。内开一物云"知心青衣二人"。异哉，世间岂真有此至宝耶？为之忽忽者累月。今读《西厢》，知红娘正是其人，殆又将为之忽忽也！

他如今赔酒赔茶倒掴就，你反担忧！破其"惶恐"之语也。

右第二十节。嚼哀梨，便如嚼雪矣。

何须定约通媒媾？我担着个部署不周。

右第二十一节。言今日之事，皆在于我，欲其放心速过去也。可儿，可儿！

你元来"苗儿不秀"。呸！一个银样镴枪头。

右第二十二节。有得奚落。可儿，可儿！

（张生见夫人科）（夫人云）好秀才，岂不闻"非先王之德行不敢行"。我便待送你到官府去，只辱没了我家门。我没奈何，把莺莺便配与你为妻。只是俺家三辈不招白衣女婿，你明日便上朝取应去，俺与你养着媳妇儿。得官呵，来见我；剥落呵，休来见我。（张生无语，跪拜科）

（红云）谢天谢地！谢我夫人。

【东原乐】相思事，一笔勾，早则展放从前眉儿皱，密爱幽欢恰动头。

右第二十三节。回遡前文，遥遥自从《借厢》、《酬韵》直至于今，真所谓而后乃今，心满意足，神欢人喜也，却不谓又是反挑下篇。

谁能彀！只三个字，便抵一大篇《感士不遇赋》。

右第二十四节。只用三个字作一篇，却动人无限感慨。只如圣叹，便是不"能彀"也。○何独圣叹不能彀，即张生、双文，少前一刻，亦便不能彀也。痛定思痛，险过思险，只三个字，洒落有心人无限眼泪。

兀的般可喜娘庞儿也要人消受。入化出神之句，非双文固不敢当，非张生亦不敢当也。圣叹馀生，当日日唱之，处处题之。

右第二十五节。妙绝妙绝！弄笔至此，真是龙跳天门，虎卧凤阙，岂复寻常手腕之所得学哉？

（夫人云）红娘，你分付收拾行装，安排酒肴果盒，明日送张生到十里长亭，饯行去者。寄语西河堤畔柳，安排青眼送行人。（夫人引莺莺下）

（红云）张生，你还是喜也，还是闷也？

【收尾】直要到归来时，画堂箫鼓鸣春昼，方是一对儿鸾交凤友。如今还不受你说媒红，吃你谢亲酒。字字是快字，句句是闷句。妙妙！

右第二十六节。不必读至后篇，而遍身麻木，不得动掸矣。

四之三　哭　宴

四之三　哭宴

佛言:"一切众生,于空海中,妄想为因,起颠倒缘。"唯然世尊云:"何名为妄想为因,起颠倒缘?"佛言:"善哉!汝善思惟,我今当说:妄想因者,是大空海。常自和合,非见面法;常自寂静,非别离法。无有彼我,非不数法;一切具足,非可数法。众生无明,不守自性。自然业力,如风鼓荡。于是妄想微细流注,先于无我清净地中,妄起计着,谓此是我,即已有我,于彼其馀,无量非我。纯清静法,自然不得,不名为人。由是转展,彼诸非我,名为人者,亦复妄起。各各计着,皆悉自谓此决是我,既已各各自谓为我,则彼于我,自然各各以为非彼。既已非彼,自然不得,不又名我,反谓之人。如是众生,并住一国,或一聚落,乃至一家。于其中间,生诸慕悦,以慕悦故,则生爱玩。爱玩久故,则笃恩义。恩义极故,伸诸语言。或复倚肩,或复促膝,或复携手,或复抱持。密字低声,指星誓水:我于世间,独爱一人。所谓一人,则汝身是,我真不爱其馀一人。复有语言:我今与汝,便为一人,无有异也。复有语言:汝非是汝,汝则是我;我亦非我,我则是汝。伸如是等诸语言时,两情奔悦,犹如渴鹿,而赴阳焰。不受从旁一人教谏,亦复不令从旁之人得知其事。于其家中,起一高楼,庄校严饰,极令华好,中敷婉筵,两头安枕。箫笛箜篌,琵琶鼓乐,一切乐具,毕陈无缺。如是二人坐着楼中,以昼为夜,以夜为昼。一切世间人所曾作,如是二人无不皆作。复次世间人不曾作,如是二人亦无不作。其楼四面,起大危垣,楼下阶梯,尽撤不施,并不令人得窥暂见,乃至不令人得相呼。如是众生沉在妄想,颠倒海中。妄想为因,作诸颠倒。颠倒为缘,复生妄想。妄想妄想,颠倒颠倒,如是众生坠堕其中。从于一劫,乃至二劫三劫四劫,遂经千劫。如人醉酒,中边皆眩,非是少药之所得愈。"于是尊者即从座起,涕泪悲泣,重白佛言:"大慈世尊,如是众生云何度脱?"佛言:"善哉!汝善思惟,我今当说:如是众生,不可度脱。虽以如来大慈大悲,方便说法,极大巧妙,犹不能令得度脱也。何况以下须陀洹人、斯陀含人、阿那含人、辟支佛人,而能为彼作大度脱?"尊者重又白其佛言:"大慈世尊,如是众生,如世尊言,然则终不得度脱耶?"佛言:"善哉! 汝善思惟,我今当说:如是众生终不度脱。设以先世有福德故,不度脱中忽应度脱,则彼众生自作度脱,非是馀人来相度脱。"云:"何名为不度脱中忽应度脱,是彼众生自作度脱,非是馀人来相度脱?""汝善思惟,我今当说:如是众生正颠倒时,先世福德忽然至前,则彼众生便当离别。或缘官事,而作离别;或被王命,而作离别;或受父母之所发遣,而作离别;或罹兵火之所波迸,而作离别;或遇仇家之所迫持,而作离别;或遭势力之所胁夺,而作离别;或自生嫌,而作离别;或信人谗,而作离别;乃至或因一期报尽,死王相促,长作离别。汝善思惟:夫离别者,一切妄想颠倒众生善知识也。离别名为疗痴良药,离别名为割爱慧刀,离别名为抉纲坦途,离别名为释缚恩赦。汝善思惟:一切众生,最苦离别,最难离别,最重离别,最恨离别。而以先世福德力故,终亦不得不离别时,自此一别,一切都别,萧然闲居,如梦还觉,身心轻安,不亦快乎。汝善思惟:设使众生,于先世中无有福德,则于今世终无离别。既无离别,即久颠倒。颠倒既久,便成怨嫉。"云云。已上,出《大藏》拟字函,《佛化孙陀罗难陀入道经》。由是言之,然则《西厢》之终于《哭宴》一篇,岂非作者无尽婆心滴泪滴血而抒是文乎? 如徒以昌黎"欢愉难工,忧愁易好"之言目之,岂不大负前人津梁一世之盛心哉?

(夫人上云)今日送张生赴京,红娘,快催小姐同去十里长亭。我已分付人安排下筵席,一面去请张生,想亦必定收拾了也。

(莺莺、红娘上云)今日送行,早则离人多感,况值暮秋时候,好烦恼人也呵!

(张生上云)夫人夜来逼我上朝取应,得官回来方把小姐配我。没奈何,只得去走一遭。我今先往十里长亭等候小姐,与他作别呵。(张生先行科)

(莺莺云)悲欢离合一杯酒,南北东西四马蹄。(悲科)

〔正宫〕**【端正好】**(莺莺唱)**碧云天,黄花地,西风紧,北雁南飞。晓来谁染霜林醉,总是离人泪。**绝妙好辞。

右第一节。恰借范文正公"穷塞主"语作起,纯写景,未写情。

【滚绣球】[1]恨成就得迟，怨分去得疾。柳丝长，玉骢难系。

右第二节。此"迟"、"疾"二句方写情。○通篇反反复复，曲曲折折，都只写此"迟"、"疾"二句也。又添"柳丝"一句者，只是甚写其疾也。

倩疏林，你与我挂住斜晖。"你与我""你"字妙。杜诗云"春宅弃汝去"，又云"天风吹汝寒"，又云"浊醪谁造汝"，皆是此等字法也。

右第三节。前日即此日也，曾要教贤圣打；今日亦即此日也，却要教疏林挂。嗟乎！为汝日者不亦难乎？○吴歌云："做天切莫要做个四月天，天则天矣，乃云"做天"；做天则做矣，乃云"切勿做四月天"。世间有此奇奇妙妙之文。蚕要温和麦要寒，种小菜个哥哥要落雨，采桑娘子要晴干。"嗟乎！天地之大，人犹有憾类如斯矣。若事于仁，尧舜犹病，不其然乎？何独怪于双文焉！

马儿慢慢行，车儿快快随。

右第四节。二句十字，真正妙文，直从双文当时又稚小，又憨痴，又苦恼，又聪明，一片微细心地中，的的描画出来。盖昨日拷问之后，一夜隔绝不通，今日反借饯别，图得相守一刻。若又马儿快快行，车儿慢慢随，则是中间仍自隔绝，不得多作相守也。即马儿慢慢行，车儿慢慢随，或马儿快快行，车儿快快随，亦不成其为相守也。必也，马儿则慢慢行，车儿则快快随；车儿既快快随，马儿仍慢慢行。于是车在马右，马在车左，男左女右，比肩并坐，疏林挂日，更不复夜，千秋万岁，永在长亭。此真小儿女又稚小，又苦恼，又聪明，又憨痴，一片的的微细心地，不知作者如何写出来也！文真是妙文，批真是妙批，圣叹亦不敢复让。

恰告了相思回避，破题儿又早别离。"回避"、"破题"，字法妙极。"回避"者，任之终[2]；"破题"者，文之始。

右第五节。此即上文"迟"、"疾"二句也，通篇忽忽只写此二句。

猛听得一声"去也"，松了金钏；遥望见十里长亭，减了玉肌。

右第六节。上写行来，此写已到也。○惊心动魄之句，使读者亦自失色。

---

① "绣"，贯华堂本作"谢"，据芥子园本、金谷园本改。
② "任"，贯华堂本作"在"，据芥子园本、金谷园本改。

(红云)小姐,你今日竟不曾梳裹呵!(莺莺云)红娘,你那知我的心来!此恨谁知?【叨叨令】见安排车儿马儿,不由不熬熬煎煎的气;妙妙!甚心情花儿靥儿,打扮得娇娇滴滴的媚?妙妙!眼看着衾儿枕儿,只索要昏昏沉沉的睡;妙妙!谁管他衫儿袖儿,湿透了重重叠叠的泪!妙妙!兀的不闷杀人也么哥!闷杀人也么哥!谁思量书儿信儿,还望他恓恓惶惶的寄。妙妙!

右第七节。自第一节至第五节,写行来;第六节,写已到;此第七节,则重写未来时也。此非倒转写也,只为匆匆出门,其事须疾,则不应多写家中情事,诚恐一写,便见迟留。今既至此时,正是不妨补写也。《史记》最用此法,异日尽欲呈教。○又写得沉郁之至,最为耐读文字。

(夫人、莺莺、红娘作到科)(张生拜见夫人科)(莺莺背转科)

(夫人云)张生,你近前来。自家骨肉,不须回避。孩儿,你过来见了呵。

(张生、莺莺相见科)科白妙。

(夫人云)张生这壁坐,老身这壁坐,孩儿这壁坐。红娘斟酒来。张生,你满饮此杯。我今既把莺莺许配于你,你到京师,休辱没了我孩儿,你挣扎个状元回来者!(张生云)张珙才疏学浅,凭仗先相国及老夫人恩荫,好歹要夺个状元回来,封拜小姐。(各坐科)(莺莺吁科)科白妙。

【脱布衫】下西风、黄叶纷飞,染寒烟、衰草凄迷,酒席上斜签着坐的。

右第八节。写坐,文甚明。○须知其"风叶"、"烟草"四句,非复写【端正好】中语,乃是特写双文眼中曾未见坐于如是之地也。【端正好】是写别景,此是写坐景也,可想。

我见他蹙愁眉死临侵地。【小梁州】阁泪汪汪不敢垂,恐怕人知。张生怕人知,乃双文偏又知之。昨读庄、惠濠上互不能知之文,今又读张、崔长亭脉脉共知之文,真乃各极其妙也。猛然见了把头低,长吁气,推整素罗衣。是何神理,直写至此。

右第九节。真写杀张生也。然是写双文看张生也,然则真看杀张生也。○写双文如此看张生,真写杀双文也。○《打枣竿歌》云:"捎书人,出得门儿骤。赶梅香,唤转来,我少分付了话头。见他时,切莫说,我因他瘦。现今他不好，说与他又担忧。他若问起我的身中也，只说灾悔从没有。”已是妙绝之文，然亦只是自说。今却转从双文口中体贴张生之体贴双文，便又多得一层。文心漩洑，真有何限。

【后】虽然久后成佳配，这时节怎不悲啼？

右第十节。此句于最前《借厢》篇中即有之，而今于此篇复更作之者，有文作已不许又作，又作即成矢橛；有文作已不妨又作，不作反成空缺也。

意似痴，心如醉。只是昨宵今日，清减了小腰围。【上小楼】我只为合欢未已，离愁相继。前暮私情，昨夜分明，今日别离。我恰知那几日相思滋味，谁想那别离情更增十倍。正恐一个半斤，一个八两，过后自忘，当情则觉耳。小姐误矣。

右第十一节。此又忽忽写前之二句也。

（夫人云）红娘，服侍小姐把盏者！（莺莺把盏科）（张生吁科）（莺莺低云）你向我手里吃一盏酒者！

【后】你轻远别，便相掷。全不想腿儿相压，脸儿相偎，手儿相持。

右第十二节。一月馀夫妻，不复为唐突语。

你与崔相国做女婿，妻荣夫贵。这般并头莲，不强如状元及第？从来只知妻以夫贵，今日方知夫以妻贵。妙绝妙绝！

右第十三节。奇文，妙文，快文，至文。知此言者，独一秦嘉；不知此言者，亦独一郭暧。

（重入席科）（吁科）

【满庭芳】供食太急，你眼见须臾对面，顷刻别离。

右第十四节。斗然怨到供食人，真是出奇无穷。〇“眼见”妙。老杜绝句云：“眼见客愁愁不醒，无赖春色到江亭。既遣花开深造次，便教莺语太丁宁。”夫客自愁，春何尝见？春若见，春那有眼？今止因自己烦闷，怕见春来，却无端冤其“眼见”，骂其“无赖”，是为真正无赖之至也。此正用其“眼见”字。

若不是席间子母当回避，有心待举案齐眉。滴滴是泪，滴滴是血。虽是厮守得一时半刻，又跌一句。〇总之直到底，不肯作一停住之句。也合教俺夫妻每共桌而食。滴滴是泪，滴滴是血。〇偏写得出，岂非天分？眼底空留意，寻思就里，险化做望夫石。

右第十五节。前文闲闲写得“张生这壁坐，孩儿这壁坐”，不意中间又有如是一节至文妙文，真乃应以离别身得度，即现离别身而为说法矣。

（夫人云）红娘把盏者！（红把张生盏毕，把莺莺盏云）小姐，你今早不曾用早饭，随意饮一口儿汤波。

【快活三】将来的酒共食，尝着似土和泥。假若便是土和泥，也有些土气息，泥滋味。奇文妙文，天地中间数一数二之句。

右第十六节。岂惟奇文妙文，便可竖作丛林，勘遍天下学者。○庵主半夜被婆子遣丫角女儿抱住，凝然说颂云：“枯木倚寒岩，三冬无暖气。”此即“酒共食，一似土和泥”也。婆子明日便烧却庵，趁去此庵主，恶其有“土气息、泥滋味”也。今双文不但似土和泥，乃至无有土气息、泥滋味，此正香岩“去年无立锥之地①，今年锥也无”时候也。文章一道，乃至于此，令人失惊。

【朝天子】暖溶溶玉醅，白泠泠似水，多半是相思泪。

右第十七节。此节是说酒，是说泪，不可得辨也。李后主云：“此中日夕只以眼泪洗面。”便是如出一口说话也。

面前茶饭不待吃，恨塞满愁肠胃。

右第十八节。此节是说饭，是说恨，不可得辨也。佛言：“小儿以啼为食，妇人以恨为食。”亦便是如出一口说话也。

只为蜗角虚名，蝇头微利，拆鸳鸯坐两下里。“坐”字妙，俗误作“在”字，便不知与下节生起。一个这壁，一个那壁，此即上句“坐”字也。一递一声长吁气。笔力雄大，遂能兼写张生。

右第十九节。此与下二十节，皆极力描写“拆”字也，此犹是拆开而坐也，而已不可禁当也。

【四边静】霎时间杯盘狼藉，还要车儿投东，马儿向西，两处徘徊，大家是落日山横翠。笔力雄大，遂能兼写张生。

右第二十节。此乃拆开至于不可复知其何在，心非木石，其又何以禁当也。

知他今宵宿在那里，有梦也难寻觅。

---

① “地”，贯华堂本作“他”，据芥子园本、金谷园本改。

右第二十一节。看他忽然逗漏后篇，即知此篇之文已毕。乃下去更作【耍孩儿六煞】者，换过【正宫】，借转【般涉】。盖从来送别之曲，多作三叠唱之，最是变色动容之声。又不比李謩吹笛，每一哨遍，必迟其声以媚之之例也。

（夫人云）红娘，分付辆起车儿，请张生上马，我和小姐回去。（各起身科）（张生拜夫人科）（夫人云）别无他嘱，愿以功名为念，疾早回来者！（张生谢云）谨遵夫人严命！

（张生、莺莺拜科）（莺莺云）此一行，得官不得官，疾便回来者！此嘱语妙妙！岂为官哉？岂虑张生哉？全是昨日夫人怒辞犹在于耳，遂不觉不吐于口，必不得快也。娇憨女儿，其性格真有如此。（张生云）小姐放心，状元不是小姐家的，是谁家的？小生就此告别。又妙又妙。谦未必得状元固不佳，夸必定得状元又不佳。状元原是小姐家的，精绝！

（莺莺云）住者，君行别无所赠，口占一绝，为君送行："弃掷今何道，当时且自亲。还将旧来意，怜取眼前人。"（张生云）小姐差矣，张珙更敢怜谁？此诗，一来小生此时方寸已乱，二来小姐心中到底不信，且等即日状元及第回来，那时敬和小姐。妙白。妙至于此，便都作变徵之声，"亲朋尽一哭"矣。

〔般涉〕**【耍孩儿】**淋漓红袖淹情泪，知你的青衫更湿。改去"司马"字。伯劳东去燕西飞，未登程先问归期。分明眼底人千里，已过尊前酒一杯。我未饮心先醉，眼中流血，心内成灰。

右第二十二节。妙文自明。

【五煞】到京师，服水土，趁程途，节饮食，顺时自保千金体。荒村雨露眠宜早，野店风霜起要迟！鞍马秋风里，无人调护，自去扶持。

右第二十三节。妙文自明。

【四煞】忧愁诉与谁？相思只自知，老天不管人憔悴。泪添九曲黄河溢，恨压三峰华岳低。到晚西楼倚，看那夕阳古道，衰柳长堤。

右第二十四节。妙文自明。

【三煞】方才还是一处来，如今竟是独自归。写到这里。归家怕看罗帏里，昨宵是绣衾奇暖留春住，今日是翠被生寒有梦知。留恋应无计，一个据鞍上马，两个泪眼愁眉。

右第二十五节。妙文自明。

【二煞】不忧“文齐福不齐”，只忧“停妻再娶妻”。河鱼天雁多消息，杜诗：“天上多鸿雁，河中足鲤鱼。”我这里青鸾有信频须寄，你切莫“金榜无名誓不归”。君须记：若见些异乡花草，再休似此处栖迟。

右第二十六节。妙文自明。

（张生云）小姐金玉之言，小生一一铭之肺腑。相见不远，不须过悲，小生去也。忍泪佯低面，含情假放眉。（莺莺云）不知魂已断，那有梦相随。（张生下）（莺莺吁科）

【一煞】青山隔送行，疏林不做美，淡烟暮霭相遮蔽。夕阳古道无人语，禾黍秋风尚马嘶。懒上车儿内，来时甚急，去后何迟？

右第二十七节。妙文自明。

（夫人云）红娘，扶小姐上车。天色已晚，快回去波。终然宛转从娇女，算是端严做老娘。（夫人下）

（红娘云）前车夫人已远，小姐只索快回去波！（莺莺云）红娘，你看他在那里？

【收尾】四围山色中，一鞭残照里。妙句，神句。

右第二十八节。入梦之因。

将遍人间烦恼填胸臆，量这般大小车儿，如何载得起！奇句，妙句。

右第二十九节。

四之四 惊 梦

四之四　惊　梦

旧时人读《西厢记》，至前十五章既尽，忽见其第十六章乃作《惊梦》之文，便拍案叫绝，以为一篇大文，如此收束，正使烟波渺然无尽。于是以耳语耳，一时莫不毕作是说。独圣叹今日心窃知其不然。语云："太上立德，其次立功，其次立言。"何谓立德？如黄帝尧舜，禹汤文武，周公孔子，以其至德，参天赞化，俾万万世，食福无厌，此立德也。何谓立功？如禹平水土，后稷布谷，燧人火化，神农尝药，乃至身护一城，力庇一乡，智造一器，工信一艺，传之后世，利用不绝，此立功也。何谓立言？如周公制《风》《雅》，孔子作《春秋》。《风》《雅》为昌明和怿之言，《春秋》为刚强苦切之言；降而至于数千年来，巨公大家摅胸奋笔，国信其书，家受其说；又降至于荒村老翁，曲巷童妾，单词居要，一字利人，口口相授，称道不歇，此立言也。夫言与功、德，事虽递下，乃信其寿世，同名曰"立"。由此论之，然则言非小道，实有可观。文王既没，身在于兹，必恐不免，不可以不察也。《西厢记》一书，其中不过皆作男女相慕悦之辞，如诚以之为无当者而已，则便可以拉杂摧烧，不复留迹。赵威后有言："此相率而出于无用者，胡为至今不杀也！"如犹食之弃之，恋同鸡跖，则计必当反复案验，寻其用心。盖乌知彼人之一日成书而百年犹在，且能家至户到，无处无之者，此非其大力以及其深心，既自作流传，又自作呵护者也。昨者因亦细察其书，既已第一章无端而来，则第十五章亦已无端而去矣。无端而来也，因之而有书；无端而去也，因之而书毕。然则过此以往，真成雪淡，譬如风至而窍号，风济即窍虚，胡为不惮烦又多写一章，蛇本自无足，卿又为之足哉？及我又再细细察之，而后知其填词虽为末技，立言不择伶伦，此有大悲生于其心，即有至理出乎其笔也。今夫天地，梦境也；众生，梦魂也。无始以来，我不知其何年齐入梦也；无终以后，我不知其何年同出梦也。夜梦哭泣，旦得饮食；夜梦饮食，旦得哭泣。我则安知其非夜得哭泣，故旦梦饮食，夜得饮食，故旦梦哭泣耶？何必夜之是梦，而旦之独非梦耶？郑之人梦得鹿，置之于隍中，采蕉而覆之。彼以为非梦，故采蕉而覆之也，不采蕉而覆之，则畏人之取之；彼以为非梦，故畏人之取之也。使郑之人正于梦时，而知梦之为梦，则彼岂惟不采蕉而覆之，乃至不复畏人取之；岂惟不复畏人取之，乃至不复置之隍中；岂惟不复置之隍中，乃至不复以之为鹿。传曰："至人无梦。""至人无梦"者，无非梦也，同在梦中而随梦自然，我于其事萧然焉耳。经曰："一切有为法，应作如是观。"是以谓之无梦也。无何而郑之人梦觉，顺涂而归，口歌其事，其邻之人闻之，不问而遽信之，往观于隍中，发蕉而鹿在，此则非御寇氏之寓言也，天下之事，实有之也。传曰："愚人无梦。""愚人无梦"者，非无梦也，实在梦中而不以为梦，所有幻化皆据为实。经曰："世间虚空，本自不有，业力机关，和合即有。"是以谓之无梦也。既而邻人烹鹿，而郑人争鹿，则极可哀也已。彼固不以为梦，故真得鹿也；子则已知是梦，而无鹿者也。若诚梦中之鹿，则是子乃欲争其无鹿也；如将争其有鹿，则是争其非子之鹿也。甚矣，此人之愚也！梦鹿，一梦也；今争鹿，是又一梦也。然则顷者之梦觉无鹿，是犹一梦也。幸也，御寇氏则犹未欲言之而尽也，脱正争之而梦又觉，则不将又大悔此一争乎哉？而郑之君方且与之分之。夫今日之鹿，其何事分之与有？如使此鹿而无鹿也者，则全归之郑人，邻人本无与焉；若使此鹿而真鹿也者，则全归之邻人，郑人又无与焉。如之何其与之分之者也？为分无鹿与邻人与？为分真鹿与郑人与？如分无鹿，则是邻人今日又梦得半鹿也；如分有鹿，则是郑人前日只梦失半鹿也。盖甚矣，梦之难觉也！梦之中又有梦，则于梦中自占之，及觉而后悟其犹梦焉。因又欲占梦中，占梦之为何祥乎。夫彼又乌知今日之占之，犹未离于梦也耶？善乎南华氏之言曰："庄周梦为蝴蝶，栩栩然蝴蝶也。自喻适志与，不知周也。及其觉，则蘧蘧然周也。不知庄周梦为蝴蝶与？不知蝴蝶梦为庄周与？庄周与蝴蝶，其必有分也。"何谓分？庄周则庄周也，蝴蝶则蝴蝶也。既已为庄周，何得是蝴蝶？既已是蝴蝶，何得为庄周？且蝴蝶既觉而为庄周，而犹忆其梦为蝴蝶之时，则真不知庄周正梦蝴蝶之蝴蝶[①]，之曾不自忆为庄周也。何也？夫梦为蝴蝶，诚梦也；今忆其梦为蝴蝶，是又梦也。若庄周不忆蝴蝶，则庄周觉矣；若庄周并不自忆庄周，则庄周大觉矣。彼蝴蝶不然，初不自忆为庄周，遂并不自忆为蝴蝶；不自忆

① "知"，贯华堂本作"如"，据芥子园本、金谷园本改。

为庄周，则是蝴蝶觉也；因不自忆为庄周，遂并不自忆为蝴蝶；蝴蝶并不自忆为蝴蝶，则是蝴蝶大觉也。此之谓物化也者。我乌知今身非我之前身，正梦为蝴蝶耶？我乌知今身非我之前身，已觉为庄周耶？我幸不忆我之前身，则是今身虽为蝴蝶，虽未发于阿耨多罗三藐三菩提心，而已称大觉也。我不幸犹忆我之今身，则是今身虽为庄周，虽至发于阿耨多罗三菩提心[①]，而终然大梦也。经云："诸佛身金色，百福相庄严。闻法为人说，常有是好梦。"我则谓梦之胡为乎哉？又云："又梦作国王，舍宫殿眷属。及上妙五欲，行诣于道场。"我则又谓梦之何为乎哉？至矣哉，我先师仲尼氏之忽然而叹也，曰："甚矣吾衰也，久矣我不复梦见周公。"夫先师则岂独不梦见周公焉而已，惟先师此时实亦不复梦见先师。先师不复梦见先师也者，先师则先师焉而已，可以仕则仕，可以止则止，可以久则久，可以速则速，可以虫则虫，可以鼠则鼠，可以卵则卵，可以弹则弹，无可无不可，此天地之所以为大者也。借曰不然，而必谓人生世上，天地必是天地，夫妇必是夫妇，富贵必是富贵，生死必是生死，则是未尝读于《斯干》之诗者也。《诗》曰："下筦上簟，乃安斯寝。乃寝乃兴，乃占我梦。吉梦维何，维熊维罴。维虺维蛇，泰人占之。维熊维罴，男子之祥。维虺维蛇，女子之祥。"嗟乎，嗟乎！夫男为君王，女为后妃，而其最初不过梦中飘然忽然一熊一蛇。然则人生世上，真乃不用邯郸授枕，大槐叶落，而后乃今，歇担吃饭，洗脚上床也已。吾闻周礼：岁终，掌梦之官，献梦于王。夫梦可以掌，又可以献，此岂非《西厢》第十六章立言之志也哉，而岂乐广、卫玠扶病清谈之所得通其故也乎！知圣叹此解者，比丘圣默大师、总持大师、居士贯华先生韩住、道树先生王伊。既为同学，法得备书也。

（张生引琴童上云）离了蒲东，早三十里也。兀的前面是草桥店，宿一宵，明日早行。

入梦是状元坊，出梦是草桥店。世间生盲之人，乃谓进草桥店后方是梦事，一何可叹！

这马百般的不肯走呵！

① "菩提"，芥子园本上有"三藐"。

妙白。〇又焉知马之不害相思、不伤离别耶？看他初摇笔，便全作醍醐灌顶真言，真乃大慈大悲。

〔双调〕【新水令】（张生唱）望蒲东萧寺暮云遮，惨离情半林黄叶。

右第一节。只用二句文字，便将上来一部《西厢》一十五篇，若干泪点血点，香痕粉痕，如风迅扫，隔成异域，最是慈悲文字也。

马迟人意懒，风急雁行斜。愁恨重叠，破题儿第一夜。妙绝之句。

右第二节。此入梦之因也。

【步步娇】昨宵个翠被香浓熏兰麝，欹枕把身躯儿趄。妙人，妙事，妙景，妙画，成此妙句。脸儿厮揾者，妙人，妙事，妙景，妙画，成此妙句。仔细端详，可憎得别。妙人，妙事，妙景，妙画，成此妙句。云鬓玉梳斜，恰似半吐的初生月。妙人，妙事，妙景，妙画，成此妙句。

右第三节。此入梦之缘也。佛言："亲者为因，疏者为缘。"亲者为第一夜之张生，疏者为前一夜之莺莺。第一夜之张生为结业，前一夜之莺莺为谢尘。因而因缘遂以入梦也。"谢尘"者，落谢之前尘也，即花谢之谢字也。〇谢字之又奇者，庄子云："孔子谢之矣。"附识。

早至也，店小二哥那里？（店小二云）官人，俺这里有名的草桥店。官人头房里下者。（张生云）琴童，撒和了马者。点上灯来，我诸般不要吃，只要睡些儿。（琴童云）小人也辛苦，待歇息也，就在床前打铺。（琴童先睡着科）

（张生云）今夜甚睡魔到得我眼里来？

【落梅风】旅馆欹单枕，乱蛩鸣四野。助人愁，纸窗风裂。乍孤眠，三字妙。被儿薄又怯，冷清清几时温热。

右第四节。此入梦之所借也。佛言："三法和合，则一切法生矣。"

（张生睡科）（反复睡不着科）（又睡科）（睡熟科）（入梦科）（自问科，云）这是小姐的声音。呀，我如今却在那里？待我立起身来听咱。（内唱，张生听科）

北曲从无两人互唱之例，故此只用张生听，不用莺莺唱也。须知。

【乔木查】走荒郊旷野，把不住心娇怯，喘吁吁难将两气接。疾忙赶上者。

（张生云）呀，这明明是我小姐的声音，他待赶上谁来？待小生再听咱。

右第五节。此先写其赶已到也。必先写赶已到，而后重写未赶时者，此固张生之梦，初非莺莺之事也。必如此写，方在张生梦中；若倒转写，便在莺莺家中也。

他打草惊蛇。**【搅筝琶】**把俺心肠扯，因此不避路途赊。瞒过夫人，稳住侍妾。

右第六节。此倒写其未赶前也。〇“瞒过夫人，稳住侍妾”，最为巧妙，最为轻利。不然，几于通本《西厢》若干等人，一齐入梦矣。

（张生云）分明是小姐也，再听咱。

见他临上马痛伤嗟，哭得我似痴呆。不是心邪，自别离已后，到西日初斜，愁得陡峻，瘦得咋嗻。半个日头，早掩过翠裙三四褶，我曾经这般磨灭？沉郁顿挫之作。

（张生云）然也，我的小姐，只是你如今在那里呵？（又听科）

右第七节。只写别后梦前一刻中间有如许苦事。

【锦上花】有限姻缘，方才宁贴；无奈功名，使人离缺。害不倒愁怀，恰才较些；掉不下思量，如今又也。沉郁顿挫之作。

右第八节。上节写一刻中间如许苦事，此又写一刻之前、一刻之后，纯是无边苦事也。

（张生云）小姐的心，分明便是我的心，好不伤感呵！（吁科）（再听科）

【后】清霜净碧波，白露下黄叶。下下高高，道路坳折，四野风来，左右乱踅。俺这里奔驰，你何处困歇①？

（张生云）小姐，我在这里也，你进来波！

右第九节。又补写起句“荒郊旷野”之四字也，必不可少。

（忽醒云）哎呀！这里却是那里？（看科）呸！原来却是草桥店。（唤琴童，童睡熟不应科）（仍复睡科）

（睡不着反复科）（再看科）（想科）

【清江引】（张生唱）呆打孩店房里没话说，闷对如年夜。妙妙！真有此理。

---

① “困”，金谷园本作“安”。

竟不知此时，是甚时候了？

是暮雨催寒蛩？为复上半夜。是晓风吹残月？为复下半夜。杜诗"北城击柝复欲罢"，则是已宴；"东方明星亦不迟"，则是尚早。客中真有此理也。真个"今宵酒醒何处"也！

（睡着科）（重入梦科）

右第十节。忽然轻作一隔，将梦前后隔断，便如老杜《不离西阁》诗所云："江云飘素练，石壁断空青。"真为绝世奇景也。○若不隔断，则一篇只是一梦，何梦之整齐匝致一至于斯也。今略隔断，便不知七颠八倒，重重沓沓，如有无数梦然。此为写梦之极笔也，俗本不知。

（莺莺上敲门云）开门！开门！（张生云）谁敲门哩？是一个女子声音，作怪也，我不要开门呵！

【庆宣和】是人呵疾忙快分说，是鬼呵速灭！

右第十一节。妙妙！前梦云"分明小姐"，后梦云"是鬼速灭"，真是一片迷离梦事也。

（莺莺云）是我，快开门咱。（张生开门科）（携莺莺入科）

听说，将香罗袖儿拽，原来是小姐、小姐。

右第十二节。真是一片迷离梦事也。

（莺莺云）我想你去了呵，我怎得过日子，特来和你同去波。（张生云）难得小姐的心肠也！

【乔牌儿】你为人真为彻，将衣袂不藉。绣鞋儿被露水泥沾惹[①]，脚心儿管踏破也。

右第十三节。此是梦中初接着语也，轻怜痛惜，至于如此。欲其梦觉，正未易得也。

【甜水令】你当初废寝忘餐，香消玉减，比花开花谢[②]，犹自较争些。又便枕冷衾寒，凤只鸾孤，月圆云遮，寻思怎不伤嗟？

右第十四节。此是梦中细叙述语也，牵前逮后，至于如此。欲其梦觉，正未易得也。

【折挂令】想人生最苦是离别，你怜我千里关山，独自跋涉。似这

---

① "被"，贯华堂本作"波"，据芥子园本、金谷园本改。

② "比"，贯华堂本作"此"，据芥子园本、金谷园本改。

般挂肚牵肠，倒不如义断恩绝。

右第十五节。此是梦中假自作悟语也。作如此悟语，欲其梦觉，正未易得也。

这一番花残月缺，怕便是瓶坠簪折。你不恋豪杰，不羡骄奢；只要生则同衾，死则同穴。沉郁顿挫，至于如此。

右第十六节。此是梦中加倍作梦语也。作如是梦语，欲其梦觉，正未易得也。

（卒子上）（张生惊科）（卒子云）方才见一女子渡河，不知那里去了。打起火把者，走入这店里去了！将出来！将出来！（张生云）却怎生了也？小姐，你靠后些，我自与他说话。（莺莺下）

【水仙子】你硬围着普救下锹撅，强当住我咽喉仗剑钺，贼心贼脑天生劣。

（卒云）他是谁家女子，你敢藏着？

休言语，靠后些！杜将军你知道是英杰，觑觑着你化为醯酱，指指教你变做醢血。骑着匹白马来也。

右第十七节。是张生此时极不得意梦，是张生多时极得意事。谚云："要知前世因，今生受者是。要知后世因，今生作者是。"若使张生多时心中无因，即是此时枕上无梦也。危哉，危哉！

（卒子怕科）（卒子下）

（张生抱琴童云）小姐，你受惊也！（童云）官人，怎么？（张生醒科，做意科）

呀，元来是一场大梦。且将门儿推开看，只见一天露气，满地霜华，晓星初上，残月犹明。

何处得有《西厢》一十五章所谓惊艳、借厢、酬韵、闹斋、寺警、请宴、赖婚、听琴、前候、闹简、赖简、后候、酬简、拷艳、哭宴等事哉！自归于佛，当愿众生体解大道，发无上心；自归于法，当愿众生深入经藏，智慧如海；自归于僧，当愿众生统理大众，一切无碍。

无端燕雀高枝上，一枕鸳鸯梦不成。

【雁儿落】绿依依墙高柳半遮，静悄悄门掩清秋夜，疏剌剌林梢落叶风，惨离离云际穿窗月。【得胜令】颤巍巍竹影走龙蛇，虚飘飘庄生梦蝴蝶，絮叨叨促织儿无休歇，韵悠悠砧声儿不断绝。痛煞煞伤别，急煎煎好梦儿应难舍；冷清清咨嗟，娇滴滴玉人儿何处也！是境是人，不可复辨。

右第十八节。《周易》六十四卦之不终于既济，而终于未济；《春秋》二百四十二年之不终于十有二年冬，而终于十有三年春；《中庸》三十三章之不终于“固聪明圣智达天德者”，而终于无数《诗》曰、《诗》云；《大悲陀罗尼》之不终于“娑啰娑啰悉唎悉唎苏嚧苏嚧”，而终于十四娑婆诃也。

（童云）天明也。早行一程儿，前面打火去。

还着甚死急？天下真有如此人，天下真有如此理。

【鸳鸯煞】柳丝长咫尺情牵惹，今而后是“柳丝”也，非复“情牵惹”也。水声幽仿佛人呜咽。今而后是“水声”也，非复“人呜咽”也。斜月残灯，半明不灭。杜诗：“楼下长江百尺清，山头落日半轮明。”又云：“邻鸡野哭如昨日，物色生态能几时。”与此入事，一样警策矣。旧恨新愁，连绵郁结。亦复何害。

右第十九节。只要梦觉，政不必作悟语。《维摩诘》固云：“何等为如来种？”以“无明、有爱为种”矣。妙批。

别恨离愁，满肺腑难陶写。除纸笔代喉舌，千种相思对谁说。

右第二十节。此自言作《西厢记》之故也，为一部十六章之结，不止结《惊梦》一章也。于是《西厢记》已毕。何用续？何可续？何能续？今偏要续，我便看你续！

贯华堂第六才子书西厢记卷之七终

续之四章题目正名

小琴童传捷报

崔莺莺寄汗衫

郑伯常乾舍命

张君瑞庆团圞

续之一　泥金报捷

续之一　泥金报捷

此《续西厢记》四篇，不知出何人之手。圣叹本不欲更录，特恐海边逐臭之夫不忘羶芗，犹混弦管，因与明白指出之，且使天下后世学者睹之，而益悟前十六篇之为天仙化人，永非螺蛳蚌蛤之所得而暂近也者。因而翻卷，更读十百千万遍，遂愈得开所未开，入所未入，此亦不可谓非续者之与有其功也。

人即爱好，何至向西施颦眉；人即多财，何至向龙王比宝；人即予圣，何至向孔子徐步；人即慢上①，何至向释迦牟尼呵呵大笑？乃今世间又偏多此一辈人，可怪也！

我不知其未落笔前，如何忽然发想欲续此四篇；我又不知其既脱稿后，如何放胆便敢举以似人；我又不知当时为有人丧心病狂大赞誉之，因而遂误之；我又不知当时为有人亦曾微讽使藏过之，彼决不听，因而遂终出之。此四不知，我今日将向何人问耶？

昔有人，自造一文且竟，适有人传来云近日颇闻某甲亦造，因便迟其稿不敢出。直候某甲造毕，往请读之，不觉吐舌称叹，归竟自烧其稿，不复更传。呜呼，此岂非过量大人哉？圣叹尝语斫山："惜乎其文不传，此必与某甲一样妙绝。"斫山问："何以知之？"圣叹言："此是甘苦疾徐中人，渠所争只在一字半字之间也。"寄语普天下同学锦绣才子，切须学如此人，此方是大丈夫。

尝有狂生题半身美人图，其末句云："妙处不传。"此不直无赖恶薄语，彼殆亦不解此语为云何也。夫所谓"妙处不传"云者，正是独传妙处之言也。停目良久睇之，睇此妙处；振笔迅疾取之，取此妙处；累百千万言曲曲写之，曲曲写而至于妙处；只用一二言斗然直逼之，便逼此妙处。然而又必云"不传"者，盖言费却无数笔墨，止为妙处；乃既至妙处，即笔墨都停；夫笔墨都停处，此正是我得意处；然则后人欲寻我得意处，则必须于我笔墨都停处也。今相续之四篇，便似意欲独传妙处。夫意欲独传妙处，则是只画下半截美人也，亦大可嗤已！

此皆神而明之之言，彼其乌知！只如章则无章法，句则无句法，

① "慢上"，贯华堂本作"增上慢"，金谷园本作"慢上慢"，据芥子园本改。

字则无字法，卑卑如此等事，犹尚不知，奈何乎言及其他哉！

只如此篇写莺莺，竟忘其为相国小姐，于是于张生半年之别，不胜啧啧怨怒：亦不解三年大比是何事，亦不解礼部放榜在何时，亦不解探花及第为何等大喜，亦不解未经除授应如何候旨：一味纯是空床难守，淫啼浪哭。盖佳人才子，至此一齐扫地矣！最解功名事，最重功名事，乃至最心热功名事者，固莫如相国小姐之甚也。

（张生上云）自去秋与小姐相别，倏经半载，托赖祖宗福荫，一举及第，目今听候御笔亲除。惟恐小姐望念，特地修书一封，着琴童赍去，报知夫人和小姐，使知小生得中，以安其心。书写就了，琴童何在？（童云）有何分付？（张生云）你将这封书，星夜送到河中府去。见小姐时，说“官人怕小姐担忧，特地先着小人送书来”。

〔仙吕〕【赏花时】（张生唱）相见时红雨纷纷点绿苔，别离后黄叶萧萧凝暮霭。今日见梅开，忽惊半载。特地寄书来。

琴童，你报知了，索得回书，疾忙来者[①]！（张生下）（童云）得了这书，星夜往河中府走一遭。（琴童下）

（莺莺引红娘上云）自张生上京，恰早半年，到今杳无音信。方得半年，何便云“杳无音信”？这些时神思不安，妆镜慵临，腰肢瘦损，茜裙宽褪，如许丑语，使人焉耐！好生烦恼人也呵！

〔商调〕【集贤宾】虽离了眼前，未成语也。或云连下“闷”字。若连下“闷”字，则更不通也。闷却在我心上有；不甫能离了心上，又早眉头。岂不知其欲窃李清照“才下眉头，又上心头”语，演作曲折之句耶？而无奈缘戾手，曲蚤笔，写来便至如此。哀哉！忘了时依然还又，恶思量无了无休。大都来一寸眉心，怎容得许多颦皱。此是好句，我不忍没。○此亦寻常好句耳，然我便不忍没。○但有一点好处，我即不忍没古人也。新愁近来接着旧愁，厮混了难分新旧。“旧愁”，岂非谓未成婚已前耶？前亭别、桥梦二篇，同亦尝牵连言之，然皆是脱卸之文，不似此语之耸绝也。旧愁是太行山隐隐，新愁是天堑水悠悠。

似是一节矣，因下文又不连，又不断，遂不复能定之。

---

① “忙”，贯华堂本作“忭”，据芥子园本、金谷园本改。

(红娘云)小姐往常也曾不快,将息便好,此指何日?不似这番,清减得十分利害也。

【逍遥乐】曾经消瘦,每遍犹闲,这番最陡。何处忘忧?独上妆楼,“这番最陡”,可谓出力翻起,及至读下,只得如此接落。手卷珠帘上玉钩。空目断山明水秀,珠、玉、明、秀等字,皆随手杂用。苍烟迷树,衰草连天,野渡横舟。填此三语①,算何文理?

又似一节矣,我绝不解其是何文情。盖承上又不得,转下又不得也。

红娘,我这衣裳,这些时都不是我穿的。(红云)小姐,正是腰细不胜衣。衣宽带松,语熟口臭久矣。此犹摇曳作态出之,真乃丑极。

【挂金索】裙染榴花,睡损胭脂皱;纽结丁香,掩过芙蓉扣②;线脱珍珠,泪湿香罗袖;杨柳眉颦,人比黄花瘦。

此亦欲算一节也,真可以有,可以无有也。○渠意岂谓叠用榴花、丁香、芙蓉、杨柳、黄花等字,便算绝妙好辞耶?一何可笑!

(琴童上云)俺奉官人言语,特赍书来与小姐。恰才前厅上见了夫人,夫人好生欢喜,着入来见小姐,早至后堂。(童咳嗽科)(红云)是谁?亦无此礼也。潭潭相府,乃不传云板请小姐上堂,而使琴童自入去,童则隔板咳嗽,而红又早接应之,皆丑极也。

(红见童笑云)你几时来?小姐正烦恼哩。丑语。你自来?和官人同来?丑语。(童云)官人得了官也,先着我送书来报喜。(红云)你只在这里等,我对小姐说了,你入来。

(红见莺莺笑云)小姐,喜也,喜也,张生得了官了!(莺莺云)这妮子见我闷呵,特来哄我。丑语。(红云)琴童在门首,见了夫人,使他入来见小姐。(莺莺云)惭愧,我也有盼着他的日头。丑语,丑极不可耐也。(童见莺莺科)

(莺莺云)琴童,你几时离京师?(童云)一月来也。我来时,官人游街耍子去了。(莺莺云)这禽兽不省得,中了状元唤做夸官,游街三日。丑语,亦何暇作此语。(童云)小姐说得是,有书在此。

---

① “填”,贯华堂本作“真”,据芥子园本改。
② “蓉”,贯华堂本作“容”,据芥子园本、金谷园本改。

【金菊香】早是我因他去后，减了风流。不争你寄得书来，又与我添些证候。说来的话儿不应口，是何话儿？是谁说来？捷书在手，略不喜，单有怨，此何肺肝也。无语低头。书在手，泪盈眸。

此又一节也。为别不及半年，如此啧啧怨怒，乃至捷书在手，犹不解忧，此真是另从一副肺肝写出来者也。

【醋葫芦】我这里开时和泪开，他那里修时和泪修。多管是阁着笔儿未写泪先流，寄将来泪点儿兀自有。我这新痕把旧痕湮透，此是好句，我不相没。○既此欲用"新痕"、"旧痕"，则前更不得用"新愁"、"旧愁"也。这的是一重愁翻做两重愁。此句杂凑不通。

此又一节。笔态翩翻如舞，浏滰如泻，便可云与《西厢》无二。

(念书云)张珙再拜，奉书芳卿可人妆次：丑极，使人不可暂注目。伏自去秋拜违，倏尔半载。上赖祖宗之荫，下托贤妻之德，丑语。叨中鼎甲。目今寄迹招贤馆，听候除授。惟恐夫人与贤妻忧念，特令琴童赍书驰报。小生身遥心迩，恨不得鹣鹣比翼，蛩蛩并驱，幸勿以重功名而薄恩情，深加谴责。丑语。感荷良深，如许阔私，统容面悉。后缀一绝，以奉清照：玉京仙府探花郎，寄语蒲东窈窕娘。指日拜恩衣昼锦，是须休作倚门妆。丑极，不可暂注目。(莺莺云)惭愧，探花郎是第三名也呵。

【后】当日向西厢月底潜，今日在琼林宴上挡。跳东墙脚儿占了鳌头，惜花心养成折桂手，脂粉丛里包藏着锦绣！从今后，晚妆楼改做至公楼。相国小姐何得口中自作尔语，自奚落耶。

此又一节。渠意岂谓夹语映耀，又是绝妙好辞。

(问童云)你吃饭不曾？(童云)不曾吃。(莺莺云)红娘，你快去取饭与他吃。丑极。○怪道红娘满身烟熏火辣气也。(童云)小人一壁吃饭，小姐上紧写书。官人分付小人，索了回书快回去哩。(莺莺云)红娘，将纸笔来。(写书毕科)

(莺莺云)书写了，无可表意，有汗衫一领，裹肚一条，袜儿一双，瑶琴一张，玉簪一枝，斑管一枚。琴童，收拾得好者。红娘，取十两银来，与他做盘缠。(红云)张生做了官，岂无这几件东西，丑语。寄与他有甚缘故？(莺莺云)你怎么知得我心中事，听我说与你者。

【梧叶儿】这汗衫，若是和衣卧，便是和我一处宿；贴着他皮肉，不信不想我温柔。这裹肚儿，常不要离了前后，守着左右，系在心头。这袜儿，拘管他胡行乱走。此三语好。**【后庭花】**这琴，当初五言诗紧趁逐，后来七弦琴成配偶。丑极。他怎肯冷落了诗中意，我只怕生疏了弦上手。这玉簪儿，我须有缘由，他如今功名成就，只怕撇人在脑背后。丑极。这斑管儿，湘江两岸秋，当日娥皇因虞舜愁，今日莺莺为君瑞忧。这九嶷山下竹，共香罗衫袖口。**【青哥儿】**都一般啼痕湮透。并泪斑宛然依旧，万种情缘一样愁。涕泪交流，怨慕难收。此稍可。对学士叮咛说缘由，是必休忘旧！丑。

(琴童云)理会得。

此节虽不佳，然自是一节。○但不审其何故不一读【雪里梅】、【揭钵子】、【叠字玉台】三曲耶？

(莺莺云)[1]琴童，这东西收拾得好者。

【醋葫芦】你逐宵野店上宿，休将包袱做枕头，怕油脂沾污急难绸。倘或水浸雨湿休便扭，只怕干时节熨不开折皱。一桩桩一件件细收留。

此节却好，犹仿佛绪煞一曲故也。

【金菊香】书封雁足此时修，情系人心早晚休。竟是一字不通语。长安望来天际头，倚遍西楼，人不见，水空流。随手杂凑为文。

此又一节，可以无有。

(童云)小人拜辞了小姐，即便去也。(莺莺云)琴童，你去见官人对他说。丑极。(童云)又说甚么？

【浪里来煞】他那里为我愁，我这里因他瘦。临行掇赚人的巧舌头，承上二句，忽作詈语，不通极矣！他归期约定九月九，已过了小春时候。别时，碧云黄叶，西风北雁，则正九月后耳。今适得半年，又无经年累岁之久，忽言有重九归期，此是梦语，是鬼语耶？奈何至于此。到如今"悔教夫婿觅封侯"。

此又一节。特地再嘱琴童，乃是如许语，不足发一笑也。○常叹

---

① "(莺莺云)"，各本均无，据"因百藏曲"写刻《贯华堂注释第六才子书》本补。

街谈巷说，童歌妇唱，一经妙手点定，便成绝代至文；任是《尧典》、《舜典》，《周南》、《召南》，忽遭俗笔横涂，竟如溷中不净。只如王龙标"悔教夫婿觅封侯"诗，其妙则在第一句"不知"字，第三句"忽见"字，非妙于第四落句也。盖其通首所有"闺中""中"字，"少妇""少"字，"凝妆""凝"字，全副皆是写"不知"神理；而又别用"春日"、"上楼"、"柳色"等字，全副又写"忽见"神理。此分明欲于一顷刻中，写得此妇实是幽闲贞静，忽地触绪动情。所谓《国风》"好色不淫"，其体有如此也。今遭此人独用其落句，遂令妙诗一败涂地，至于此极，真使我恨恨无已也！

（童云）得了回书，星夜回话去。（琴童下）（莺莺、红娘下）

续之二　锦字缄愁

续之二 锦字缄愁

前篇云："多管阁着笔儿未写泪先流，寄将来泪点儿兀自有。"此篇又云："写时管情泪如丝，既不沙，怎生泪点儿封皮上渍。"前篇云："这汗衫若是和衣卧。"这裹肚、这袜、这琴、这玉簪、这斑管，逐件云云①。此篇又云"这汗衫怎不教张郎爱尔"，这琴、这玉簪、这斑管、这裹肚、这袜，亦逐件云云。前篇云："你逐宵野店上宿，休将包袱做枕头。"此篇又云："书房中颠倒个藤箱子，休教藤刺儿抓住绵丝。"文虽二篇，语只一副，真如犬之牢牢，鸡之角角，欲求少换，决不可得也。嗟乎，本无捉缚枷拷，何烦头刺胶盆？固知无边苦海中，具有无量苦事，尽是无知苦人自作出来，极不足相惜耳！

看他才地窘缩，都无抽展处，于是无如何，忽然将莺莺字画之妙喝采一通。夫前此张、崔月馀相处，不成纯是淫黩，曾未尝一请睹笔墨耶？真大无聊已。

（张生上云）小生满望除授后便可出京，不想奉圣旨，着在翰林院编修国史。谁知我的心事，甚么文章做得成！琴童去了，又不见回来。这几日睡卧不安，饮食无味，给假在邮亭中将息。早间太医院差医士来，看视下药。我这病，便是卢扁也医不得。自离了小姐，无一日心宽也呵。

〔**中吕**〕**【粉蝶儿】**从到京师，思量心旦夕如是，向心头横倘着我那莺儿。却是妙句。请医师，看诊罢，星星说是。本意待推辞，早被他察虚实不须看视。**【醉春风】**他道是医杂证有方术，治相思无药饵。小姐呵，你若知我害相思，我甘心儿为你死、死。曲曲折折，淋淋漓漓，便与《西厢》无二。四海无家，一身客寄，半年将至。

此一节真是妙文，便与《西厢》更不可辨。若尽如是，我敢不拜哉？

（琴童上云）俺回来问，说官人在驿中抱病，须索送回书去咱。（见张生科）（张生云）琴童，你回来也！

【迎仙客】噪花枝灵鹊儿，垂帘幕喜蛛儿，短檠夜来灯爆时。若不

---

① "件"，贯华堂本作"住"，据芥子园本、金谷园本改。

是断肠词，定是断肠诗。写时管情泪如丝，既不沙，怎生泪点儿封皮上渍。

此一节，初咬是沙糖，再咬是矢橛矣。

（念书云）薄命妾崔氏丑！拜覆君瑞才郎文几：丑！别逾半载，奚啻三秋，思慕之心，未尝少怠。昔云“日近长安远”，妾今信斯言矣。丑杀！琴童至，接来书，知君置身青云，且悉佳况。得君如此，妾复何言！丑杀！琴童促回，无以达意，聊具瑶琴一张、玉簪一枝、斑管一枚、裹肚一条、汗衫一领、绢袜一双。物虽微鄙，愿君详纳。春风多厉，千万珍重！复依来韵，敬和一绝：和韵，是一部大节目，何得又犯之？阑干倚遍盼才郎，莫恋宸京黄四娘。黄四娘为谁哉，何幸而遇杜工部，何不幸而遇此人！病里得书知及第，窗前览镜试新妆。丑至于鬼止矣，世间更有丑于鬼者；臭至于屙止矣，世间更有臭于屙者；不通至于《续西厢》止矣，偏又有此两首诗：怪哉，怪哉！我那风流的小姐，似这等女子，张珙死也死得着了。

【上小楼】堪为字史，当为款识。有柳骨颜筋，张旭张颠，羲之献之。此一时，彼一时，杂凑如此。佳人才思，俺莺莺世间无二。

【后】俺做经咒般持，符箓般使。高似金章，重似金帛，贵似金赀。杂凑，岂复成语？这上面若佥个押字，使个令史，差个勾使，是一张不及印赴期的咨示。

此一节，忽赏其字体，真乃无谓。〇后阕亦是元人套语。

（看汗衫科云）休说文字，只看他这汗衫。

【满庭芳】怎不教张郎爱尔，堪与针工出色，女教为师。几千般用意般般是，可索寻思。长共短又无个样子，窄和宽想像着腰肢。二语好。无人试，想当初做时，用煞小心儿。

此犹可。

小姐寄来几件东西，都有缘故，一件件我都猜着。

【白鹤子】这琴，教我闭门学禁指，留意谱声诗，调养圣贤心，洗荡巢由耳。

不通。

【二煞】这玉簪，纤长如竹笋，细白似葱枝，温润有清香，莹洁无瑕玼。

不通。

【三煞】这斑管，霜枝栖凤凰，泪点渍胭脂，当时舜帝恸娥皇，今日淑女思君子。

不通。

【四煞】这裹肚，手中一叶绵，灯下几回丝，表出腹中愁，果称心间事。

不通。

【五煞】这袜儿，针脚如虮子，绢片似鹅脂，既知礼不胡行，愿足下常如此。

不通。上特写张生云"我都猜着"，乃其所猜也只如此，可丑也。

琴童，你临行，小姐对你说甚么？（童云）着官人是必不可别继良缘。（张生云）小姐，你尚然不知我的心哩。

【快活三】冷清清客店儿，风淅淅雨丝丝。雨零风细梦回时，多少伤心事。【朝天子】四肢不能动止，急切盼不到蒲东寺。小夫人须是你见时，别有甚闲传示？我是个浪子官人，风流学士，怎肯带残花折旧枝。自从到此，甚的是闲街市。此句好绝。【贺圣朝】少甚宰相人家，招婿娇姿。其间或有个人儿似尔，那里取那样温柔，这般才思？此句好绝。想莺莺意儿，怎不教人梦想眠思？

此节乃可。

【耍孩儿】只在书房中颠倒个藤箱子，向里面铺几张儿纸。放时须索用心思，休教藤刺儿抓住绵丝。高摊在衣架上，怕风吹了颜色；乱穰在包袱中，怕挫了褶儿。当如是，切须爱护，勿得因而。惜与前文"休做枕"、"休便扭"同耳。固是佳文，可赏也。

此节于诸寄来物中，独加意汗衫，馀俱不挂口，何故？

【二煞】恰新婚才燕尔，为功名来到此。长安忆念蒲东寺。昨宵个"春风桃李花开夜"，今日个"秋雨梧桐叶落时"。愁如是，身遥心迩，坐想行思。

此节，专为欲填"春风桃李"、"秋雨梧桐"二语耳，真乃可以无有。且"春风"二语，我竟不知其如何填也。

【三煞】这天高地厚情，到海枯石烂时，此时作念何时止？直到烛灰眼下才无泪，蚕老心中罢却思。不比轻薄子，抛夫妻琴瑟，折鸾凤雄雌。

此节，专为欲填"烛灰无泪"、"蚕老休思"二语耳，真乃可以无有。

【四煞】不闻黄犬音，难传红叶诗，路长不遇梅花使。适差琴童送书回，乃又作此言。鬼语耶？抑梦语耶？孤身作客三千里，一日思归十二时。凭阑视，听江声浩荡，看山色参差。既分"听"、"看"，则上押"凭阑"之"视"字，何解？

此节，专为欲填"作客三千"、"思归十二"二语耳，真乃可以无有。○凡用古，必须我自浩荡独行，而古语忽来奔赴腕下，斯方谓之如从舌上吮而吐之耳。若先有成句，隐隐然梗起于胸中，而我从而补接攒簇之，此真第一苦海也。

【煞尾】忧则忧我病中，喜则喜你来到此。投至得引人魂卓氏音书至[1]，险将这害鬼病的相如盼望死。

此亦无聊之结也。○细思无此二回，亦有何害？一通报书去，一通答书来，干讨琴童气嘘嘘地，而于彼张、崔两人乃更不曾增得一毫颜色。世间做笔墨匠做成笔墨，却只与人如此用，真老大冤苦也！

① "卓"，贯华堂本作"車"，据芥子园本、金谷园本改。

续之三　郑恒求配

续之三　郑恒求配

谚云："投鼠者忌器。"盖言世之极可厌恶无甚于鼠，而无奈旁有宝器，则虽一时刺眼刺心之极，而亦只得忍而不投。何则？诚惧其或伤吾器也。今如莺莺，真古今以来人人心头之无价宝器也；若郑恒，则固人人厌之恶之之一恶物也。今也务必投之，投之务必令之立死，此亦诚为快事。然笔则累笔，墨则累墨，独不足惜乎哉？况于累笔墨其奚足道，细思当其时，则又安得不累及于莺莺哉？嗟乎！恶郑恒而至于不免累及莺莺，而竟不与之惜，此人之无胸无心，其疾入地狱不可忏悔，又岂不信乎？

吾亡友邵僧弥先生尝论画云："夫天生恶树，我特不得尽斩伐之耳。若饭后无事，而携我门人晚凉闲步，则必选彼嘉树，坐立其下焉。无他，亦人之好美嫉丑，诚天性则有然也。今我乃见作画之家，纯画臃肿恶树，此则不知其何理也！"圣叹闻之，击节曰：人诚生而厉风，则诚天为之也。甚可徐步雅言，持身如玉，而又必胁肩丑笑，囚首鬼面，此真不知其何理也。惟文亦然，不幸身为盗贼，被捉勒供，与夫忽丁大故，讣告亲族，则是不可奈何也。幸而窗明几净，砚精笔良，而又不择取妙题，抒写佳制，而顾恶骂丑言，如土坌集，此真不知其何理也。

只如郑恒，此亦不过夫人赖婚，偶借为辞耳。今必欲真有其人出头寻闹，此为是点染莺莺，为是发挥张生耶？既不为彼二人，则是单写郑恒。夫今日所贵于坐精舍，关板扉，爇名香，烹早茗，舒新纸，磨旧墨，运妙心，烦俊腕，提健笔，摅快文者，只为彼是第一无双才子佳人故耳。若郑恒，则今盈天下之学唱公鸡，吃虱猴孙，万万千千，知有何限，而烦先生特地写之？写之以娱人，而人不受娱，然则先生殆于写之以自娱也。夫在他人，方欲写第一无双之才子佳人，以自娱娱人，而犹自嫌惟恐未臻极妙也。今先生乃必欲写学唱公鸡[1]、吃虱猴孙，然则人之贤不肖之所喻，其相去悬远，真未可以道里为计也。

（郑恒上云）自家姓郑，名恒，字伯常。先人拜礼部尚书，在时曾定下俺

① "必"，贯华堂本作"逝"，据芥子园本、金谷园本改。

姑娘的女儿莺莺为妻。不想姑夫去世，莺莺孝服未满，不曾成亲。俺姑娘引着莺莺，扶灵柩回博陵安葬，为因路阻，寄居河中府。数月前，写书来唤俺，因家中无人，来迟了一步。不想到这里，听说孙飞虎要掳莺莺，得一秀才张君瑞退了贼兵，俺姑娘把莺莺又许了他。俺如今便撞将去呵，恐没意思。这一件事，都在红娘身上。何也？俺且着人去唤他，只说哥哥从京师来，不敢造次来见姑娘，着红娘到下处来，有话对姑娘行说。人去好一回了，怎么还不见来？

（红娘上云）郑恒哥哥在下处，不来见夫人，却唤俺说话。夫人着俺来，看他说甚么。（红见郑科）（红云）哥哥万福。夫人道，哥哥来到呵，怎不到家里来？（郑云）我怎么好就见姑娘？我唤你来说。当日姑夫在时，曾许下亲事。我今到这里，姑夫孝已满了，特地央你去夫人行说知，拣一个吉日，成合了这件事，好和一搭里下葬去。不争不成合，一路上难厮见。若说得肯呵，我重重谢你。（红云）这一节话再也休题，莺莺已与了张生也。（郑云）道不得个一马不鞴双鞍，可怎生父在时，曾许下我，父丧之后，母却悔亲？这个道理那里有！（红云）却非如此说。当日孙飞虎将半万贼兵来时，哥哥你在那里？若不是张生呵，那里得俺一家儿性命来？今日太平无事，却来争亲。倘被贼人掳去呵，哥哥你和谁说？何忍作此言。（郑云）与了一个富家，也还不枉；与这个穷酸饿醋，偏我不如他！我仁者能仁、身里出身的根脚，他比我甚的？（红云）他倒不如你？禁声！凡费如许笔墨。

〔**越调**〕【**斗鹌鹑**】（红娘唱）卖弄你仁者能仁，倚仗你身里出身；纵教你官上加官，谁许你亲上做亲。又不曾羔雁邀媒，币帛问肯，恰洗了尘，便待要过门。俱非吃紧语，不足服郑心。枉淹了他金屋银屏，枉污了他锦衾绣裀。【**紫花儿序**】枉蠢了他梳云掠月，枉羞了他惜玉怜香，枉村了他殢雨尤云。凡下“金屋银屏”、“锦衾绣裀”、“梳云掠月”、“惜玉怜香”、“殢雨尤云”若干等字，而初无所谓，亦可以翻后置前，亦可以翻前置后，亦可以尚少，亦可以更多，真乃金贴虾蟆也。

先用二“仁”、二“身”、二“官”、二“亲”，次用“枉淹”、“枉污”、“枉蠢”、“枉羞”、“枉村”，以为好辞也。

当日三才始判，两仪初分；乾坤，清者为乾，浊者为坤，人在其中相混。君瑞是君子清贤，郑恒是小人浊民。

人言屙臭极矣，此并非屙；人言鬼丑极矣，此并非鬼。

（郑云）贼来，他怎生退得？都是胡说！（红云）我说与你听。

【天净沙】把河桥飞虎将军，叛蒲东掳掠人民，半万贼屯合寺门，手横着霜刃，高叫道：要莺莺做压寨夫人。

我亦只谓别有妙文，忍俊不住，故定欲描写一通，原来其苦乃至如此。

（郑云）半万贼，他一个人济甚事？（红云）贼围甚迫，夫人慌了，和长老商议，高叫两廊，不论僧俗，如退得贼兵者，便将莺莺小姐与之为妻。那时张生应声而言："我有退兵之计，何不问我？"夫人大喜，就问其计安在。张生道："我有故人白马将军，见统十万大兵，镇守蒲关。我修书一封，着人传去，必来救我。"不想书到兵来，其困即解。若言为郑说之，则安取为郑说之①？若言为我说之，则我知之熟矣，又安取说之？愚矣哉！

【小桃红】洛阳才子善属文，火急修书信。白马将军到时分，灭了烟尘。夫人小姐都心顺，则为他"威而不猛"，"言而有信"，丑丑！因此上"不敢慢于人"。《论语》已丑，《孝经》尤丑。

想其意中，反以直书成语为能，真乃另是一具肺肝。

（郑云）我自来未闻其名，知他会也不会。你这个小妮子，卖弄他偌多！

此是佳语，调侃不少。诸葛隆中不求闻达时，几欲遭此人白眼。嗟乎！今日茫茫天涯，亦何处无眼泪哉！

【金蕉叶】凭着他讲性理齐论鲁论，作词赋韩文柳文，识道理为人做人，俺家里有信行，知恩报恩。

又以二"论"、二"文"、二"人"、二"恩"为好辞。"齐论鲁论"、"韩文柳文"等字，尤为丑不可耐。

（郑云）我便怎么不如他？

【调笑令】你值一分，他值百十分，萤火焉能比月轮？高低远近都休论，我拆白道字辨个清浑。君瑞是"肖"字这壁着个"立人"，丑极。使人不可暂注目。你是"寸木""马户""尸巾"。丑至此哉。

《西厢》写红娘云"我并不识字"，却愈见红娘之佳；此写红娘识字，乃极增红娘之丑。

① "取"，贯华堂本作"反"，据芥子园本、金谷园本改。

(郑云)"寸木""马户""尸巾",你道我是个村驴屌。我祖代官宦,我倒不如那白衣穷士?

【秃厮儿】他学师友君子务本,丑极。你倚父兄仗势欺人。他虀盐日月不嫌贫,治百姓新民,传闻。**【圣药王】**这厮乔议论,有向顺。你道是官人只合做官人,信口喷,不本分。你道是穷民到老是穷民,却不道"将相出寒门"。

上文琴童捷报已到,此处或是郑恒未知犹可,何至红娘口中亦全不记"探花及第"四字耶?看其支吾抵塞之苦,抑何至于此极也!

(郑云)这节事,都是那法本秃驴弟子孩儿,我明日慢慢和他说话!又何也?总之枯笔无聊,又欲借和尚填凑几句,便故为此白。

【麻郎儿】他出家人慈悲为本,方便为门。你横死眼不识好人,招祸口不知分寸。

真写至红娘与和尚出力,真另是一具肺肝。

(郑云)这是姑夫的遗留,我拣日牵羊担酒上门去,看姑娘怎生发落我。

【后】你看讪筋,发村,使狠,甚的是软款温存。硬打夺求为眷姻,不睹事强谐秦晋。

(郑云)姑娘若不肯,着二三十个伴当抬上轿子,到下处脱了衣裳,急赶将来,还你个婆娘。

【络丝娘】你须是郑相国嫡亲的舍人,倒像个孙飞虎家生的莽军。乔嘴脸、腌躯老、死身分,少不得有家难奔。已上谓之悍妇骂街则可,奈何自命曰《续西厢》也哉?

前读《西厢》,见我莺莺有"春雨闭门"、"下帘不卷"之句,我犹恐连阴损其高情;又见莺莺有"隔窗听琴"、"月明露重"之句,我犹恐湿庭冰其双袜;又见莺莺有"压衾朝卧"、"红娘弹帐"之句,我犹恐朝光射其倦眸;又见莺莺有"杏花楼头"、"晚寒添衣"之句,我犹恐线痕兜其皓腕。盖我之护惜莺莺,方且开卷惟恐风吹,掩卷又愁纸压,吟之固虑口气之相触,写之深恨笔法之未精。真不图读至此处,乃遭奴才如此抵突也。王蓝田拔剑驱苍蝇,着屐踏鸡子,千载笑其大怒未可卒解,我今日真有如此大怒也,恨恨!普天下锦绣才子,谁以我为不然?

(郑云)兀的那小妮子,眼见得受了招安了也。我也不对你说,明日我要娶，我要娶！收科之文如此。（红云）不嫁你，不嫁你！丑，丑。丑极，丑极！

【收尾】佳人有意郎君俊，教我不喝采其实怎忍。你只好偷韩寿下风头香，傅何郎左壁厢粉。此二语却是佳句。

第三篇完矣，细思之何必哉。为张生添神采耶？为莺莺添神采耶？费笔费墨，费手费纸，费饭费寿，写得恶札一通。

（红娘下）

（郑云）这妮子一定都和酸丁演撒！何忍。○不惟不忍红娘，尚不忍张生也。○我于红娘尚不忍，我其肯忍于莺莺哉？俺明日自上门去，见俺姑娘，佯做不知，只道张生在卫尚书家做了女婿。渠意又考得元稹夫人为韦氏，故将"卫"字为隐，自以为博闻。俺姑娘最听是非，何忍。○我于夫人犹不忍也。他必有话说。休说别的，只这一套衣服也冲动他。自小京师同住，惯会寻章摘句，姑夫已许成亲，谁敢将言相拒？俺若放起刁来，且看莺莺那去？且看压善欺良意，权作尤云殢雨心。一派狗吠声。（郑恒下）

（夫人上云）夜来郑恒至，不来见俺，唤红娘去问亲事。据俺的心，只是与侄儿的是；前赖婚乃是妙文，此则岂复成一品夫人耶？况兼相公在时，已许下了。俺便是违了先夫的言语，做一个主家不正。办下酒者，今日他敢来见俺也。

（郑恒上云）来到也，不索报复，我自入去。（哭拜夫人科）（夫人云）孩儿，既到这里，怎么不来见我？（郑云）孩儿有甚面颜来见姑娘！（夫人云）莺莺为孙飞虎一节，无可解危，许了张生也。（郑云）那个张生？敢便是今科探花郎？此处郑又知之。我在京师看榜来，年纪有二十三四岁，洛阳张珙，夸官游街三日。第二日，头踏正来到卫尚书家门首，尚书的小姐结着彩楼，在那御街上，只一球，正打着他。我也骑着马看，险些打着我，怕你不休了莺莺。他家粗使梅香十来个，把张生横拖倒拽入去。他口里叫道："我自有妻，我是崔相国家女婿。"那尚书那里肯听，说道："我女奉圣旨结彩楼招你。莺莺是先奸后娶的，只好做个次妻罢。"因此闹动京师，侄儿认得他[1]。（夫人怒云）我说这秀才不中抬举，今日果然负了俺家。俺相国之女，岂有做次妻的理。既然张生娶了妻，不要了孩儿，你拣个吉日良辰，依旧入来做女婿者。何

① "他"，贯华堂本作"饱"，据芥子园本、金谷园本改。

忍，何忍！（夫人下）（郑喜云）中了俺的计了，准备茶礼花红，过门者。（郑恒下）

一片犬吠之声。

续之四 衣锦荣归

续之四 衣锦荣归

《西厢》为才子佳人之书，故其费笔费墨处，俱是写张生、莺莺二人，馀俱未尝少用其笔之一毛、墨之一渖也。其有时亦写红娘者，以红娘正是二人之针线关锁。分时红为针线，合时红为关锁。写红娘，正是妙于写二人。其他，即尊如夫人亦不与写，何况欢郎？慈如法本亦不与写，何况法聪？恩如白马亦不与写，何况卒子？此譬如写花，决不写到泥，非不知花定不可无泥；写酒，决不写到壶，非不知酒定不可无壶。盖其理甚明，决不容写，人所共晓，不待多说也。故有时亦写红娘者，此如写花却写蝴蝶，写酒却写监史也。蝴蝶实非花，而花必得蝴蝶而逾妙；监史实非酒，而酒必得监史而逾妙；红娘本非张生、莺莺，而张生、莺莺必得红娘而逾妙。盖自张生自说生辰八字起，直至夫人不必苦苦追求止，曾无一句一字中间可以暂废红娘者也。若夫人、法本、白马等人，则皆偶然借作家火，如风吹浪，浪息风休，如桴击鼓，鼓歇桴罢，真乃不必更转一盼，重废一唾也。今续之四篇，乃忽因郑恒二字，《西厢》中郑恒，真只二字耳。笨伯不达，视之遂如眼钉喉刺，一何可笑！既与独作一篇，后又复请多人，再递花名手本，凡《西厢》所有偶借之家火，至此重复一一画卯过堂。盖必使普天下锦绣才子，读《西厢》正至飘飘凌云之时，则务尽吹之到于鬼门关前，使之睹诸变相，遍身极大不乐，而后快于其心焉。嗟乎！杜工部《画鹘》诗有云："写此神骏姿，充君眼中物。"彼一何其极善与之相反如是也！

（法本上云）老僧昨日买登科录，看张先生果然及第，偏是道人心热，偏是高士品低，偏是大儒不通，偏是名妓奇丑。如法本买登科录，偏是法本买登科录也！〇近日朝廷迁除的报，最是诸山方丈大和尚口中极真。除授河中府尹。谁想夫人没主张，又许了郑恒亲事，不肯去接。老僧将着肴馔，直至十里长亭，接官走一遭。安得不人天推拥，为一代大和尚哉？（法本下）

（杜将军上云）奉圣旨，着小官主兵蒲关，提调河中府事。谁想君瑞兄弟一举及第，正授河中府尹，一定乘此机会成亲。小官牵羊担酒，直至老夫人宅上，一来贺喜，二来主亲。左右那里？将马来，到河中府走一遭。

(杜将军下)

(夫人上云)谁想张生负了俺家,去卫尚书家做女婿去了。只索不负老相公遗言,还招郑恒为婿。今日是个好日子过门,准备下筵席,郑恒敢待来也。(夫人下)

(张生上云)小官奉圣旨,正授河中府尹。今日衣锦还乡,小姐凤冠霞帔都将着,见呵,双手索送过去。谁想有今日也呵!文章旧冠乾坤内,姓字新闻日月边。

〔双调〕**【新水令】**(张生唱)一鞭骄马出皇都,畅风流玉堂人物。今朝三品职,昨日一寒儒。御笔新除,将姓名翰林注。

此可。

【驻马听】张珙如愚,用《论语》字,最苦。酬志了三尺龙泉万卷书;莺莺有福,稳受了五花官诰七香车。身荣难忘借僧居,愁来犹记题诗处。从应举,梦魂不离蒲东路。

此可。

(到寺科,云)接了马者!(见夫人拜云)新探花河中府尹张珙参见。(夫人云)休拜,休拜!你是奉圣旨的女婿,我怎消受得你拜?

【乔牌儿】我躬身问起居,夫人你慈色为谁怒?我只见丫鬟使数都厮觑,莫不是我身边有甚事故?

此可。○虽非佳文,犹是官话,故曰可也。

(张生云)小生去时,承夫人亲自饯行,喜不自胜。今朝得官回来,夫人反行不悦,何也?(夫人云)你如今那里想俺家?道不得个"靡不有初,鲜克有终"。我一个女孩儿,虽然妆残貌陋,他父为前朝相国。此成何语,且何苦作此语?若非贼来,足下甚气力到得俺家?今日一旦置之度外,却与卫尚书家作赘,是何道理?(张生云)夫人,你听谁说来?若有此事,天不盖,地不载,害老大疔疮!《西游记》猪八戒语也。

【雁儿落】若说丝鞭士女图,端的是塞满章台路。小生向此间怀旧恩,怎肯别处寻亲去。**【得胜令】**岂不闻"君子断其初",我怎肯忘了有恩处?

略嫌"恩"句重沓,然语意自佳,不忍相没。又嫌即前【贺圣朝】语,然此乃是小病。

那一个贼畜生行嫉妒，走将来厮间阻？不能彀娇姝[1]，早晚施心数；说来的无徒，迟和疾上木驴。

亦且可。

（夫人云）是郑恒说来，绣球儿打着马，做了女婿也。你不信，唤红娘来问。成何文理？

（红娘上云）我巴不得见他，丑极。○《西厢》十六篇亦都写女儿情事，偏觉官样；此亦一种笔墨，偏见小家样。元来得官回来。惭愧，这是非对着也。（张生问云）红娘，小姐好么？（红云）为你做了卫尚书女婿，俺小姐依旧嫁郑恒去了也。何苦哉！（张生云）有这跷蹊事！何止"跷蹊"而已耶？

【庆东原】那里有粪堆上长出连枝树[2]，淤泥中双游比目鱼？不明白展污了姻缘簿？莺莺呵，你嫁得个油煠猢狲的丈夫；红娘呵，你伏侍个烟熏猫儿的姐夫；张生呵，你撞着个水浸老鼠的姨夫。此称谓奇绝人。坏了风俗，伤了时务。此等句，伧以为大奇，因而欲拟元词，便都硬撰一连数十句。殊不知其最是丑笔，便一连十万句也易。

此虽从【青山口】一曲偷来，然最是元人丑词，圣叹所最不喜。○元人每用或相犯，或加倍字，硬撰作奇语，一连用入四五六七八句以为能手，圣叹每读每呕之。

【乔木查】（红娘唱）妾前来拜复，省可心头怒！自别来安乐否？你那新夫人何处居？比小姐定何如？如闻香口，如见纤腰。古人果有妙文，圣叹决不没也。

北曲通长用一人唱，无旁人杂唱之例。此忽作红娘唱，大非也。独惠明一篇为北曲变例，然亦换过一宫矣。然其文一何妙哉。古语："细骨轻肌，百琲珍珠。"真便欲属之矣。虽在《西厢》中犹称上上，不意于续中有之。

（张生云）和你也葫芦提了。小生为小姐受过的苦，别人不知，瞒不得你。甫能彀今日，焉有是理？

【搅筝琶】小生若别有媳妇，只目下便身殂。我怎忘了待月回廊，撇了吹箫伴侣。我是受了活地狱，下了死工夫，甫能彀为夫妇。

---

① "姝"，贯华堂本作"妹"，据芥子园本改。
② "上"，贯华堂本作"生"，据芥子园本、金谷园本改。

我现将着夫人诰敕，县君名称，怎生待欢天喜地，两只手儿亲付与。他划地把我葬诬。

此一段更精妙绝人，又沉着，又悲凉，又顿挫，又爽宕。便使《西厢》为之，亦不复毫厘得过也。古人真有奇绝处，不可埋没。

（红对夫人云）我道张生不是这般人，只请小姐出来自问他。奇奇，真是戏也。（请云）小姐，张生来了，你出来正好问他。（莺莺上云）我来了。奇奇，真是戏也。何苦如此，冤哉！冤哉！（相见科）（张生云）小姐间别无恙？亦殊冷淡。（莺莺云）先生万福！（红云）小姐，有的言语和他说么。便如《水浒传》阎婆之于婆惜然。（莺莺吁云）待说甚的是！

【沉醉东风】（莺莺唱）不见时准备着千言万语，到相逢都变做短叹长吁。他急穰穰却才来，我羞答答怎生觑。腹中愁却待伸诉，及至相逢一句也无，刚道个“先生万福”。

此亦且可，总是庸笔弱笔也。

（莺莺云）张生，俺家有甚负你？你见弃妾身，去卫尚书家为婿，此理安在？岂复成莺莺哉？（张生云）谁说来？前已知是某人，此又问，何也？（莺莺云）郑恒在夫人行说来。（张生云）小姐，你如何听这厮？小生之心，惟天可表！何不云：小生之心，惟有小姐可表？

【落梅风】从离了蒲东郡，来到京兆府，见佳人世不曾回顾。硬揣个卫尚书女儿为了眷属，曾见他影儿的也教灭门绝户。

此又好，沉着顿挫兼有之。

此一桩事都在红娘身上，我只将言语激着他，看他说甚么。我写张生，则决不出此。红娘，我问人来，说道你与小姐将简帖儿唤郑恒来。何忍，何忍？猪狗不发此声矣。（红云）痴人，丑。我不合与你作成，丑。你便看得一般了。丑。○一部《西厢》皆镜花水月、鸿爪雪痕之文也。若被此等咬嚼，便成阎罗镜台，千年业在。恨恨！

【甜水令】（红娘唱）君瑞先生，不索踌躇，何须忧虑。那厮本意糊涂；俺家世清白，祖宗贤良，相国名誉。我怎肯去他跟前，寄简传书？

此又丑笔也。

【折桂令】（红娘唱）那吃敲才口里嚼蛆，数黑论黄，恶紫夺朱。又用

《论语》，不通无理。俺小姐便做道软弱囊揣，怎嫁那不值钱人样豭驹。“便做道”，此何语也，丧心病狂，于斯为极。恨恨！爱你个俏东君与莺花做主，怎肯将嫩枝柯折与樵夫。那厮本意嚣虚，将足下亏图，我有口难言，气夯破胸脯。

丑笔也。

(红云)张生，你若端的不曾做女婿呵，我去夫人跟前一力保你。等那厮来，你和他两个对证。何苦费如此笔墨哉！(禀夫人云)张生并不曾人家做女婿，都是郑恒谎说，等他两个对证。(夫人云)既然他不曾呵，等郑恒来对证了，再做说话。笑杀七千人。

(法本上云)谁想张生一举成名，正授河中府尹。观其“谁想”二字，当初房儿借得着也，便画尽善知识。老僧接官到了，再去夫人那里庆贺。作《西厢》初写法本时，更不料其后来至此。这门亲事，当初也有老僧来，好和尚，可谓尘尘溷入[①]，刹刹圆融。如何夫人没主张，便待要与郑恒。若与了他，府尹今日来，却怎生了也？(相见毕)(禀夫人云)夫人今日始知老僧说得是，张先生决不是这等没行止的秀才。他如何敢忘了夫人？况兼杜将军是证见，如何悔得他这亲事？大和尚口中，早是两位官府。○今日尤甚，盖大和尚口中纯是官府，非官府便不道也。

【雁儿落】(法本唱)杜将军笑孙庞真下愚，亦复言重。论贾马非英物；正授着征西元帅府，兼领得陕右河中路。**【得胜令】**是君前者护身符，今日有权术。来时节定把先生助，决将贼子诛。他不识亲疏，啜赚良人妇；君若不辨贤愚，便是无毒不丈夫。

且不说其庸丑，乃至法本皆唱，岂有是哉？

(夫人云)着小姐卧房里去者。(莺莺、红娘下)

(杜将军上云)小官离了蒲关，早到普救寺也。(张生见杜拜毕)(张生云)小弟托兄长虎威，丑。得中一举。今日回来，本待做亲。有夫人的侄儿郑恒，来夫人行，说小弟在卫尚书家入赘。夫人怒欲悔亲，依旧要将小姐与郑恒。道不得个“烈女不更二夫”？(杜云)夫人差矣！俺君瑞也是礼部尚书之子，况兼又得一举。夫人誓不招白衣秀士[②]，今日反欲

---

① “溷”，贯华堂本作“涸”，据芥子园本、金谷园本改。
② “招”，贯华堂本作“推”，据金谷园本改。

罢亲，莫于理上不顺。（夫人云）当初夫主在时，曾许下那厮，不想遇难，多亏张生请将军杀退贼众。老身不负前言，招他为婿。叵耐那厮说他在卫尚书家招赘，因此上我怒他，依旧要与郑恒。（杜云）他是贼心，可知妄生诽谤。老夫人如何便轻信他？

（郑恒上云）打扮得齐齐整整的，只等做女婿。今日好日头，牵羊担酒，过门走一遭去。（相见科）

（张生云）郑恒，你来怎么？丑极。笔墨之事至于此极，真是活地狱也！（郑云）苦也！闻知状元回，特来贺喜。

（杜云）你这厮怎么要诓骗良人的妻子[1]，行不仁之事。我奏闻朝廷，诛此贼子。

【落梅风】此篇有两【雁儿落】、两【得胜令】、两【落梅风】。（杜将军唱）你硬撞入桃源路，不言个谁是主。妙妙。被东风把你个蜜蜂儿拦住。妙妙。不信呵你去绿杨阴里听杜宇，一声声道"不如归去"。妙妙。

此惜又是杜将军唱，真乃文秀之笔，未可多得也。

（杜云）那厮若不去呵，祗候人拿下者！（郑云）不必拿，小人自退亲事与张生罢。我亦不忍。（夫人云）将军息怒，赶出去便罢。难，难。总之，何苦写此。（郑云）今日莺莺与君瑞为夫妇，有何面目见江东父老？我要这性命何用，不如触树身死。妻子空争不到手[2]，风流自古恋风流；何须苦用千般计，一旦无常万事休。（倒科）（夫人云）俺虽不曾逼死他，可怜他无父母，俺做主葬了者。我亦不忍也，何苦写至此，真为恶札，可恨恨也。想彼方复以为快，真另有一具肺肝也。（杜云）请小姐出来，今日做个庆贺的筵席，看他两口儿成合者。（张生、莺莺拜夫人科，又交拜科，又拜杜将军科）（红娘拜张生、莺莺科）此时法本跕何处？

【沽美酒】门迎驷马车，户列八椒图。娶了个四德三从宰相女，第三从似早。平生愿足，托赖着众亲故。**【太平令】**若不是大恩人拔刀相助，怎能个好夫妻似水如鱼。好意也当时题目，正酬了今生夫妇。自古、相女、配夫，新探花新探花路。此语轻新。

上来特续四篇，想只为此数语故耶？乃费尽无数气力，而此数语

① "诓"，贯华堂本作"谁"，据芥子园本、金谷园本改。

② "手"，贯华堂本作"头"，据金谷园本改。

又只草草，真不解何意也。

（使臣上，众拜科）

【清江引】谢当今垂帘双圣主，妙句。敕赐为夫妇。五字句妙。永老无别离，万古常圆聚，愿天下有情的都成了眷属。妙句。

结句实乃妙妙。

贯华堂第六才子书西厢记卷之八终